PARTE de MIM

Copyright © 2025
por Manuela Duarte

Todos os direitos desta publicação reservados à Maquinaria Sankto Editora e Distribuidora LTDA. Este livro segue o Novo Acordo Ortográfico de 1990.

É vedada a reprodução total ou parcial desta obra sem a prévia autorização, salvo como referência de pesquisa ou citação acompanhada da respectiva indicação. A violação dos direitos autorais é crime estabelecido na Lei n.9.610/98 e punido pelo artigo 194 do Código Penal.

Este texto é de responsabilidade da autora e não reflete necessariamente a opinião da Maquinaria Sankto Editora e Distribuidora LTDA.

Diretora-executiva
Renata Sturm

Diretor Financeiro
Guther Faggion

Diretor Comercial
Nilson Roberto da Silva

Administração
Alberto Balbino

Editor
Pedro Aranha

Preparação
Paulo Stucchi

Revisão
Fabíola Weykamp

Direção de Arte
Rafael Bersi

Marketing e Comunicação
Matheus da Costa, Rafaela Blanco

DADOS INTERNACIONAIS DE CATALOGAÇÃO NA PUBLICAÇÃO (CIP)
ANGÉLICA ILACQUA – CRB-8/7057

DUARTE, Manuela
　Parte de mim : romance espírita / Manuela Duarte. -- São Paulo : Maquinaria Sankto Editora e Distribuidora Ltda, 2024.
　272 p.

　ISBN 978-85-94484-61-1

　1. Literatura espírita I. Título
24-5678　　　　　　　　　　　　　　　　　　　　　CDD 133.93

Índice Para Catálogo Sistemático:
1. Literatura espírita

Rua Pedro de Toledo, 129 – Sala 104
Vila Clementino – São Paulo – SP, CEP: 04039-030
www.mqnr.com.br

MANUELA DUARTE

PARTE de MIM

ROMANCE ESPÍRITA

mqnr

Para Carol,
por todo aprendizado
que me proporcionou em sua jornada.

Introdução

A vida era lúdica e alegre no meu mundo de histórias, bonecas e novelas. Eu era uma criança feliz, até que a realidade se apresentou muito cedo, na primeira virada dos 7 anos. Dizem que passamos por grandes mudanças de sete em sete anos e, sendo este o meu número da sorte, não poderia ser diferente que o meu processo de (re)construção se iniciasse antes de fazer oito anos.

Em junho de 1992, a minha criança interior sofreu a primeira e mais dura ferida, daquelas que leva uma vida inteira para se curar. A minha amada irmã mais velha, Caroline, com quem hoje sei que já vivi muitas vidas, fez a passagem para o lado de lá, de repente. Minha ídola e divertida parceira deixou um vazio gigantesco na nossa família. E com a sua partida, se iniciava também a minha jornada espiritual.

Ainda criança, eu não acreditava na morte como um fim, como algo tão definitivo. Fui criada em Igreja Católica, mas ouvia a minha intuição, certa de que sentia a presença da minha irmã. A partir daquele momento, foi como se um canal tivesse sido aberto, pois eu comecei a ver espíritos em casa, sem temê-los. Eu não tinha o entendimento, mas hoje sei que estavam cuidando de mim. Não via a minha irmã, mas sentia quando ela estava presente. E lembro das tantas vezes que pedi para ela ir para a luz, por não querer que ela testemunhasse o nosso sofrimento por aqui.

Inverti papel com meus pais, cuidei deles espiritualmente, sem que eles soubessem. Ainda criança, reguei a minha ferida com amor. Principalmente quando descobri que podia escrever sobre ela. Fazia por mim e para mim. Encontrei nas artes cênicas uma forma de compartilhar o turbilhão de emoções que se amontoavam dentro do meu ser.

Os anos se passaram e a dor sempre foi um membro da família, andando pela casa, mesmo que por entre risadas e afetos. Casei com o ator e escritor, Gustavo Reiz, o único nessa vida que me entendeu profundamente. Desenvolvi minha escrita, acreditei nas histórias que me vinham. Até que fiquei grávida do meu amado filho, Théo, e, numa tentativa de não passar adiante esse legado de dor, tomei a coragem de me curar.

Estudei ThetaHealing, desfiz crenças e padrões e, com isso, iniciei a expansão da minha mediunidade. Mudei a minha alimentação, conheci o Lar de Frei Luiz e as obras de Allan Kardec. Sempre acreditei nelas, mesmo nunca tendo tido acesso. Aliás, lembro bem de como me sentia impactada com os dizeres de Chico Xavier, ainda na infância. Depois, descobri por um amigo médium que meu mestre se chamava Saint Germain. Chorei. E não sabia o porquê. Só sabia que tinha recebido a informação mais preciosa da minha vida.

A chama violeta do Mestre Ascensionado Saint Germain mudou absolutamente tudo. Eu passei a compreender as energias ao meu redor, desenvolvi minha empatia e pude cuidar melhor de mim e da minha família. Nesse processo, aprendi diversas técnicas de conexão espiritual, passei a psicografar e a fazer limpezas energéticas, como o Reiki e a Mesa Radiônica. Mas foi com a Constelação Familiar que curei aquela ferida dos sete anos. E com o milagre da cura, engravidei novamente. Nasceu o Miguel, nosso caçula cheio de alegria.

Durante esses anos de gravidezes e muito trabalho de autoconhecimento, a escrita se apresentou novamente, revelando-se um caminho para compartilhar tudo o que aprendi nessa vida e o que resgatei das passadas.

Parte de mim é mais que um romance; é um processo de cura. Numa história de intensos amores, pude mergulhar nas minhas mais profundas emoções e dividir diversos aprendizados. E o que é a vida, senão um caminho de evolução espiritual? Os passos são individuais, mas a caminhada é sempre abençoada por lições e descobertas que dividimos uns com os outros. Assim como a terra, o ar, os animais, os mares e as plantas, somos todos parte do Todo. Somos centelhas divinas e feitos da mesma matéria que as estrelas. E o nosso brilho vem de dentro, da cura das nossas feridas e do reconhecimento de que somos Luz. De que somos Amor Incondicional.

Sorte a minha ter vivido sete anos com a Carol. Sorte a minha de me conectar a você através dessas palavras aqui escritas. Esta não é uma história autobiográfica. Mas a jornada de Amora e Miguel é repleta das minhas mais profundas emoções, da minha mais pura verdade.

Eu sou hoje uma imensidão de gratidão. E espero que aqui você encontre amor.

Boa leitura!

Com Amor e Gratidão,
Manu

Prólogo

Um único segundo. Basta apenas um instante para que uma bomba exploda. E antes que eu pudesse ouvir o tique-taque, o improvável se apresentou e me levou ao chão, deixando-me sem forças para levantar. Era como se uma nuvem de poeira não me permitisse enxergar um palmo à minha frente e eu, atordoado, só queria acreditar que não passava de um pesadelo. O que eu não sabia era que aquela explosão seria apenas a primeira. E eu me descobriria mais forte do que jamais pensei. Daquela névoa empoeirada surgiria a mais fantástica história da minha vida. Assim mesmo, em meio ao caos, eu encontraria o maior amor que poderia sentir.

Ela me faria renascer.

***

Você pode chamar de magia, providência divina, reações químicas do cérebro... Pode não acreditar que ele existe ou ansiar a vida toda por senti-lo. Quando o amor vem, quando é sentido pela primeiríssima vez, é como se você finalmente despertasse para a vida. É a promessa de dias felizes, cheios de alegrias e realizações. É ter alguém com quem dividir seus sonhos, dúvidas e medos. É a companhia para uma viagem incrível, que não faria o menor sentido se ela não estivesse com você. É querer que o outro cresça, realize-se e sorria muito ao seu lado. Ter a certeza de que encontrou a pessoa perfeita para ser sua família, que criará seus filhos e os amará tanto quanto você. E não terá ciúmes, apenas o medo de perder o seu amor.

Medo de perder o meu amor...

Ele me faria viver.

1
Uma pedra no caminho pode ser preciosa

MIGUEL

Eu só queria esquecer.

Era para ser uma noite solitária, de meditação profunda, mergulhada num copo de uísque. O dia seguinte seria um marco de sofrimento na minha vida e eu, mais uma vez, não estava afim de lidar com isso. Então, como nos últimos três anos, eu sentaria num bar para beber até chegar ao ponto de não conseguir pedir o próximo copo.

Desde que comecei a carreira de piloto de avião, viajo sempre e poderia estar em qualquer lugar do Brasil, já que minhas rotas variavam de tempos em tempos. Nessas cidades, ninguém me conhecia e eu tinha total liberdade para chegar ao fundo do poço, sem medo de ser julgado.

No último ano, estava em Belém do Pará e a bebedeira foi tanta que dormi na calçada, antes mesmo de chegar ao apartamento alugado pela companhia. Fiz de um saco cheio de lixo o meu travesseiro. Alguns pedestres tentaram me acordar e, diante de meu total apagão, a polícia foi chamada.

Tenho breves lembranças de ter sido resgatado por uma jovem policial de pele morena, bronzeada pelo sol forte do Norte, e dentes excessivamente clareados. Imaginei como seu sorriso largo ficaria em destaque em uma festa escura, iluminada por aquela luz fluorescente. Enfim, eu ainda estava meio bêbado, espero não ter feito esse comentário descabido em voz alta... Ela estava muito bem-humorada para o trabalho em plena madrugada. Ou talvez estivesse zombando de mim, quando descreveu o banco traseiro da antiga viatura como uma cama melhor. Seu carisma rapidamente me convenceu da ideia e, acreditando na visão que ela me proporcionou, arrastei-me aos tropeços para o carro e me atirei no estofado cinza fedido a suor. Naquele momento, preferi não refletir muito sobre a origem exata do mau odor. Eu tinha acabado de sair do lixo, então o banco e eu estávamos em completa sintonia. Não havia do que reclamar. Acordei pela manhã em um sofá da delegacia, sob olhares descrentes de minha dignidade. Pensei que aquele tivesse sido meu maior vexame, mas não esperava que, dessa vez, acordaria em um pior.

Dos últimos anos para cá, deixo para tirar uma folga da companhia exatamente nesta data, pois sei que meus pensamentos gritam tão alto que eu não poderia dar a devida atenção que meu trabalho exige. E, para calá-los, embarco em um porre daqueles, que me presenteia com horas seguidas de sono profundo. Mas, dessa vez, eu não consegui a oportunidade de viver meu tormento longe da cidade em que nasci e vivi, o Rio de Janeiro.

Vinha da rota Florianópolis-Rio, com a paisagem preenchida pela imensidão do mar que se estendia ao lado da mata verde, quando comecei a avistar as majestosas montanhas de granito do Rio de Janeiro.

Era meu último dia de trabalho, faltava meia-hora para o sol se pôr e seus raios ainda iluminavam os grandes morros cariocas. Era avistar o azul das águas da Baía de Guanabara, com seus barquinhos brancos e navios cargueiros, os bondinhos atravessando os morros do Pão de Açúcar, e o Cristo Redentor de braços abertos no alto do Corcovado parecendo me dar as acolhedoras boas-vindas, que meu coração se enchia de paz. Por todos os cantos que já viajei, aquela era a minha paisagem preferida. Pelo menos, pelo que eu me lembre, costumava ser.

Assim que direcionamos a aeronave para o pouso no Aeroporto Santos Dumont, meu coração apertou. Em instantes iria desembarcar e, logo hoje, não queria encontrar um só rosto conhecido, temia esbarrar com alguém que soubesse do passado que me perseguia.

E, nessa paranoia, me despedi rapidamente do copiloto e comissários sob abraços rasos e desejos de bom descanso, e saí pelos corredores do aeroporto como se fosse um foragido.

Peguei um táxi para um hotel próximo ao aeroporto, onde desejava me hospedar apenas por aquela noite. Era um hotel medíocre, que ostentava em sua fachada uma placa luminosa piscando timidamente em vermelho, como se hesitasse em admitir que ali se abrigavam vidas temporárias, sonhos em trânsito. Foi uma escolha racional, já que não era a ideia me presentear com uma diária luxuosa, com direito à sauna e uma academia bem equipada. Eu queria algo econômico e, mais do que isso, queria estar longe do bairro onde morei... bem distante do Jardim Botânico.

Ao entrar, o sutil aroma de produtos de limpeza misturava-se à indiferença da decoração padrão, despida de qualquer traço de personalidade.

Fui para o quarto, onde deixei minha bagagem e vi a cidade lá fora anoitecer. Era um ambiente simples, mas longe de ser desconfortável. Já havia dormido em lugares piores ao longo de minha trajetória de autopunição. Uma cama de casal, um frigobar, um guarda-roupas sem graça e uma porta que dava acesso a um banheiro minúsculo. O wi-fi funcionava bem, mas a conexão emocional parecia ausente, perdida em algum lugar entre as paredes brancas e os lençóis sem histórias duradouras.

Por um aplicativo de eventos, escolhi uma festa eletrônica no Pier Mauá, um espaço amplo e escuro, à beira da baía, para entreter minha mente que já ameaçava me causar insônia. Comecei a beber ainda no bar do hotel, com uma dose de uísque, sem gelo. Chamei o Uber; o motorista tentou uma comunicação comigo, mas nesse dia eu me dava ao direito de ser antipático. Não queria que me abordassem, não queria ter que falar do calor que fazia no Rio ou do assunto que tanto me atormentava. Queria uma festa barulhenta e impessoal. Eu queria esquecer e ser esquecido.

A cidade, sempre tão convidativa, ganhava um colorido a mais com as luzes neon do evento, que pareciam me chamar. E eu já não via a hora da música eletrônica abafar minhas lembranças, mesmo sabendo que, nesta cidade, era quase impossível fugir delas.

Os raios lasers da festa me convidavam a entrar, mas assim que vi a roda gigante iluminada, surgiu o primeiro gatilho, devidamente bloqueado; desviei logo o olhar. O espaço era amplo, à céu aberto, e a concentração de pessoas dançando alucinadamente me dava a impressão de que a noitada já havia começado há horas. Talvez até no dia anterior. Era o convite perfeito para me perder por ali. Eu teria que ser mais rápido se quisesse entrar no ritmo deles. Então, fui ao barman e pedi uma dose de uísque. E depois outra. E depois mais outra.

A bebida começava a surtir o efeito esperado quando eu a vi na pista de dança: uma conhecida garota dos cabelos loiros e lisos, que antigamente os penteava até a cintura, agora mexia nos fios cortados à altura dos ombros, levava as mãos para o alto e dançava no ritmo frenético da música.

Mesmo já ligeiramente alcoolizado, não consegui escapar do novo *gatilho*, que foi liberado porque a lembrança era boa. Lembrança de um beijo doce, de um beijo bom. Éramos muito jovens quando, ainda na escola, notamos a presença um do outro. Cresci com aquela menina de boca pequena na minha sala de aula, mas foi com um olhar mais atento, seguido de uma risada desconcertada, que ela chamou minha atenção.

Os hormônios da adolescência tomavam conta de mim e meu rosto parecia queimar de tanta vergonha quando estava perto dela. Levamos quase um ano trocando bilhetes nas aulas, encontros disfarçadamente planejados e muita conversa na caminhada para casa, até que tomasse coragem para beijá-la. E lembro de ter me arrependido de não ter feito isso antes. Seu beijo era leve, sua pele macia, seu cabelo cheirava à baunilha. Definitivamente, era algo bom de se lembrar.

Eu a encarava sentindo uma mistura de melancolia e desejo. Quando ela se virou para mim, tentou disfarçar sua surpresa e continuou a dançar, mas notei que algo havia mudado em seus movimentos; ela não parecia se sentir tão livre como antes. Sabia que estava sendo observada por aquele que, como ela costumava dizer, *era o homem de sua vida*. Notei uma mudança em seus movimentos, a dança se tornou mais lenta, seu corpo parecia mexer com mais sensualidade. Até que um sujeito forte, de postura um tanto arrogante, se aproximou dela e a pegou pela cintura, como se fosse uma propriedade sua. Ela se manteve ali, enlaçada e dançando com ele, sem parecer se importar com algum sentimento da minha parte. Então, me lembrei do motivo pelo qual nunca mais quis vê-la.

De vez em quando ela disfarçava para conferir se eu ainda estava olhando, mas eu não me importava mais. Tampouco queria que pensasse que eu estava interessado nela. Então saí logo dali para buscar mais uma bebida. Antes de chegar ao barman, senti uma ânsia forte e escolhi um arbusto escondido para despejar todo sentimento, ou melhor, todo álcool não digerido. O uísque nunca me caiu muito bem.

— Uma água tônica com limão — pedi ao garçom, assim que retornei ao balcão. — Com gim.

— Quem diria que a gente ainda iria se reencontrar — disse a voz conhecida.

Nicole era a loira da pista de dança e minha namorada na adolescência. E, naquele exato momento, estava em pé, na minha frente. Já havia se passado dez anos desde a última vez que a tinha visto e ela estava mais bonita do que nunca. Contrariando o que eu havia programado para a noite, acabei encontrando alguém que me conhecia e muito bem... Com certeza ela soube o que aconteceu na minha vida; notícia ruim se espalha com velocidade e alcance inacreditáveis. Mas eu não daria espaço para que ela tocasse no assunto.

— Não está feliz em me ver, Guel? — quis saber, com seus olhos amendoados me encarando, diante da minha indiferença.

Guel... Nunca gostei desse apelido que ela me deu.

Forcei um sorriso. Às vezes, ainda me lembro de como ser simpático. Então, peguei minha bebida que acabara de ficar pronta e fiz um discreto bochecho para tirar o gosto de suco gástrico da boca. Não que hoje eu me importasse se meu estômago iria aguentar, ou se o meu hálito estaria agradável, mas nada como um novo drink para te fazer esquecer o anterior.

— Onde você estava? — reclamou o cara da pista de dança, o fortão, entregando uma bebida para Nicole. — Te procurei na festa toda!

— Vim pegar algo para beber, já que você demorou tanto — respondeu ela. — Esse é o meu... amigo de infância, Miguel. Miguel, esse é o meu namorado, o... o...

Amigo de infância? Acho que éramos bem mais que isso. E... ela esqueceu o nome do cara?!

— Você não está bem. Acho que está na hora de irmos embora — enfatizou ele, incomodado.

— Eu estou ótima! Quer ver?

Nicole me lançou um olhar desafiador e retornou à pista de dança. E me fez reparar, mais detalhadamente, em cada canto de seu corpo. Suas curvas, seus movimentos, seu sorriso sacana. Me lembrou das loucuras que fazíamos quando éramos adolescentes.

Naquela época, éramos capazes de encontrar os lugares mais inapropriados para namorar. Assim que comecei a dirigir, entrávamos com o carro na areia da praia e, lá, debaixo das estrelas, deixávamos os vidros embaçados de tanto suor. Se íamos à casa de alguém, não saímos de lá sem testar o espaço do lavabo, por exemplo. Sauna era o seu lugar preferido. Tinha uma no seu condomínio e morríamos de medo de que entrasse alguém durante a nossa *terapia*.

Era assim que chamávamos o sexo porque sempre aproveitávamos o horário da sua terapia para dar uma escapadinha. E ela, se achando muito esperta, ainda guardava o dinheiro da diária que seus pais lhe davam e o gastava com roupas e bolsas. Nicole achava muito mais produtivo usar o tempo para seu prazer e o custo disso gerar ainda mais benefícios. Afinal de contas, não era a felicidade que ela deveria encontrar na terapia?

Ela era ousada e isso me deixava louco, mexia com minhas estruturas.

Àquela altura da noite, eu já estava relevando tudo o que eu ainda precisava perdoar sobre ela e estava me deixando ser seduzido por meia dúzia de rebolados. Mas ali, perto do namorado sem nome, eu não faria um movimento proativo; ainda me restava alguma dignidade. Novamente, nossos olhares se cruzaram e eu compreendi; era um sinal, claro e cristalino como água.

Dei um sorriso para ela e deixei o balcão. Caminhei em direção a uma árvore pouco mais distante, na esperança (ou certeza) de que ela se livrasse do cara e viesse atrás de mim. Não precisei esperar nem dois minutos.

— Seu namorado não vai ficar preocupado quando perceber que você sumiu de novo? — perguntei, assim que ela chegou mais perto.

— A gente tem muito mais história — respondeu, sedutora.

— História fica no passado. Agora, o que interessa é o presente — disse-lhe.

Eu realmente não queria lembrar do passado. Nem do meu, nem do *nosso*. Meus pés estavam fixos no presente, naquele momento e lugar.

Na verdade, nem queria que ela falasse muito. Então, me aproximei e peguei em sua cintura, puxando-a para perto de mim. Ela fingiu surpresa:

— Eu te interesso? Hum... Achei que tivesse me esquecido.

— Impossível.

Cafona. Sim, eu sei. A Nicole costumava gostar disso.

Então peguei em seu queixo, puxando-a para um beijo com gosto de *déjà vu*. Suas mãos apertavam minhas costas e eu podia sentir todo seu corpo encostado no meu... quando percebi seu celular vibrar no bolso da calça. O que não foi motivo para que parássemos de nos beijar. Só o fizemos quando fomos interrompidos.

— Nicole?! — chamou o namorado sem nome, abismado com o flagrante.

— Eu posso explicar... — disse ela, desistindo logo em seguida. — Não, não posso. É um pouco óbvio demais.

A última coisa que eu queria era me meter em confusão por causa de uma *ex*. Mas ele se afastou, furioso, jogando o copo de bebida longe. Diante do desdém com que ela lidava com aquilo, era realmente gritante que aquele relacionamento não tinha futuro. Talvez o brutamontes fosse só um passatempo. Talvez. Mas eu não queria me responsabilizar pelo término de algum namoro.

— Vai atrás do cara, Nicole. Ele merece uma explicação.

— Ah, deixa para lá — desdenhou novamente.

— Que amor...

— Eu sou um amor, sim. Você sabe... Só que eu elejo poucos para amar de verdade.

Nicole me lançou um olhar revelador, que eu não queria receber. Não a vejo há uns dez anos, não era possível que ainda nutrisse algum sentimento profundo por mim. E também, se existisse algo, era mais um motivo para que eu parasse com esse princípio de qualquer coisa que pudesse estar acontecendo entre nós. Amar é sofrer, todo mundo sabe. Eu não quero mais um sofrimento na minha vida. Escolhi ser livre e, se me envolvesse de verdade com alguém, perderia minha liberdade de fazer o que bem entendesse. Sozinho estaria sempre a salvo das dores. Me considero são por ter feito essa escolha.

— Vou lá pegar uma bebida para gente — eu disse, arrumando uma desculpa para me desvencilhar dela.

Se passaram apenas alguns segundos e eu já estava arrependido. Arrependido por ter falado com ela, trocado olhares, ido até aquela árvore e a beijado. Eu podia pôr a culpa na bebida, mas sabia que o álcool não era o único culpado; *eu* estava perdido. Muito perdido.

Ok. Não seria muito maduro de minha parte mentir e sumir da festa. Mas eu também não tinha mais neurônios sóbrios para contar a verdade. Se eu dissesse: *Nicole, acho melhor pararmos por aqui. Foi ótimo te encontrar, mas não estou afim de transformar esse beijo de reencontro em discussão de relação*. Certamente, ia acabar discutindo sobre uma relação que não existia mais.

— Guel! — chamou ela, quando comecei a me afastar. Parei e a olhei diretamente em seus olhos, notando a seriedade em sua expressão. — Eu nunca te esqueci.

Suspirei, incrédulo. Não... Ela não podia me fazer passar por isso.

— Eu sei que sumi — continuou ela. — Sei que devia ter sido presente quando o Tomás...

— Não toca no nome dele — interrompi, abruptamente.

Eu não daria permissão para que Nicole falasse desse assunto; ela não merecia essa chance e eu não merecia reviver algo tão sofrido. Minha vontade era de ir embora sem nem olhar para trás...

— Foi ótimo te reencontrar, Nicole, mas vamos deixar tudo como está. Vou ser muito sincero: eu não quero me envolver com alguém agora.

Nem nunca.

— Lembra como éramos lindos juntos? — insistia ela. — A gente se divertia, se dava bem. Sempre fomos perfeitos um para o outro!

— Não exagera...

— Não é exagero — disse, séria. — Eu ainda *amo* você.

Ao ouvir tal declaração, só o que pude sentir foi... repulsa. Repulsa por ela e por mim. Agora, mais do que nunca, quero distância dela.

Duvido desse amor, duvido do amor em si! Acho que todo tipo de relacionamento causa dependência, suga a energia... Tira a motivação no trabalho, que é a única coisa que é realmente sua, uma escolha que construiu para si. Quem se prende a um relacionamento fica com humor inconstante, se irrita muito mais facilmente, se entrega demais. A ponto de perder a própria essência e esquecer de si, dos próprios sonhos... Eu não acredito que isso possa ser saudável. Mas Nicole parecia estar louca para se viciar nessa droga.

— Você *pensa* que sente isso, mas não passa de uma invenção da sua cabeça — contrapus. — E acho que está na hora de encerrarmos essa história por aqui.

— Onde foi parar seu coração, Miguel? — questionou, pronunciando meu nome por inteiro, indignada. — Eu disse que te amo e você me trata assim?

— Esse amor é pura hipocrisia, Nicole! Acha que eu não soube que você me traiu naquela época?

Pela expressão de surpresa dela, não devia saber mesmo que eu havia descoberto.

— Eu errei! Ainda era muito imatura... Você sabe como é a adolescência! E olha, eu tomei meu rumo, também estou trabalhando nos ares! Temos mais isso em comum, sou comissária de bordo agora e...

Nicole conseguiu o que queria. Estávamos discutindo uma relação mal-acabada, no meio da madrugada, cheios de álcool na cabeça. Prenúncio de estresse desnecessário. Eu já nem prestava mais atenção no que ela dizia, quando minha *ex* pegou em meu braço, suplicante:

— Eu mudei — enfatizou ela, se aproximando de mim. — A sua falta me obrigou a amadurecer! Acha que esse reencontro foi por acaso? Talvez, seja a hora de a gente voltar a se amar, se cuidar... Dá uma chance para nós dois, Guel!

O apelido carinhoso voltou, mas eu já estava ficando cansado. Era para ser uma noite sem compromisso algum, uma noite só minha. Eu não tinha que ter me aproximado dela! Se arrependimento matasse...

— Nicole, presta atenção: para um relacionamento funcionar, seja ele em qual âmbito for...

Percebi que minhas palavras começavam a ficar um pouco mais elaboradas e isso queria dizer que essa chatice estava me deixando do jeito que menos queria estar: sóbrio. Precisava pôr um fim de vez nessa conversa.

— ... é necessário que ambas as partes — continuei — assumam um compromisso de respeito e lealdade. A partir daí, gera-se a confiança. Quando a confiança é quebrada, esse relacionamento não se sustenta mais como antes. Eu nunca conseguiria aceitar que uma pessoa entrasse na minha vida, fizesse parte dos meus planos, se não pudesse confiar nela.

— Você nunca vai me perdoar, não é?

— Não é questão de perdão, Nicole, mas de bom senso.

— Eu vou achar um jeito de ganhar sua confiança de novo!

Respirei fundo, tentando me acalmar. Nós não iríamos nos encontrar novamente, eu sabia disso. Em pouco tempo, já estaria nos ares em direção a Florianópolis e essa conversa estava sendo completamente em vão.

— Eu sei que dia é hoje — lembrou ela, piorando um pouco mais a situação. — Sei que é por isso que você está assim, frio e intolerante.

Nicole era o passado me cutucando, me lembrando das maiores desilusões que já vivi. A minha paciência havia acabado e eu não me importava mais com nada nem ninguém.

— Então, você também sabe que eu quero ficar *sozinho*.

Saí sem olhar para trás e fui ao encontro do que eu mais desejava no momento:

— Uísque, por favor — pedi ao barman. — Dose dupla.

Olhei para o relógio, já marcava quase cinco da manhã do dia três de janeiro. O ano mal tinha começado e, ao contrário daquelas pessoas que ainda dançavam felizes com os dias que estavam por vir, eu me sentia acabado. Minha única esperança na vida era a viagem que estava planejando há um bom tempo. Juntava dinheiro para tirar quase dois meses de férias acumuladas e viajar pela Ásia e Oceania. Sozinho e apenas em contato com desconhecidos. Não via a hora desse dia chegar...

Enquanto tentava focar meus pensamentos no *skydive* que queria fazer na Tailândia, tive a sensação de que estava sendo observado. Não precisei procurar muito para notar a presença distante e perseverante de Nicole, me lembrando de pedir mais um copo de uísque. Bebi até o meu estômago não aguentar mais. Cheguei ao ponto de não conseguir mais abrir os olhos e só ouvir as batidas abafadas da música eletrônica ecoando na minha cabeça. Eu só queria esquecer... de mim.

E assim o fiz. Meus pensamentos se foram, minhas pálpebras pesaram, meu corpo perdeu as forças... e, sem o controle, caí desacordado no chão.

***

Não sonhei. Apenas ouvi algumas vozes, barulhos metálicos e passos ao longe. Já não havia música tocando, mas, mesmo com meus olhos ainda resistindo para abrir, pude notar uma intensa claridade. Já devia ter amanhecido... Ou eu havia morrido e estava numa esfera bem iluminada, que, talvez, não fosse exatamente o destino dos bêbados.

— Ele vai ficar bem?

Havia alguém ao meu lado e a voz era semelhante à de Nicole. O que por segundos me pareceu ter sido um pesadelo, reencontrar minha *ex* e terminar a festa em discussão, agora se confirmava como realidade. E ela parecia ainda mais presente.

— Dentro de alguns minutos ele deve acordar — respondeu uma outra voz feminina.

Como essa pessoa sabia que eu estava acordando, eu não sei. Só pensava que Nicole era louca de ainda estar ao meu lado, mesmo depois de como a tratei. Definitivamente, essa menina precisava de mais amor-próprio.

— Eu nunca o vi desse jeito — continuou Nicole, ameaçando falar da minha vida. — Ele era tão centrado, responsável... Eu que era a maluca do relacionamento, lembra?

— Nicole... — chamei, ao encontrar alguma força em mim. — Fica quietinha, por favor.

Não ia permitir que ela relembrasse quem já fui um dia. Um cara feliz, extrovertido, sonhador. Às vezes, acho que nunca mais reencontraria essa minha versão... As luzes fortes dificultavam minha vontade de abrir os olhos, mas assim que o fiz, vi as duas mulheres me encarando, um tanto enojadas. Descobri que tenho talento para receber essa reação. Não queria ser grosseiro, mas estava com a paciência zerada.

— Como está se sentindo? Fiquei tão preocupada! — disse Nicole.

— Onde estou? — quis saber, ao notar que não estávamos mais no Pier Mauá.

— Você apagou na festa, então te trouxe de Uber para a emergência do hospital, para tomar glicose. Como ainda estava muito cedo, conseguimos chegar aqui bem rápido. Fiquei assustada em te ver daquele jeito, jogado no chão... Pensei que pudesse ser grave!

Entendi a preocupação e fiquei até admirado por sua atitude, afinal, eu não estava sendo tão agradável com ela. Mas Nicole havia me levado para o lugar que eu menos queria estar no momento. Eu odiava hospitais e tinha meus motivos.

— Obrigado, mas você não devia ter me trazido para cá — reclamei, arrancando o tubo de soro do meu braço.

— Você não era ignorante desse jeito — comentou a enfermeira, tirando de vez o cateter e pondo rapidamente um curativo no meu braço.

Ver aquele objeto fino e metálico sair da minha veia quase me fez desmaiar de novo, mas consegui respirar fundo e me manter firme. De uns tempos para cá, eu peguei horror a agulhas.

Os grandes olhos pretos da enfermeira me encaravam com desdém quando eu finalmente a reconheci. Era uma tia da Nicole, que não via há muitos anos e que, na verdade, pouco conhecia. A senhora, com cerca de 60 anos, exibia um semblante cansado, mas seus cabelos ondulados estavam perfeitamente arrumados em um coque no alto da cabeça.

— Lembra da tia Marilda, Guel? Te trouxe para cá porque agora ela está trabalhando neste hospital. Achei que aqui pudesse ser bem cuidado por ela.

Diante do desprezo com que a enfermeira me encarava, eu tive minhas dúvidas. É muito estranho quando uma pessoa que quase não nos conhece faz um julgamento sobre nós, baseado em poucas atitudes. Soa invasivo e injusto.

Eu conheço a Nicole há muitos anos, tivemos intimidade e participamos da vida um do outro. É como se tivéssemos permissão para agirmos como queremos com quem temos histórico. Não que eu estivesse certo em tratá-la daquele jeito, mas ela acabou se tornando meu para-raios nesse momento doloroso. E, se ainda estava ao meu lado, era porque queria que eu soubesse que podia contar com ela. Pelo menos, foi como interpretei seu comportamento insistente.

Mas aquela enfermeira... O que ela sabia sobre mim? Nunca havia sido chamado de "ignorante" e nunca me incomodou tanto saber que alguém fazia má ideia de mim.

— Eu só quero sair daqui.

— Só quando a doutora liberar — respondeu ela, ríspida. — Vai ter que aguentar mais um pouco e...

De repente, uma mão tocou no ombro de Marilda, fazendo-a silenciar. Era a tal doutora, que ao se revelar, deixou-me desnorteado. Eu não sei explicar o que senti, mas... Ela era... linda. Espetacularmente linda. Será que aquela sensação ainda seria efeito do álcool, que agora me deixava numa fase mais romântica? Não consegui desgrudar os olhos dela.

— Deixa que eu cuido disso, Marilda — disse a médica, profissional, em seu jaleco branco bem passado.

Seu olhar curioso parecia me analisar por inteiro e, quando mexia os longos cabelos castanhos, exalava o frescor de um perfume de frutas cítricas, o qual pude sentir quando ela se aproximou de mim.

— Sua namorada só quis te ajudar — disse a doutora, atenciosa.

— Ela não é minha namorada — enfatizei. — A Nicole é uma... amiga de infância.

— Amiga de infância?! — estranhou Nicole, caindo na gargalhada.

— Não foi assim que você me apresentou ao... ao... Como era mesmo o nome dele? — provoquei. Eu estava me referindo ao fortão com quem Nicole se atracava na festa horas antes. — Ah! É verdade. Nem você lembra dele!

A médica deixou escapar um sorriso com aquela DR inesperada e conseguiu ficar ainda mais bonita. Sei que parece totalmente inapropriado, mas eu realmente não conseguia parar de olhar para ela. Até que ouvi um bufar e percebi a tia Marilda revirando os olhos, visivelmente consternada.

— Vocês parecem duas crianças implicando uma com a outra... — concluiu a enfermeira, recebendo um olhar reprovador da doutora.

Eu já me sentia humilhado o suficiente de ter apagado na frente de Nicole — e também pelo fato de ela ter me socorrido. Estava ali, deitado, como tantos bêbados que deviam ter estado naquela maca tomando glicose após um porre. De repente, senti-me péssimo. E não era pela bebida.

— Estou liberado? — perguntei à médica, ansioso para sair dali.

— Depende. Como está se sentindo? — perguntou, enlaçando gentilmente meu braço com o aparelho de pressão arterial.

— Bem. Vou ficar ainda melhor quando esse dia finalmente acabar — revelei, cansado de minha própria amargura.

A médica me lançou um olhar atento, como quem tenta desvendar o que eu estava sentindo. E, por um instante, eu desejei que ela decifrasse meus pensamentos; que me abraçasse e dissesse que tudo ficaria bem.

Nos encaramos, hipnotizados, até que o alarme do medidor de pressão interrompeu o silêncio.

— Sua pressão está normal — concluiu ela. — Está tudo certo. Você pode ir.

— Eu posso ficar — revelei, para surpresa de todos. — Caso você queira... Ou ache necessário esperar um pouco mais...

Imediatamente, vi sua pele clara ruborizar e seu rosto ficar ainda mais encantador. Seus olhos castanhos evitaram olhar os meus, suas mãos ajeitaram os cabelos ondulados diversas vezes, como se procurassem algo para fazer. A doutora ficou completamente desconcertada.

— Sério, Guel?! — reclamou Nicole. — Depois de me tratar mal e eu cuidar de você, te trazer para o hospital... Você dá em cima da médica???

Agora fui eu quem revirou os olhos, desejando fugir da companhia da minha *ex*. Então, saltei da maca, amparado pela linda médica. Conseguia ficar em pé e caminhar, apesar da vertigem que me assolava. Sim, eu estava péssimo; a cabeça doía e meus passos eram irregulares. Mas quem se importava? Eu só queria sair dali.

— Procura um homem mais maduro e responsável, Nicole! — escutei a tia Marilda cochichar para a sobrinha. — Sai desse relacionamento que esse aí tem cara de ser um daqueles homens tóxicos!

Parei de andar e me voltei para a enfermeira, ofendido.

— A senhora realmente gosta de julgar.

— Não há julgamento aqui. É apenas uma constatação — rebateu, em um tom baixo, claramente tentando me dar uma lição de moral. — Seu comportamento é imaturo. Não é ficando bêbado que se resolve problemas ou se foge deles.

— Você não me conhece direito...

— Quando você for capaz de sentir gratidão pela pessoa que te ajudou — interrompeu-me, discreta — e repensar a maneira como se trata uma mulher, você volta aqui para a gente se conhecer melhor.

— Marilda — chamou a médica, tentando tirá-la dali.

Se isso não é um julgamento... Que estupidez! Uma enfermeira pode falar assim com um paciente?! Ela podia até falar como tia, preocupada com a sobrinha, mas ali teria que ser profissional, não? Quem era ela para me definir desse jeito? Por acaso ela sabe a responsabilidade que tenho diariamente ao transportar milhares de pessoas pelos ares? Por acaso a tia Marilda conhece a dor que aperta meu peito a ponto de me tirar o equilíbrio emocional? Será que a tia Marilda sabia o que aquele lugar significava para mim? Eu podia ter perguntado tudo isso a ela, mas a senhora feminista saiu antes de que eu pudesse me defender. Aquele ambiente estava me fazendo mais mal do que todo o álcool que eu havia ingerido na festa. Eu precisava ir embora. Imediatamente.

— Não vem atrás de mim, Nicole! — esbravejei, descontrolado.

Mas fui ignorado.

— Guel, precisava ser tão estúpido com a minha tia? E comigo? — reclamou ela, andando atrás de mim.

Talvez a Nicole seja o meu carma.

— Nicole, seu expediente como babá já acabou. Obrigado. Pode ir.

— Estúpido!

Nicole, enfim, me deu as costas e saiu, enfurecida. Eu mesmo não me reconhecia mais. Saí tão desnorteado que acabei errando o caminho.

Em vez de ir para a saída de emergência, segui por corredores idênticos que não davam em lugar algum. Fiquei perdido naquelas paredes beges e sem fim e a angústia por me livrar daquilo me levou à exaustão. Quando finalmente encontrei a portaria, eu me dei conta de que estava no exato hospital onde minha vida se arruinou. Estava no COEG, o Centro Oncológico Eva Goulart, onde eu perdi o meu melhor amigo, meu companheiro de todos os dias, o meu irmão caçula... o Tomás. O aniversariante do dia.

> *Agora é hora de alegria, vamos sorrir e cantar!*
> *Do mundo não se leva nada,*
> *Vamos sorrir e cantar!*
> *La, la, la, la! La, la, la, la!*
> *La, la, la, la... la, la, la, la, la, la!*
> *O Tomás vem aí! Ô lê, ô lê, ô lá!*
> *O Tomás vem aí! Ô lê, ô lê, ô lá!*

Pude ver na minha frente com muita clareza o meu irmão quando tinha uns quatro anos, com um pompom marrom na cabeça, microfone de brinquedo preso na gola da camisa, dançando debochado pela casa, imitando a emblemática figura do Silvio Santos. Era como se eu estivesse de novo nos anos 90 e assistisse a TV chiar o programa do apresentador numa tarde de domingo. Tomás cantava e vinha me provocar, me cutucando e fazendo cosquinhas. Geralmente, fazia isso quando eu estava mal-humorado. Parecia que ele estava ali, para me animar de novo, tentando com muito esforço que eu voltasse a dar risadas. Como eu amava rir com meu parceiro... Que falta me fazia ouvir a gargalhada do meu irmão.

Eu não consegui controlar minha emoção. Era um sofrimento que estava oprimido em meu peito há muito tempo... Estar ali, naquele exato hospital, era como se o destino me obrigasse, com toda sua força, a tirar as lágrimas sufocadas em mim. E, em prantos, as mesmas perguntas sem respostas gritavam em meus pensamentos:

Por que com ele e não comigo? Por que eu não consegui salvá-lo? Para quê viver sem meu irmão? E agora... O que a vida quer me falar me trazendo de volta a esse lugar?!

Eu tentava, em vão, enxugar a tristeza que transbordava e escorria por meu rosto quando vi o cartaz de uma campanha que dizia:

Doador de medula óssea, participe você também de um final feliz!

Feliz... Eu já não sabia mais o que significava essa palavra tão pequena. E não queria nunca mais pôr os meus pés naquele lugar, que nunca me trouxe felicidade...

Assim eu pensava. Mas a vida é muito mais surpreendente do que podemos imaginar. Esse dia tão descompassado transformaria para sempre a minha vida. Naquele mesmo hospital, eu teria a chance de um recomeço e de mudar completamente a minha história. Ali, eu encontraria o que mais precisava e o que mais queria evitar... o amor.

2
A mudança que deseja pode estar onde mais se quer evitar

MIGUEL

Eu tinha planos grandiosos. Queria ser piloto de avião desde que me entendo por gente e voar mundo afora, ver o nascer do sol lá de cima, fazer manobras no ar, conhecer os mais diferentes cantos do planeta. Quando completei as horas de voos necessárias para ser copiloto, a primeira pessoa que convidei para voar comigo foi meu irmão, meu parceiro em tudo na vida, o Tomás. Ele tinha só 15 anos na época e ficou amarradão quando levantamos voo. Pensei que estivesse bancando o corajoso quando fiz o convite e ele aceitou na hora, mas não. Tomás realmente confiou em mim como ninguém nunca fez. Jamais vou esquecer o sorrisão dele quando estávamos lá no alto. Nunca mesmo. Aliás, há quase três anos que, todas as manhãs, antes mesmo de eu abrir os olhos, é o rosto do Tomás que me vem em pensamento. Ele e o seu sorrisão. E agora não seria diferente.

Cheguei no quarto do hotel às sete da manhã e tudo o que eu não queria era sair da cama. Tomás faria aniversário hoje e, mais uma vez, não vou poder surpreendê-lo com um presente e comer o bolo de chocolate com recheio de doce de leite que ele tanto amava, apesar de ser enjoativamente doce!

O que compraria para ele neste ano? Acho que uma vitrola *vintage* seria interessante... Daquelas que tocam vinil, com o visual de antigamente. Ele adorava velharia, o que incluía — com todo respeito, é claro! — o nosso avô! Passavam horas ouvindo os discos da banda Led Zeppelin quando Tomás era criança e já curtia aquele som. Talvez eles estejam ouvindo juntos agora, em outro plano... Eu daria tudo para assistir, mesmo que por alguns instantes, esse reencontro musical.

Por mais que estivesse jogado na cama, onde meu corpo insistia em querer ficar inerte, sem ânimo até mesmo para um banho, meus pensamentos ainda estavam acelerados. Não pelo reencontro com a Nicole, mas por algo mais além; a forma como aquela enfermeira me olhou, a sensação de estar sendo imaturo, ingrato e irresponsável.

Minha autoestima estava lá embaixo e não conseguia parar de pensar na imagem que aquela tia ou mesmo Nicole tinham de mim. E, pior: Tomás certamente daria razão a elas. Apesar de caçula, ele sempre foi mais sensato do que eu.

Que saudade do meu irmão...

Contra a vontade do meu esgotado corpo, abri os olhos e respirei fundo. Precisaria reagir porque, esse ano, eu não estaria sozinho. Estava na minha cidade e a culpa que aquela enfermeira me fez sentir ativou em mim um mínimo de responsabilidade. Afinal, não conseguiria evitar de encontrar minha mãe com os olhos inchados por não ter dormido, com aquela profunda tristeza que parecia não ter fim. E meu irmão não estaria conosco para comemorar e cantar parabéns. Um dia que sempre foi marcado pela alegria, agora era cheio de dor e saudade.

Levanta, Miguel. Sua mãe precisa de você.

Então, sentei-me na cama, tomei um banho, peguei minha mala e fiz *check-out*. Eu precisava ir para casa da minha mãe ficar com ela.

Estávamos em janeiro, época de férias escolares, então o caminho para o Jardim Botânico estava livre de trânsito. Cheguei em frente ao portão azul marinho da casa e usei minhas antigas chaves para entrar. Já fazia tanto tempo que morava de hotel em hotel, que parecia que havia me mudado de vez. Achei melhor não tocar a campainha, não queria alertar minha mãe de minha chegada. Entrei de mansinho, sem fazer muito barulho. Assim que abri a porta principal, um cheiro inconfundível me fez esperar que Tomás já aparecesse correndo. Bolo de chocolate e, provavelmente, com recheio de doce de leite.

Ela fez o bolo do Tomás...

Ao chegar à cozinha, minha mãe tirava o bolo do forno, com sua aparência desleixada e envelhecida. Com 56 anos, seus cabelos, antes loiros escuros, agora estavam sempre com as raízes brancas. A ausência de brilho nos olhos também contribuía para que parecesse ter uns dez anos a mais. Ela tinha 25 quando eu nasci, hoje eu tenho 31 e não consigo me imaginar com um bebê no colo. Ela chegou a se casar com meu pai, mas eles se separaram quando eu tinha quatro anos. Por cinco anos fomos só dona Stella e eu em casa, até que ela começou a namorar outro homem e engravidou de repente, sem planejar.

Eu não gostava muito desse namorado da minha mãe, principalmente quando ouvi uma conversa em que ele dizia que não queria ter filhos. E ele dizia isso para uma mulher grávida, que já carregava uma vida em seu ventre. Claro que nunca contei isso para o meu irmão.

Com o passar do tempo, após o nascimento de Tomás (que crescia rápido e se tornava um menino forte) e minha chegada à puberdade e adolescência, assumi para a mim a responsabilidade de ser uma figura masculina de referência para meu irmão caçula. Eu tampouco tinha tido tal referência, mas, para ser sincero, adorava ser exemplo e espelho para Tomás.

Eu tinha essa mania de trazer as responsabilidades para mim. Ultimamente, assumia apenas as que aguentava, mas hoje teria que ser diferente. Minha mãe estava em cacos, fazendo um bolo que não teria parabéns e iria querer ficar sozinha em seu quarto escuro o resto do dia. Eu a compreendia, mas, no fundo, sabia que nada podia ser feito. Sabe por quê? Porque eu não basto.

Já havia tentado suprir a ausência do Tomás, já havia tentado fazê-la esquecer da tristeza... Como poderia conseguir se nem eu mesmo supero isso?

— Que bom que chegou, meu filho — disse minha mãe, ao notar minha presença depois de algum tempo. — Fiz o bolo do seu irmão! Quem sabe ele não sente o cheirinho e vem fazer uma visita? Acho que ficaria feliz em ver que não foi esquecido.

— Claro, mãe.

Dei um beijo em sua testa e sentei à mesa. Por mais que soubesse que ela estava se torturando ao fazer aquilo, também fiquei satisfeito em poder comer o bolo do meu irmão e cantar parabéns para ele. Em pensamento, claro. Sempre respeitei o luto eterno da minha mãe e não tinha a menor intenção de forçar qualquer barra.

— Tomei uma decisão, Miguel — disse, tranquila. — Não vou ficar em casa, trancada no quarto, chorando o dia inteiro.

— Se for ao shopping, te acompanho. Estou precisando de uma bermuda nova. Está muito calor aqui no Rio — brinquei, tentando agir com naturalidade e disfarçar minha surpresa.

Claro que não estava precisando de bermuda alguma. Desde que Tomás se foi, sinto que não preciso de mais nada. Muito menos roupa nova. Só precisava dele aqui. Mas achei que houve um avanço, sabendo que dona Stella não passaria o dia se lamuriando. Eu toparia qualquer programa que ela inventasse.

— Não vou ao shopping, meu filho. Vou ao COEG.

Dessa vez, foi impossível conter meu espanto. O que ela faria justamente no hospital onde as lembranças de Tomás viriam de forma devastadora? E antes mesmo que eu pudesse falar algo, ela continuou:

— Quero trabalhar como voluntária no meu tempo livre.

— Mãe... Isso não vai trazer o Tomás de volta!

No instante em que falei aquilo, já me arrependi. Minha mãe silenciou e eu percebi que minhas palavras, apesar de sinceras, poderiam ter sido muito duras.

— Claro que não... Eu, mais do que ninguém, sei que essa ausência é eterna. E que a dor que sinto não tem cura.

— Não fala isso, mãe, não foi o que eu quis dizer... Não quero que se maltrate, que se torture com essas lembranças... Quero que volte a ter uma vida, a ser feliz. O Tomás também ia querer.

Eu pedia algo a ela que sabia ser quase impossível. Minha mãe pegou minhas mãos e abriu um sorriso triste.

— Entende uma coisa, Miguel... Eu nunca mais vou ser feliz. Posso até colocar uma máscara e sorrir daqui a um tempo. Voltar a ficar mais normal, sociável... Até mesmo encontrar um namorado novo. Mas felicidade plena, nunca mais vou ter. Perdi uma parte de mim irrecuperável e hoje só quero aliviar um pouco esse sofrimento.

Minha mãe nunca tinha sido tão franca comigo. E ouvir aquelas palavras tão sinceras me deixou completamente atordoado, como se um soco tivesse me atingido em cheio. Mas eu precisava me manter firme.

— Quero ocupar todo o meu tempo! — continuou ela. — Você tem a sua profissão e eu fico muito satisfeita que não tenha desistido. Mas a casa fica vazia, o meu cargo no banco não me supre mais. Preciso me sentir útil, meu filho!

— Acho um gesto muito nobre, mãe. Mas também acho, sinceramente, que pode trazer mais sofrimento para você. A gente tinha que viajar, se distrair. E não voltar ao local onde o Tomás passou por tudo aquilo.

— Não estou pedindo a sua autorização, meu filho. Só gostaria que me fizesse companhia. Você vem? Já estou de saída.

— Não, mãe. Desculpa, mas... não quero entrar naquele lugar de novo.

Ela beijou meu rosto e saiu pela porta, decidida, sem saber que há poucas horas eu mesmo estive internado lá.

Senti-me um egoísta em deixá-la ir sozinha, mas era inevitável lembrar do que passamos com Tomás em seus últimos dias. Queria tentar pensar nele nos momentos de diversão, como a primeira vez que voou comigo... Em todas as nossas brincadeiras, jogos de futebol, corridas, disputas de mergulho na piscina do clube. Das risadas incontroláveis em qualquer elevador, das discussões por qualquer bobeira que sempre terminavam em gargalhadas, dos sustos que ele gostava de me dar quando eu ia sozinho à cozinha durante a madrugada.

Queria lembrar do meu irmão com a vida pulsando nele. Com a vida pulsando em nós. Não com ela tentando escapar de uma forma tão injusta. Não queria voltar a recordar, logo hoje, a semana mais infernal de nossas vidas, quando ficamos confinados naquele hospital, vivendo uma angústia sem tamanho.

Tomás começou a passar mal, a ter tonturas e manchas arroxeadas nas pernas de repente. Primeiro, pensamos que pudesse ter comido algo estragado. Ele sempre se arriscava nesses sanduíches duvidosos. Depois, que houvesse dado topadas fortes e não estivesse lembrando onde havia se machucado. Mas ele continuava a se sentir mal, sem apetite, e minha mãe logo foi se informar sobre as causas possíveis desses sintomas. Médicos detestam isso, pois os resultados dessas pesquisas nem sempre condizem com a realidade, mas o que ela encontrou foi o suficiente para apavorá-la.

Podia ser câncer. Sem mais esperar, o levou direto para o COEG. Eu não estava no Rio naquele dia, já trabalhava como copiloto e tinha voado para Natal. Meu voo de volta só estava previsto para dali a dois dias.

No momento em que o médico de plantão o viu, o internou. E minha mãe, não querendo me preocupar, não me avisou o que estava acontecendo. Fiquei dois dias sem saber que meu irmão estava internado e não sei ainda se consigo perdoá-la por isso. Tento entender que achava que estava fazendo o melhor para mim, mas me dói saber que perdi esses dois dias ao lado do meu irmão. Ele também era e sempre será uma parte de mim.

Quando, finalmente, cheguei ao COEG, Tomás tinha feito uma biópsia e esperava o resultado do exame. Não gostei da expressão que o médico fez quando perguntei que tipo de doença achava que era. Ele me disse que poderia ser leucemia, mas que existiam vários subtipos e que só com o resultado da biópsia iriam direcionar o tratamento. No momento, o medicavam de um modo mais abrangente. Deu a entender que estavam correndo contra o tempo, mas que Tomás precisava de carinho e otimismo nessa fase.

— Irmão, você não sabe o espetáculo que estava aqui agora pouco — disse Tomás, animado, assim que entrei no quarto dele no hospital.

— De quem você está falando? Estava ali fora e não vi ninguém sair daqui.

— Está falando que eu já estou vendo fantasma? Calma, Miguel, é só uma garota. Mamãe já a conheceu também. Não estou alucinando com esses remédios. *Ainda*.

O jeito do Tomás sempre me fazia rir. Como alguém pode falar de garota numa cama de hospital? Talvez quisesse aliviar as nossas preocupações, mantendo o ambiente descontraído. Mas ele estava mesmo impressionado, já que insistiu no assunto.

— Você tem que conhecer a Moranguinho!

— Tomás... Essa sua mania de dar apelido para as pessoas... Precisa começar a decorar o nome das garotas, principalmente se quiser ficar com ela! Se essa aí te impressionou tanto...

— Não tenho chance alguma! Ela deve ter a sua idade. Eu quero é te apresentar.

— Para com essa história de querer me arranjar namorada, irmão!

— Miguel... — disse ele, respirando fundo, como se fosse dar à conversa um tom mais sério. — Essa seca não está te fazendo bem. Já falei isso, estou preocupado. Você necessita desencalhar.

E permaneceu me olhando, em silêncio, como se agora eu fosse um paciente em busca da cura para um enorme problema. Nunca vou esquecer aquela expressão debochada, que antecedeu seu sorrisão!

Ah, meu irmão... O que eu não faria para estar com você de novo!

Nem tive tempo de saber se poderia fazer alguma coisa por ele. Foi tudo tão rápido... Nunca imaginei que a vida pudesse me dar uma rasteira dessa. Tirar de mim a pessoa mais importante do mundo em questão de dias. Sabe quando uma semana passa rápido e você pensa que perdeu tempo?

Os outros cinco dias que tive com meu irmão foram intensos, mas não esperava por isso. Não quis acreditar que a vida podia fazer isso com a gente. Não comigo. Talvez com pessoas próximas, conhecidas ou desconhecidas. Não comigo.

Se para mim foi um baque que transformou tudo, que me fez ver o mundo de um jeito mais cruel, para minha mãe foi mil vezes pior. Não desejo isso para ninguém. Foi tudo muito rápido. Nem pude saber se eu era compatível com o Tomás para uma possível doação de medula, não deu tempo de o resultado da biópsia sair. Ele se foi antes disso tudo.

Claro que isso logo se tornou uma ideia fixa em minha mente: e se eu fosse compatível e pudesse fazer a doação da minha medula? Podia ter salvado a vida do meu irmão? Fico frustrado quando penso que não tive ao menos essa chance... Chance de tentar.

Só de pensar naquele hospital de novo, fico enjoado. Mas a minha mãe estava certa em tentar achar um propósito na vida. Eu realmente estava sendo imaturo.

Foi quando lembrei da campanha que havia visto no mesmo hospital, na noite anterior:

Doador de medula óssea, participe você também de um final feliz!

E se eu me tornasse doador? Não posso mais ajudar meu irmão, mas talvez possa salvar uma outra vida... Será que eu tenho essa coragem? Não teria que frequentar o hospital como voluntário e poderia fazer a diferença na vida de alguém. De qualquer forma, não poderia deixar minha mãe sozinha naquele lugar. Não hoje. Tomás me daria um empurrão se eu continuasse aqui parado. Principalmente se soubesse que grandes e surpreendentes emoções estavam por vir.

Melhor levar um pedaço do bolo, irmão. Vai que encontra a Moranguinho?

Foi como se ele tivesse falado no meu pensamento. Eu tinha muita curiosidade em conhecer essa garota de quem ele tanto falava... Bom, não custava nada levar um pedacinho.

3
O medo perde a força quando age o coração

MIGUEL

Meu coração acelerou quando fiquei novamente de frente para a entrada do COEG. O hospital, que ficava no movimentado bairro de Botafogo, em uma rua arborizada próxima ao Humaitá, tinha um jardim perfeitamente cuidado. Sua arquitetura moderna contrastava com as casas e prédios antigos que o rodeavam. A fachada, composta por vidros e paredes em tons terrosos, parecia perfeitamente pensada para se distanciar da imagem de um hospital convencional. Era como se todo aquele cenário construído para o bem-estar, como uma imersão na natureza, fosse afastar a impressão de que estávamos num ambiente frio e doloroso.

Há poucas horas tinha colocado na cabeça que não entraria mais naquele lugar. Eram muitas lembranças, muito sofrimento.

Não sei se existe uma forma de se sentir mais humano como quando você tem que encarar uma realidade de que não gostaria. Seu corpo todo dói, seus pensamentos somem, nada é coerente. Parece que, se alguém te tocar, você desmorona e vira pó. Minha vontade era sair correndo dali, mas tinha alguém lá dentro que precisava de mim. E, mesmo assim, meus pés ficaram plantados na calçada, criando raízes.

Respirei fundo algumas vezes para ver se tomava coragem, mas parecia cada vez mais distante. Foi então que vi um carro branco parando na frente do local e um casal saindo com pressa, tirando um menino de uns doze anos de dentro do veículo. O garoto tinha as pernas com manchas como meu irmão e quando percebeu que eu olhava, senti um embrulho no estômago. Um triste reconhecimento. Pude ver no seu olhar que estava cansado, com dor, mas mesmo assim teve compaixão pela cara que eu devia estar fazendo e sorriu de leve para mim.

O meu enjoo piorou e, assim que a família entrou no hospital, virei para um canteiro de plantas e vomitei. Talvez ainda fosse por causa do álcool, mas a sensação que eu tinha era de estar me livrando de tudo que estava acumulado há muito tempo. Medos, angústias, ressalvas, esperanças... Tudo saía e me deixava vazio, completamente desarmado. O mundo podia fazer o que quisesse comigo que não eu ia me importar. Mas aí lembrava que tinha alguém que dependia de mim para continuar vivendo.

O que seria da minha mãe se eu desistisse da vida? Não tinha nem ao menos esse direito de fazer o que quisesse de mim. Tinha que tirar forças não sei de onde e levantar, respirar fundo e encarar essa realidade que tanto me assombrava.

Tentando não pensar muito, segui em direção à entrada de porta marrom e subi os degraus com dificuldade. Minhas pernas pesavam e as lembranças já começavam a invadir minha cabeça. Era inevitável. Tomás fraco, Tomás rindo, Tomás se despedindo... Meus olhos ardiam, mal conseguiam ficar abertos, mas eu não podia demonstrar fraqueza para minha mãe. Ela estava sendo muito mais forte e eu não podia decepcioná-la. Eu não tinha o direito de fazê-la sofrer. Precisava me recompor antes de encontrá-la.

Fechei rapidamente os olhos, respirei fundo e... fui atropelado por alguém que abriu uma porta com força, me acertando em cheio. Uma pancada daquelas que faz tudo em volta girar.

— Desculpa, desculpa, desculpa!!! — pedia uma voz feminina, certamente a causadora de tal acidente. — Não te vi!

Meu nariz ainda latejava quando percebi que estava diante de uma palhaça. Literalmente. Minha agressora estava fantasiada com um jaleco, nariz vermelho, chapéu colorido, cara branca, boca vermelha e um coração desenhado na bochecha. Ela sorria enquanto esperava que eu me restabelecesse. Mas, definitivamente, eu não estava com humor para palhaçada.

— Temos que ir, sua palhaça perdida!!! — chamou um outro fantasiado, que se aproximou. — É nesse andar mesmo! A gente vai entrar agora no quarto da Tatiana, de seis anos, que internou ontem.

— Desculpa, ok? — pediu ela, mais uma vez. — Agora vai ficar com o nariz vermelho igual ao nosso!

Eu não sabia se ficava mais irritado ou se achava graça de uma palhaça aparecer para zombar de mim num momento tão difícil da minha vida. O outro palhaço tratou de puxá-la rapidamente.

— Vamos logo, Moranguinho!

Moranguinho?!

No mesmo instante, lembrei das palavras do meu irmão. Seria ela a garota que Tomás estava falando? A tal menina espetacular que eu deveria conhecer era... uma palhaça?

Ainda estava confuso com tantos pensamentos, quando ela se afastou pelo corredor. Ao parar em frente ao quarto que entraria, ela me surpreendeu, tirando de sua bolsinha um outro nariz de palhaço e o jogando para mim.

— É para disfarçar, caso o seu nariz inche um pouco!

— Obrigado, mas... Espero que não precise.

— Ninguém vai estranhar, não se preocupe! — disse ela, com um sorriso no rosto. — Usar isso aqui é uma honra.

Em seguida, ela e seu palhaço companheiro colocaram a cabeça para dentro do quarto e ouvi eles perguntarem, ao mesmo tempo, se podiam entrar. A criança e os pais deviam ter permitido e eles tentaram passar pela porta os dois juntos, ficando presos e fazendo a menina lá dentro soltar uma gargalhada. Assim que entraram, não resisti, tive que chegar mais perto e ver o que estavam fazendo. A criança ria tanto! Algo incomum para aquele ambiente doloroso.

Que coragem esses dois tinham de estar ali, vestidos daquele jeito, tentando alegrar uma menina que se sentia doente, mas que, provavelmente, nem sabia que aqueles poderiam ser seus últimos dias de vida. Mais contagiante, ainda, eram as expressões de alegria dos pais ao verem o sorriso no rosto da filha.

O que estaria passando na cabeça deles? Será que riam de verdade, pela graça dos palhaços? Será que riam de nervoso por estarem sob uma pressão absurda? Ou riam de emoção ao proporcionarem um pouco de alegria àquela pessoinha que eles tanto amavam?

A dupla não media esforços para alegrá-los. Eu mesmo acabei soltando uma risada ao ver, da porta, uma palhaçada deles!

— Receberemos a visita de um novo companheiro palhaço? — perguntou ela, para a minha surpresa, fazendo sinal para que eu colocasse o nariz vermelho.

Fiquei sem ação e saí dali completamente sem graça, levando comigo aquele nariz de palhaço. Naturalmente distraíram a menina com uma boa piada, pois pude ouvir de longe as risadas que vinham do quarto. E, de repente, percebi que meus ombros já não pareciam mais tão pesados, tão contraídos. Estava mais leve e melhor para encontrar e apoiar minha mãe.

Enquanto a procurava por aqueles corredores tão familiares, me perguntei o poder que uma risada tem sobre a gente. Era tudo o que mais queria naquele momento: que minha mãe voltasse a sorrir. Mas sabia que esse, ainda, era um longo caminho a ser percorrido.

Lá estava ela: sentada em uma cadeira com uma agulha enfiada em seu braço, para a doação de sangue. Seus olhos se iluminaram quando me viram a admirando. Sorri e fui dar um beijo em sua testa.

— Você veio! — disse ela, satisfeita.

— Claro, mãe.

— Podia aproveitar e doar sangue também. Tem tanta gente precisando, meu filho... — disse, com olhar esperançoso. — O que é isso na sua mão? Um nariz de palhaço?!

Olhei para aquela bola vermelha na minha mão por alguns instantes e lembrei dos dois voluntários trazendo sorrisos às pessoas que nem conheciam. Pensei no meu irmão... Pensei na minha mãe. Foi como se a coragem deles me desse forças para ir em frente com o meu propósito ali.

— Vim me cadastrar como doador de medula óssea, mãe — disse, finalmente, deixando-a emocionada.

Ao dizer em voz alta, não me senti mais imaturo e insensível. E uma parte de mim, do meu antigo eu, parecia respirar aliviada. Como se eu me reconhecesse novamente, como se a esperança renascesse em mim. E só o que eu precisava doar no momento era uma amostra sanguínea para checar se havia compatibilidade genética com alguém que necessitasse do transplante. Poderia demorar anos para essa pessoa aparecer, talvez ela ainda nem estivesse doente, mas só de me cadastrar como doador já me proporcionava a sensação de humanidade.

— Você me enche de orgulho, Miguel — declarou minha mãe, agora emocionando a mim.

Sorri para ela, que pegou em minha mão. Ficamos os dois ali sentados, com os dedos entrelaçados por um bom tempo. Os mesmos que me faziam carinho na cabeça quando pequeno, agora mais envelhecidos e frios, buscavam uma espécie de reconexão.

Tomás, sim, ficaria orgulhoso de nós dois.

***

— Me dá a mão? — pediu Tomás quando estávamos aos pés de uma roda gigante, em pleno Rock in Rio.

Já entardecia no nosso festival de música preferido quando Tomás quis passear pelo parque temático. Ele tinha passado aquele dia meio borocoxô, zero animação para assistir aos shows. Estava ali quase que por obrigação, por ter comprado os nossos dois ingressos com meses de antecedência.

Normalmente, a imponente estrutura metálica de luzes coloridas não assustaria um rapaz, no auge dos seus 19 anos, que não tinha medo de altura. Ele não era mais nenhuma criança para estar me pedindo esse auxílio e eu, na verdade, nunca sabia dizer se estava brincando ou falando sério. Estranhei que estivesse evitando um show maneiríssimo que ia começar e que quisesse sentar na cabine da roda gigante. Ainda mais de mão dada comigo.

— Fala sério que você está com medo! — zombei. — O treco anda a dois quilômetros por hora. E problema com altura eu sei que você não tem.

Ele continuou com a mão estendida para mim, ignorando o olhar curioso da funcionária de cabelos azuis e brinco no nariz que organizava a fila para a entrada no brinquedo.

— Você não está nada bem — concluí, descontraído, dando-lhe minha mão.

Ficamos os dois marmanjos ali, no primeiro lugar da fila, aguardando de mãos dadas para entrar na cabine. Eu pouco me importava com o que fossem pensar, ele muito menos. Só queria saber o que se passava naquela cabeça ruiva.

Entramos na gôndola de vista panorâmica com mais duas garotas desconhecidas, ambas com camisetas de bandas de rock e bastante risonhas, provavelmente por conta da cerveja que viraram de uma vez, quando ainda estavam atrás da gente na fila. No subir da roda, víamos um mar de pessoas se formar lá embaixo e notei que o Tomás perdia seu olhar na paisagem deslumbrante que despontava. O céu alaranjado e as luzes coloridas do festival já acesas eram realmente fascinantes. Estava tudo lindo por fora, mas algo se apagava dentro do meu parceiro de vida. Meu irmão, sempre tão leve e feliz, agora parecia desanimado.

— Eu desisti de estudar para medicina — revelou ele.

Tomás dedicou os últimos dois anos às provas do vestibular e havia acabado de realizar algumas delas. Sempre pensei que a profissão não combinava com ele; era muito séria para o meu irmão brincalhão. Para mim, fazia todo sentido que mudasse de ideia.

— Queria ser cardiologista, cuidar do coração dos outros, salvar vidas... Mas acho que o compromisso em ter que lidar com a morte é muito pesado — concluiu, triste. — Agora não sei o que vou fazer com a minha vida. Estou completamente perdido.

— Tudo bem. Uma hora você vai descobrir — aconselhei, sem saber muito o que dizer.

As garotas, envoltas pela energia densa que pairava na cabine, prestavam atenção na conversa e já me lançavam olhares recriminadores por conta do meu conselho raso. Juro que estava fazendo o melhor de mim, como sempre fiz por aquele cara que eu tanto amava. Mas não é simples ser pego de surpresa com uma conversa tão profunda.

— Você sempre teve tanta certeza de que queria ser piloto de avião, desde pequeno brincava disso. É muito ruim não sabermos quem a gente é.

— Você é o Tomás.

Meu irmão desviou o olhar da paisagem e se voltou para mim, com desdém. Claramente, eu não estava sabendo ajudar. Como irmão mais velho, eu precisava me esforçar um pouco mais.

— Quero dizer, faz parte da vida a gente ir se conhecendo aos poucos. Senão, seria tudo muito sem graça! Cala um pouco a sua mente preocupada e foca no que seu coração quer dizer. Só assim vai descobrir o caminho... E, Tomás, você só tem 19 anos. Tem muuuuito tempo ainda pela frente para descobrir o que realmente quer. Vai com calma! Um passo de cada vez.

Mal sabia eu que tínhamos apenas alguns poucos meses juntos.

— Um passo de cada vez... — repetiu ele, para si.

— Agora vamos descer desse brinquedo que eu quero comprar uma cerveja para você. Eu vim aqui contigo para gente se divertir, irmão!!!

E saímos abraçados em direção à multidão para criarmos algumas de nossas melhores memórias. Meu irmão cismava em apresentar mulheres para mim e eu tentei fazer o mesmo, numa disputa de quem constrangia mais o outro. Infantil, eu sei. Mas, naquele momento, éramos mesmo dois garotos felizes e inconsequentes.

Eu estava na melhor companhia e sabia disso. E era muito bom saber que ele também não escolheria um outro companheiro para curtir aqueles momentos. Cantamos juntos, pulamos, coloquei Tomás no ombro e ele até foi notado por um astro internacional.

A luz do meu irmão ofuscava qualquer holofote, essa é a verdade. E imaginar que ele não está mais aqui é como me ver naquele lugar enorme, agora vazio e apagado, num silêncio ensurdecedor...

***

— Ingeriu álcool nas últimas doze horas? — questionou-me o enfermeiro antes da doação, tirando-me de minhas lembranças e me trazendo de volta para o ambiente do hospital.

Ao me dar conta da bebedeira da noite anterior, não consegui evitar a perturbadora recordação da tia Marilda me chamando de irresponsável.

Como devia existir um prontuário com meu histórico vergonhoso, tive que falar a verdade, o que me constrangeu completamente. Mas eu não desistiria e voltaria no dia seguinte para a realizar a coleta sanguínea. Parecia que aquele hospital nos queria por perto...

Minha mãe foi à recepção, querendo ser ainda mais útil, doar plaquetas, remédios, o que pudesse. Enquanto a recepcionista a informava sobre tudo, meus olhos percorriam o lugar, procurando a palhaça pelos cantos do hospital. Dei algumas voltas pelos corredores próximos, fui ao banheiro, procurei um bebedouro. Nem sinal dos palhaços. Deviam estar ainda na ala pediátrica. Mas lá eu não queria voltar.

— Vamos? — chamou minha mãe, quando me viu retornando.

Pedi que esperasse uns segundos e fui à recepcionista, que parecia um tanto mal-humorada, imersa em pilhas de papeis e prontuários. A mulher, com seus cabelos presos em um coque desleixado e o semblante cansado, lançou-me um olhar rápido e crítico assim que me aproximei, deixando-me inesperadamente desconfortável. Era como se estivesse me dizendo, apenas com o olhar, que não queria que eu pedisse por informações. Contudo, eu respirei fundo e decidi seguir em frente.

— A senhora conhece uma palhaça chamada Moranguinho que trabalha aqui na pediatria?

— Desde pequena — respondeu, dando um suspiro profundo, voltando os olhos para a papelada.

— Ela faz isso desde criança?! — estranhei.

— Desculpe, mas estou muito ocupada. Preciso fazer uma ligação...

— Pode apenas entregar esse bolo para ela por mim?

De dentro da bolsa de papel que carregava, tirei um pote com o pedaço do bolo do meu irmão.

— Diz que quem mandou foi o Tomás... E que ele agradece a alegria que ela traz às crianças.

Diante da resposta fria da mulher, pus o nariz de palhaço, sorrindo. E arrisco dizer que ela pareceu um pouco mais irritada, o efeito foi contrário! Mas, sem esmorecer, saí dali e fui em direção à minha mãe, que se espantou ao me ver daquele jeito.

Após um breve instante, posso afirmar que a magia funcionou, pois recebi de volta um lindo e genuíno sorriso. Aquela foi a maior das vitórias do dia. Fiz minha mãe sorrir no local em que ela tanto chorou.

À tarde, fui até uma feira de antiguidades, torcendo para encontrar algo que agradaria meu irmão. Era inevitável imaginar o que ele gostaria de ter, vislumbrar sua reação diante de um presente... Como Tomás gostava de ganhar presentes! Parecia criança! E tinha que ser em quantidade. Mais importante ainda: tinha que ter um significado, ser especial.

E era isso o que eu faria hoje. Compraria algo que o faria feliz. Nessa feira, tinha todo tipo de quinquilharia. Brinquedos da década de noventa, roupas velhas cheirando a mofo e pratos com pinturas, daqueles que as pessoas costumavam pendurar na parede da sala. Minha avó tinha uns daqueles. De repente, vi uma barraca interessante com telefones antigos, máquinas de escrever e o melhor de todos: uma vitrola. Vintage de verdade, como eu tinha pensado. Tomás ia adorar!

É muita loucura comprar um presente de aniversário para quem já se foi? Acho que não... É uma maneira de imortalizar meu irmão. Ele, de qualquer forma, sempre será lembrado. Desde quando abro os olhos ao acordar até a hora de dormir. Sempre será meu primeiro e meu último pensamento do dia.

Fiquei feliz em comprar a vitrola e busquei também alguns LPS de que ele gostaria. Comprei Nirvana, U2, Guns N'Roses, Bob Marley... e achei o que mais adorava, por influência do nosso avô: Led Zeppelin! Voltei para o Jardim Botânico todo animado, muito satisfeito com minhas aquisições.

— É para o Tomás — disse com cuidado para minha mãe, que estranhou quando cheguei em casa com todos aqueles embrulhos.

Ela começou a se emocionar novamente, mas logo a interrompi.

— Você fez bolo e tomou coragem para voltar àquele lugar. Eu comprei presentes. Cada um reage de um jeito.

Ela me deu um sorriso triste e fez um carinho no meu ombro.

Fui direto para o quarto do Tomás e, quando entrei, levei um baque. Há meses não colocava os pés lá dentro. E estava tudo no mesmo lugar. Era como se ele estivesse no cursinho de biologia e fosse voltar logo assim que escurecesse. Como se ali o tempo não tivesse passado. Como se aquele lugar estivesse, de fato, imortalizado.

Na mesa de cabeceira, estava o porta-retrato com minha foto preferida ao lado do Tomás, do dia em que voamos juntos. Ele, com sua cabeleira ruiva e sardas no nariz, e eu, com meus cabelos pretos e a pele bronzeada pelo sol carioca. Também tinha uma foto que tiramos no Rock in Rio, com a roda gigante no fundo, paradinha, mas fazendo girar os meus pensamentos... Era difícil olhar para tudo aquilo e não me emocionar. Então, respirei fundo e decidi:

— Vou colocar na sala, meu irmão. Você se importa de dividir seu presente com a gente?

Claro que ele não ia se incomodar. Tomás adorava ouvir música e ia adorar ver a gente curtindo com ele. Instalei a vitrola na mesinha da sala de estar e pus logo o vinil do Zeppelin para tocar. Minha mãe sentou no sofá e se agarrou à almofada. Mas assim que começou *D'yer Mak'er*, aumentei o volume e a puxei de lá.

Oh oh oh oh oh oh, You don't have to go, oh oh oh oh oh...

Ela relutou no início, mas aos poucos foi aliviando a expressão, deixando-se levar pelo ritmo contagiante. Dançamos a música toda. Eu e minha mãe. Nunca imaginei que fosse fazer isso, aquilo era mais uma conquista num curto período de tempo. Receber a visita da felicidade num dia tão triste, era algo confortante.

E, de repente, notei que a imagem da palhaça do hospital não saía da minha cabeça. Assim mesmo, de forma tão surpreendente quanto o nosso encontro naquele corredor.

De onde veio isso? Teria criado um impacto tão grande assim em mim?

Eu não sabia nada dela. Nem sequer como era seu rosto! Não a reconheceria na rua, muito menos sem aquele figurino. E, ao mesmo tempo, era como se a conhecesse de outras vidas.

Por trás daquele nariz de palhaço se escondia a verdadeira identidade de Moranguinho. A misteriosa mulher que meu irmão queria me apresentar. Uma palhaça. Não poderia ser nada diferente vindo do Tomás.

— Está rindo de quê? — quis saber minha mãe, ao notar um incontrolável sorriso no meu rosto. — Danço tão mal assim?

— Não, dona Stella... Essa é a melhor dança da minha vida.

Ela sorriu com ternura e fez um carinho no meu rosto. Um carinho que talvez eu nunca tivesse recebido, de forma tão espontânea e verdadeira.

— Eu te amo, meu filho.

— Eu te amo, minha mãe.

Amor.

Ele voltava a acordar dentro de mim. Era muito bom ouvir que eu ainda era amado por minha mãe. Não que eu duvidasse, mas há três anos não fazíamos declarações um ao outro. Havíamos nos esquecido.

E, agora, estávamos ali, passando o resto da tarde entre presente e passado, risos e lágrimas, ouvindo os LPS, lembrando situações engraçadas do Tomás, o nosso grande amor em comum.

Era bom falar nele, ouvir minha mãe contar algumas histórias sem tanta dor. A impressão que eu tinha era a de que ele estava ali, também se divertindo, doido para contar as suas versões... A sensação que me invadia era a de que, quanto mais falávamos do meu irmão, mais ele vivia em nós.

E o que também me surpreendia — por ser algo completamente incontrolável — era a insistência de uma certa palhaça em voltar aos meus pensamentos. Moranguinho grudou na minha cabeça e eu não entendia direito o porquê. Claro que essa ligação com o meu irmão me deixava curioso, mas... Não era apenas isso. Achei bom ter que voltar ao hospital e quem sabe reencontrá-la. Talvez, pedir desculpas por ter sido tão frio, por não ter entrado na brincadeira, mas... Eu tive os meus motivos. É muita insanidade pensar numa palhaça?! A única resposta que me vinha à cabeça era a risada do meu irmão. Talvez, com aquele ar irônico, como se falasse: *Eu não disse que você gostaria de conhecê-la?*

Teria ela recebido o bolo das mãos daquela antipática recepcionista? Estaria, mesmo que a distância, comemorando conosco o aniversário de Tomás? Muitas perguntas, nenhuma resposta. E tudo o que eu mais queria no momento era saber se ela, de alguma forma, também pensava em mim.

4
Uma amizade verdadeira torna a distância inexistente

AMORA

Foi um dia exaustivo, de muitas horas de trabalho no hospital, como de costume. Visitamos várias crianças e todas nos receberam muito animadas, nenhuma negou a nossa entrada no quarto. Às vezes isso acontece e nós, palhaços, temos que respeitar a vontade da criança e tentar alegrá-la num outro dia. Porém, hoje, foi diferente. *Todas gar-ga-lha-ram!* Modéstia à parte, eu estava inspirada! E fiquei assim depois que dei com a porta na cara daquele homem lindo e... surpreendente.

Cheguei ao hospital às cinco da manhã para trabalhar na emergência do COEG, que, além de ser especializado na área oncológica, atende casos de diversas áreas. Logo cedo, começava meu expediente como médica e, em algumas tardes, encarava minha jornada como palhaça. Era cansativo, mas fazer parte da trupe mudou a minha vida, inclusive a minha maneira de lidar com os pacientes.

Costumo ser muito atenciosa e cautelosa com quem atendo e tento passar esses aprendizados para quem trabalha comigo. No entanto, hoje a enfermeira Marilda, que havia tido um plantão extenuante, estava mais resmungona que de costume e parecia não escutar as boas histórias que eu trazia. Tentei acalmá-la algumas vezes, mas, quando uma sobrinha sua entrou na emergência chamando por seu nome, seu humor piorou.

Com o auxílio dos enfermeiros, um homem foi posto desacordado sobre a maca e, ao seu lado, a acompanhante explicava que ele havia ingerido uma quantidade excessiva de bebida alcoólica. Percebi que Marilda encarava o paciente com uma certa impaciência, enquanto eu pedia para que providenciasse o soro e a aplicação de glicose em sua veia.

A enfermeira administrava a minha instrução, quando eu percebi que não conseguia tirar meus olhos dele. Ele era tão lindo, tão... estranhamente familiar. Não sabia se aquela era sua namorada, mas... Era como se o conhecesse, como se ele precisasse de mim... Tive vontade de cuidá-lo. Até que ele abriu a boca e soltou um bafo terrível de álcool, recheado de ignorância.

— Nicole... Fica quietinha, por favor — disse, de forma totalmente grosseira.

Afastei-me de imediato, tentando disfarçar minha desilusão. A sobrinha e a enfermeira permaneceram ali, fixando o olhar nele, até que ele finalmente abriu os olhos. Uma onda de nervosismo subiu pelo meu estômago, enquanto eu permanecia à espreita, lutando para me reequilibrar. Inexplicavelmente, eu tinha ficado mexida por aquele desconhecido.

Porém, a enfermeira Marilda se revelou ainda mais azeda quando teve que lidar com a embriaguez do paciente, e eu senti que precisava intervir.

Ao me reaproximar dele, nossos olhares se encontraram. Meu batimento voltou a acelerar, mas eu precisava retomar o controle das minhas emoções. Então, respirei fundo e procurei agir da forma mais profissional possível; mas, no fundo, eu precisava saber um pouco mais sobre ele...

Invadida por uma súbita curiosidade, eu praticamente perguntei se aquela loira era a sua namorada. E acho que deixei transparecer o meu interesse, pois ele rapidamente demonstrou reciprocidade, o que deixou a "amiga de infância" indignada.

Desconcertada pela atenção inesperada com que ele me dirigia, tentei retomar o meu profissionalismo e tomei a decisão de liberar o paciente. Era melhor que ele saísse dali o quanto antes. Onde eu estava com a cabeça ao flertar com um paciente e, ainda por cima, embriagado?

Além disso, percebi que precisava estabelecer limites no comportamento da Marilda, antes que a situação se tornasse embaraçosa para ela. Assim, com muito carinho, pedi à enfermeira que fosse para casa descansar.

O ano mal havia começado e eu já estava com vontade de dar alta para todo mundo, principalmente para mim mesma! Então, mais tarde, assim que encerrei o meu turno na emergência, corri para me vestir de palhaça.

Estava tomada por uma alegria contagiante, quase juvenil, e essa felicidade estava diretamente relacionada à minha vontade de me transformar na Moranguinho o quanto antes! Só de pensar nas crianças, o meu coração se preenchia de amor. Então, coloquei a fantasia, maquiei meu rosto, desenhei meu coração na bochecha e pronto! Já me sentia pronta para o melhor momento do dia!

Saí apressada pelos corredores da pediatria e, sem querer, acabei acertando a porta bem na cara de um homem! Sua pele clara logo ficou vermelha como um pimentão por causa da pancada. E eu não conseguia acreditar que era justamente ele: o bêbado mais gato que já conheci. A cara de surpresa que ele fez quando se deu conta de que quem o atacou — sem querer! — tinha sido uma palhaça... Foi impagável!

Mas o que ele fazia no hospital de novo? Fiquei bastante intrigada...

Então, pensei que, por trás daquela postura rude, podia haver uma enorme tristeza. Aquele homem lindo tinha um olhar vazio, opaco. Não quis revelar minha identidade, já que, em nosso primeiro contato, seu estado de consciência estava um tanto alterado; mas tentei que ele relaxasse um pouco. Quando riu de uma de nossas brincadeiras, ganhei meu dia! Adoro fazer a criança rir, mas considero uma enorme vitória quando vejo adultos também se entregando à alegria. Ponto para Moranguinho!

— O dia hoje foi produtivo — comentou o palhaço Paçoca, meu parceiro nas brincadeiras. — Você estava muito engraçada! Até eu ri de você!

Fiquei orgulhosa. Realmente aquela situação havia me deixado muito motivada e isso refletiu no meu dia de trabalho. Não faz tanto tempo que me tornei a palhaça Moranguinho, mas, desde que comecei, minha vida nunca mais foi a mesma. Sinto-me mais plena, realizada mesmo. Sinto que encontrei meu lugar no mundo. E isso devo, primeiro, ao meu pai.

O COEG é a minha segunda casa desde pequena. Meu pai, o doutor Carlos Eduardo, Dr. Cadu para as crianças, é chefe da Oncologia Pediátrica lá desde que me entendo por gente. A primeira vez que pedi para ir para o trabalho com ele, minha mãe quase surtou. Mas eu sentia que algo me chamava naquele hospital... Lógico que fiquei em choque quando vi as crianças enfraquecidas, reclamando de dor, algumas já sem cabelos... Meu pai se arrependeu na hora de ter me levado. Fiz um monte de perguntas sobre o que era aquilo e ele teve que explicar do seu jeito. Eu tinha só 7 anos.

— Essas crianças estão doentinhas, minha filha. Umas vão ficar curadas e voltar para suas casas... Outras vão para o céu.

— Mas elas estão com dor, papai?

— Sabe como você fica quando está gripada, com febre? É mais ou menos isso.

Aquilo me tocou muito. Odiava ficar gripada. Sempre fui aquele tipo de criança que adorava ir para a escola, principalmente para participar dos ensaios para as apresentações de fim de ano. Imaginei como seria horrível não poder fazer a peça que a professora tinha contado dias antes que faríamos. Foi aí que ouvi um choro baixinho vindo de um dos quartos. Cheguei na porta, com vergonha, e fiquei vendo o enfermeiro aplicar uma injeção num tubo que ia até uma bolsinha pendurada e depois seguia para o braço da menina. Ela não queria aquilo, parecia que estava doendo. Ao ver a lágrima escorrendo de seu rosto, entrei no quarto devagar e segurei sua mão. Ela olhou para mim e sorriu mesmo assim. Seu nome era Samantha e, graças àquele sorriso, nunca mais deixei de visitar os pacientes do meu pai. Passei a infância conhecendo novos amigos e, claro, perdendo muitos deles.

Mas quando um ficava curado e voltava para casa, era uma tremenda festa por lá! Aprendi desde cedo a lidar com a morte, mas principalmente com a vida. Especialmente quando, uma vez dormindo em minha cama, escutei alguém mexendo nos meus brinquedos. Ao abrir os olhos, vi a minha casa de bonecas iluminada e uma menininha de costas, a brincar. Levantei com cuidado para não a assustar e sentei ao seu lado.

— O que você faz aqui a essa hora? — perguntei, sem medo.

— Vim brincar com você. Meus pais estão dormindo, então consegui esse tempo para vir te ver.

— Veio sozinha? — estranhei, procurando alguém por perto.

— Não. Meu avô está sempre comigo.

Olhei ao redor e não havia mais ninguém ali. Estaria ele lá fora?

— Como conseguiu entrar? — perguntei, curiosa. — Estão todos dormindo aqui também.

— Seu pai ainda está no hospital. Estive com ele hoje, foi um dia difícil para todos.

— O que aconteceu? — preocupei-me.

— Meu vô já vinha me visitando há algumas semanas. Ele me explicou que eu ia precisar ir morar na casa dele, mas que lá era muito legal, que eu ia gostar. Mas eu não fui ainda... Fiquei aqui mais um pouco. Meus pais não ficaram muito bem depois que o vovô me levou.

— Mas seu avô não pediu autorização para os seus pais? Minha professora sempre fala que, se eu quiser sair mais cedo da escola, preciso de autorização.

— Parece que não temos muita escolha... Ele disse que eu decidi isso antes de nascer — revelou, dando de ombros.

Eu também não entendi de imediato. Só lembro de ter ficado brincando um pouco mais com a Samantha e de acabar dormindo ali mesmo no chão, agarrada à minha boneca. No dia seguinte, meu pai me despertou para a escola, havia virado a noite no COEG. Com um alarmante pesar, me contou que Samantha havia falecido naquela tarde. Justo ela, que havia se curado do câncer há alguns anos, morreu por conta de um mal súbito.

Mal súbito... Nunca gostei dessa expressão. Demorei a entender o que meu pai tentava me contar, pois havia brincado um bom tempo com ela aquela noite.

— Não é possível, papai! Ela estava vivinha da Silva aqui em casa! Fizemos até uma festinha de aniversário de mentirinha para as bonecas. Olha! Tem até brigadeiro de papel!

Meu pai me lançou um olhar diferente. Sabia que eu não tinha o costume de mentir e logo perguntou mais sobre o que fizemos na madrugada. Chamou minha atenção porque deveria estar dormindo por conta do horário da escola e pediu para que avisasse ao avô da Samantha para trazê-la somente nos finais de semana. Minha mãe o encarou, estupefata. Reprimiu-o, dizendo que eu estava sonhando e que não deveria dar mais ideias para minha cabecinha altamente imaginativa.

— E se ela chegar no COEG falando essas coisas? — questionou-o, preocupada. — Vão dizer que minha filha é louca, que está vendo espíritos por aí!

Aquela expressão, sim, me assustou. Louca?

— Eu nunca entendi o que é um espírito... — murmurei, encabulada.

Doutor Carlos Eduardo coçou a cabeça, emocionalmente cansado por conta do dia anterior, mas encontrou em seu cérebro brilhante uma forma de me explicar, que fez todo sentido:

— O espírito é uma parte de nós que vive para sempre. Imagine que somos como uma luz: o corpo é a lâmpada e o espírito é a luz que brilha. Quando o corpo perde suas forças, a lâmpada apaga, mas o espírito continua a viver em outro lugar; ele volta para o céu, para de onde viemos.

A Samantha foi o primeiro espírito que eu vi e conversei, como se estivesse em carne e osso na minha frente. Durante a minha infância, consegui lidar com as aparições repentinas. No hospital, vi espírito saindo do corpo antes mesmo de ser anunciado o falecimento do paciente, senti presenças constantes ao meu lado durante as visitas.

Até que um dia foi muito para mim. Uma mulher, que já estava do outro lado, me pediu para que passasse um recado aos familiares e quando, generosamente o fiz, fui descredibilizada.

— Essa menina está vendo filme demais — disse o pai da criança internada, ríspido.

— Melhor começar a levá-la para a igreja, doutor. Precisa benzer! — rechaçou a avó da paciente.

Meu pai, tentando me proteger, pediu para que eu voltasse para casa e restringiu minhas visitas por um tempo. Ficar sem ir ao COEG era um verdadeiro castigo para mim! Acredito que tenha sido nessa época que decidi ser médica, para que tivesse livre acesso ao meu local preferido.

— É realmente muito estranho uma criança gostar tanto de um hospital — dizia minha mãe.

— Amora vai ser pediatra, Elena! É o dom da menina! — orgulhava-se meu progenitor.

Meu pai sempre dizia que eu fazia toda diferença na vida daquelas crianças. Em poucos dias, já estava de volta a passear por aqueles corredores. Foi ali que aprendi que o amor e o sorriso são a melhor maneira de levar alívio e paz àqueles que sofrem. Conhecia todo mundo e adorava passar minhas tardes no COEG, para onde eu ia, sozinha e a pé, desde bem novinha. Algumas crianças até me ajudavam a fazer o dever de casa, me davam conselhos... Era uma troca que quase ninguém entendia. Mas eu tinha uma missão ali, sentia isso. Quando cheguei à adolescência, por influência do meu pai ou não, decidi que estudaria medicina, o que exigiria que eu fosse mais fria, mais racional. Foi quando eu rezei, pedindo para que não visse mais espíritos. Por um tempo, senti-me livre desses encontros, mas, algumas vezes, tive dúvidas se conversava com uma pessoa encarnada ou um espírito materializado.

Sabe quando estamos sozinhos, precisando muito de ajuda e, do nada, aparece uma pessoa para nos dar a orientação perfeita? E em seguida ela se vai, sem sabermos exatamente para onde? Nessas horas, eu penso:

Era o meu guia espiritual, com certeza!

Mas, mesmo com uma rotina mais aterrada, focada nos estudos e no corpo físico, afastada do mundo espiritual, algo dentro de mim também ansiava por passar emoção às pessoas. Eu já estava trabalhando no COEG quando percebi que precisava de uma conexão mais profunda, que me conectasse melhor com os pacientes e seus familiares. Foi quando tive a ideia de reunir os coordenadores e médicos da ala pediátrica, que sempre foi a minha preferida, para organizarmos eventos beneficentes, com muita música e artes para as minhas crianças.

Elas sempre foram as *minhas* crianças.

Um dia, meu pai me contou que tinha um grupo de jovens que queria fazer o trabalho como palhaços no hospital, inspirados pelos Doutores da Alegria. Era um trabalho voluntário, orientado por profissionais que já faziam aquele tipo de ação. Meu pai logo imaginou que eu poderia me interessar em fazer parte, algo que seria muito importante para conseguir maior abertura com as crianças dali. Fui pega de surpresa, jamais esperaria que meu pai fosse me incentivar a algo desse tipo...

— Palhaça, pai? Tipo de circo?

— É, Amora. Eles disseram que podem te ensinar algumas técnicas e que vão ficar muito felizes em contar com a sua ajuda. Confesso que eu ficaria bem mais tranquilo sabendo que você acompanhará de perto esta experiência.

Saí de sua sala ainda meio confusa. Eu já estava formada na faculdade e acabara de começar a residência ali mesmo no hospital. Ainda teria alguns anos praticando a medicina e não sabia se aguentaria a carga horária extra. Além disso, trabalho de palhaço é coisa séria. Não é qualquer um que sabe lidar com a comédia.

— Você é muito bonita para ficar com essa cara fechada — disse um garoto de lindos cabelos ruivos, despertando-me de meus pensamentos.

Ele estava entrando no quarto para ser internado e achei até engraçado fazer piada numa hora daquelas. Olhei para as manchas em suas pernas e o diagnostiquei imediatamente. Costumava acertar os diagnósticos, já conhecia os sintomas. Os médicos não podem dar certeza para os pais do paciente, mas quando era grave, estava na cara. Pelo menos para mim. Talvez, tivesse sensibilidade para isso.

— Você é a enfermeira que vai cuidar de mim? Porque se for, vai ter que deixar essa cara emburrada de lado — continuou, deitando na cama.

Estava aí algo que ainda não tinha acontecido comigo. *Ele* que estava pedindo para *eu* dar um sorriso. Eu não tinha problema algum, pelo contrário, estava apenas pensando sobre o que faria com um convite e ele estava ali, começando uma terrível jornada. Sorri sem graça, claro.

— Não sou enfermeira, mas meio que mando por aqui, está entendendo? — brinquei. — Só que de uma forma clandestina...

— Já gostei de você — disse, sorrindo. — Muito prazer, Tomás. Qual seu nome?

— Amora!

— Posso pedir um contrabando?

— Tem direito a três pedidos.

— Uma gênia da lâmpada... Gostei!

Pela cara de sacana que fez, vi que com ele seria tudo na base da brincadeira. Também gostei dele de imediato.

— Meu primeiro pedido é: quero saber o que estava passando pela sua cabeça para ficar tão séria.

Pode parecer meio cruel, mas a vantagem de fazer amizades que seriam passageiras é que você pode se abrir com elas sem medo de ser julgada. São pessoas que estão enfrentando uma possível morte e, talvez para esquecer o que estavam vivendo, projetavam a chance de ter uma vida normal na gente. Seus conselhos eram sempre honestos e baseados na simplicidade. Porque a vida é simples e a gente vive complicando. Estava sendo chamada para um trabalho incrível e, por medo, estava duvidando de mim.

Por quê?! Nem tinha tentado ainda e já me achava ruim? Por que perderia tempo de vida questionando minhas habilidades? Se me entregasse de corpo e alma àquele momento de pura diversão, o que poderia dar errado? Foi aquele rapaz de quase vinte anos que estava me dando essa lição. Tomás era o nome dele e ficamos amigos imediatamente.

— *Um passo de cada vez* — aconselhou ele. — Primeiro aceita a proposta, depois conversa com os outros palhaços e, por fim, põe a fantasia!

Se ela te fizer bem, prossegue com o projeto. Pode confiar. Tem carisma suficiente para ser uma ótima palhaça!

— Vou encarar isso como um elogio — brinquei.

Ainda ríamos quando médico, enfermeiros e sua mãe entraram no quarto para explicar o procedimento de biópsia. Eu fiquei lá, a pedido dele, segurando sua mão de um lado, enquanto sua mãe segurava a outra. Notei o medo em seu olhar e cada vez que ele pensava em esmorecer, eu apertava sua mão mais forte e sussurrava: "Um passo de cada vez...". E ele forçava um sorriso.

— Quando o Miguel volta, mãe? — perguntou, assim que a equipe médica saiu.

— Depois de amanhã — respondeu ela, visivelmente procurando esconder a preocupação. — Mas vou ligar e ele vai vir correndo.

— Não... Ele vai ficar nervoso por estar longe. Só conta quando chegar, por favor. Não quero preocupar meu irmão.

A mãe concordou e disse que iria resolver umas questões do plano de saúde, deixando-nos à sós de novo no quarto. Passados alguns instantes de silêncio, ele se voltou para mim, novamente com a expressão mais descontraída.

— Aliás, você tem que conhecer o Miguel, Moranguinho.

— Meu nome é Amora!

— É tudo fruta! — brincou. — Sério, o Miguel é demais, você vai adorar ele. É o melhor cara que já conheci na vida.

— E ele é bonito, é? — perguntei, entrando na brincadeira e fingindo interesse.

— Digamos que... é *pintoso*!

— Por que homem não consegue falar que o outro é bonito?

— O cara faz sucesso com as garotas, é isso o que eu estou falando.

— Ah, conheço bem o tipo... Tipo galinha?

— Nada disso! É muito difícil ele gostar de alguém. Mulher para ele tem que ser divertida, que nem você.

— Eu sou divertida? — perguntei, admirada.

— Você é uma palhaça! — disse ele, com um sorrisão.

Tomás iluminou meus dias naquela semana. Levou tudo com muito bom humor, até o último momento em que estive com ele. Foi um exemplo de amor à vida e de como encarar o destino. Uma verdadeira fortaleza. Lembrei dele nesse dia produtivo e dediquei meu trabalho ao Tomás.

Hoje faço as crianças rirem graças ao seu incentivo. Obrigada, meu amigo.

— Amora? — chamou Lucia, uma das recepcionistas do COEG, me despertando da lembrança e me entregando um pequeno pote. — Deixaram isso para você.

Ao abrir, me surpreendi ao ver um pedaço de bolo de chocolate com recheio que parecia doce de leite.

— Foi um tal de Tomás que mandou te entregar. Pediu para te agradecer por trazer tanta alegria às crianças.

Fiquei sem ação por alguns instantes. As palavras fugiram, meu coração acelerou e, por alguns segundos, eu pude visualizar o sorriso de Tomás, o meu amigo tão especial. Era a cara dele tentar fazer alguma brincadeira desse tipo comigo... Talvez não passasse de uma grande coincidência, mas que ele devia estar rindo desse meu susto, isso devia...

Que saudades, meu amigo! Obrigada por mais esse sorriso.

Era o fim de um dia difícil que acabava bem. Estava em paz comigo mesma e com a sensação de que bons momentos estavam por vir. Mal sabia que, naquela manhã, o meu maior sonho havia cruzado meu caminho e que, depois desse dia, a minha vida nunca mais seria a mesma.

5
A coragem é o combustível da vida

MIGUEL

Hoje eu acordei bem cedo para ir ao COEG tirar a amostra de sangue, para o cadastro de doadores de medula óssea. No fim daquela tarde, já voltaria a voar para Florianópolis e preferi não deixar para depois. Para falar a verdade, eu estava ansioso para esbarrar com uma certa palhaça. Havia sonhado com ela a noite toda... O que era estranho porque sonhar com palhaços, normalmente, vira pesadelo. Mas a Moranguinho tinha um sorriso encantador que não saía da minha cabeça.

    Cheguei à porta do hospital meio nervoso, mas, dessa vez, entrar não era uma tortura. O que eu falaria se a encontrasse? Não fazia ideia! Talvez eu devesse pensar em alguma estratégia para manter um mínimo de conversa e, quem sabe, descobrir sua verdadeira identidade.

    — Moranguinho! Você por aqui? — falava comigo mesmo.

    Claro que ela estaria por ali! Ela é voluntária nesse hospital!

    — Vai fazer alguma coisa nesse domingo? A gente podia ir no... circo? O que você acha?

    Como se circo fosse o único interesse de uma garota...

    Eu realmente não sabia nada dela. Do que ela gostava? E se eu...

— Você por aqui de novo?!

Meus pensamentos foram interrompidos por uma voz um tanto... familiar.

— Eu não te dei alta? — perguntou a médica bonita que me atendeu na emergência outro dia. — Ou você voltou aqui só para me ver?

Agora era ela quem me deixava desconcertado.

— Eu... Eu... Não! — respondi um tanto confuso. — Vim me cadastrar no banco de doadores de medula óssea.

— Mas você não andou — continuou ela, insinuando com a mão que eu ainda estivesse bêbado. — Sabe que não pode ter álcool no organismo e...

— Estou limpo. Parece que, no fim das contas, eu sou responsável e maduro, como pode ver. Aquele dia foi apenas um deslize — me defendi.

— Acontece. Peço desculpas pelo comportamento da enfermeira Marilda — pediu, sincera. — Essa doação é um gesto muito bonito. Parabéns pela iniciativa. Vai em frente!

A doutora gata saiu, deixando seu perfume de essência cítrica no ar. Pelo menos, dessa vez, pude passar uma impressão melhor.

Então, segui para a doação dos dez mililitros de sangue necessários para o momento. Se Tomás tivesse tido essa chance, de receber uma doação... Mas não adiantava pensar no passado. Eu estava ali para quem precisasse de mim no futuro. E eram nos próximos dias que eu devia focar meus pensamentos.

Iria hoje para Floripa, mas não via a hora de que chegassem minhas aguardadas férias! Estava mesmo precisando... E tinha que organizar melhor a viagem, afinal, a Ásia não é exatamente aqui do lado e minha programação dos sonhos era bem extensa.

Preenchi uma papelada, tirei a amostra de sangue e em poucos minutos estava pronto o meu cadastro. Segui para casa um pouco decepcionado por não ter encontrado a Moranguinho, mas satisfeito por ter tido coragem de me tornar possível doador. Um gesto simples e rápido me levou a caminhar pelas ruas ensolaradas do Rio com o peito cheio de paz.

Já em casa, passei pelo quarto do Tomás e vi o porta-retrato me encarando em cima da cabeceira, me lembrando do dia em que tiramos aquela foto, alguns dias antes de ele partir. Parecia que o meu irmão sabia que não nos veríamos mais e que não queria ser esquecido, colocando aquela foto virada para a porta. E eu devia honrar esse desejo dele. Então, decidi pegar o porta-retrato e colocá-lo dentro da minha pequena mala.

A partir de hoje, para onde eu voar, você vai comigo.

Semanas se passaram, voei diversas vezes Rio-Floripa-Rio, me lembrando a todo instante de tentar ser uma pessoa melhor. Era tipo uma *detox* de mim mesmo, de uma versão menos evoluída de minha pessoa. Tentei mais ouvir do que falar, evitei reclamar e busquei ser compreensivo com os sentimentos do outros e com os meus também. Queria ser menos imaturo e irresponsável, como aquela enfermeira havia me acusado. Ela soube mesmo cutucar meu ponto fraco. E, graças ao seu alerta, hoje eu me sentia muito mais leve e entusiasmado com a vida.

Quem diria...? Estava grato à tia Marilda.

Numa manhã de sol, acordei empolgado com as minhas férias que, finalmente, estavam chegando! Acertava os últimos detalhes da viagem, consegui uma vaga em um hotel super concorrido e fiz algumas reservas em restaurantes que queria experimentar quando recebi uma ligação que poderia mudar todos os meus planos.

— Aqui é do Centro Oncológico Eva Goulart.

Por mais incrível que possa parecer, no primeiro momento achei que passariam a ligação para a Moranguinho. Seria a palhaça que tomava meus pensamentos e que também gostaria de falar comigo? Mas como ela saberia quem eu era? O que teria para falar? Não, não fazia o menor sentido. E logo a outra pessoa me explicou do que se tratava, interrompendo minhas surpreendentes expectativas românticas.

— Gostaríamos de te comunicar que existe compatibilidade do senhor com um paciente aqui mesmo do COEG e... precisamos saber se ainda está disposto a doar sua medula.

Fiquei completamente sem palavras. Meu coração acelerou, mil questões passaram pela minha cabeça em poucos instantes. E meu repentino silêncio chamou a atenção de quem estava do outro lado da linha.

— A chance de encontrarmos uma medula compatível é, em média, de uma em cem mil.

Aquele não era, definitivamente, um telefonema qualquer.

— Faz apenas alguns dias que me cadastrei no banco de vocês — disse, resgatando algumas palavras e sendo totalmente franco. — Não sabia que encontrariam alguém assim tão rápido.

— Foi realmente um milagre. É raro achar essa compatibilidade não sendo parente, ainda mais na mesma região. Ou seja, o senhor nem precisará viajar para fazer o procedimento e... o que pode ser um incômodo passageiro para o doador, para o paciente pode significar uma chance de viver.

A sensação que tive era a de que falava com uma operadora de telemarketing querendo me vender algo desesperadamente, tamanha era a sua vontade de me convencer. Não que eu tivesse que ser convencido, mas... não posso negar que fiquei confuso. Senti medo. E ela continuou, explicando os próximos passos:

— Primeiro, você viria aqui fazer mais alguns exames para assegurarmos a compatibilidade e checar mais profundamente o estado da sua saúde. Depois, marcaríamos um dia para que a punção seja feita.

— E para quando seria o procedimento?

Era muito egoísta pensar na minha viagem, sei disso. Mas sonhava com essas férias há tantos meses! Se desse para conciliar tudo, seria bem melhor...

— Estamos correndo contra o tempo. O paciente precisa do transplante o mais rápido possível. Ele terá que fazer uma quimioterapia mais intensiva para poder receber as células da medula óssea. Confirmando a compatibilidade, em umas três semanas o senhor daria entrada no hospital e ficaria internado por uns dois dias. Como disse, seria um desconforto passageiro e em uma semana já poderia voltar à sua vida normal.

Foi o suficiente para eu ter certeza de que minha viagem teria que esperar.

— E quais são os riscos? — perguntei, receoso.

Preciso confessar que, desde que o Tomás ficou internado, passei a odiar agulhas. Disfarço, finjo uma naturalidade, mas injeção não era mais algo com que eu poderia conviver naturalmente.

No dia em que doei uma amostra do meu sangue para o banco de dados do hospital, por exemplo, fui corajoso e segurei as pontas, pensando no Tomás. Mas, sinceramente, esperava que esse transplante, se acontecesse, fosse daqui uns dez, quinze anos... Mas a vida tem pressa. E a morte também.

— O doutor Carlos Eduardo, chefe do departamento, é quem vai cuidar pessoalmente do procedimento e, junto ao nosso hematologista, estará aqui para tirar todas as suas dúvidas.

Dúvidas... Quantas surgiram em tão pouco tempo. E se o corpo do paciente rejeitasse a minha medula? E se acontecesse algo de errado comigo? Minha mãe ia surtar de vez, ela não merecia isso... Assim como a mãe do tal paciente, que agora teria chances reais de evitar a maior de todas as dores. Finalizei a ligação ainda sem acreditar muito no que havia acontecido. Não consegui dar uma resposta definitiva e estava me sentindo um covarde. Mas não podia simplesmente ignorar minhas fraquezas.

— E se fosse o seu irmão?! — perguntou minha mãe, assim que contei sobre a ligação. — Não percebe a benção que recai sobre você, Miguel? Ter a possibilidade de salvar uma vida? E os médicos sabem o que estão fazendo...

— Eles não salvaram o Tomás, mãe! — desabafei, num impulso, para surpresa dela. E já tratei de cortar o silêncio que se seguiu, com toda minha sinceridade. — Se fossem bons mesmo, teriam sido tão rápidos como foram agora e testado a *minha* medula para salvar o meu irmão!

Minha mãe me olhou profundamente, de modo que eu já me arrependia por não ter medido as palavras. Sempre guardei aquela indignação comigo, mas dessa vez foi inevitável controlar. Ela respirou fundo e colocou a mão sobre meu ombro, como sempre fazia quando queria dizer que eu estava errado.

— São casos diferentes, meu filho... Eu entendo a sua preocupação e quero que pense com bastante cuidado antes de decidir algo. O mais importante é encontrar a resposta para a seguinte pergunta: se não doar, você vai conseguir viver tranquilo sabendo que essa pessoa perdeu uma chance de sobreviver?

Sei que a intenção dela foi boa, mas a pergunta-bomba de minha mãe conseguiu piorar um pouco mais a situação.

Eu estava muito, muito confuso. É claro que queria fazer a doação, salvar a vida de alguém que está passando pelo o que meu irmão passou. Contudo, eu estava apavorado, essa era a mais pura verdade! O medo que estava sentindo não me deixava ver as coisas claramente, eu não conseguia ter controle sobre os meus próprios pensamentos. Tentava parar de pensar no que poderia dar errado, mas imagens terríveis surgiam em minha cabeça com insistência.

Passei a tarde toda vagando pelas ruas, sem rumo. Depois segui para a praia mais sossegada que conheço no Rio. Sentei no alto de uma pedra, onde fiquei por horas, sem pressa, sem apetite, sem sede, sem saber o que fazer.

Deixei a luz do sol me aquecer e procurei naquela paisagem uma resposta que fosse tão incrível quanto ela. E eu já sabia qual deveria ser. Mas precisava de força, pois parecia que eu tinha perdido a minha.

Se tivesse recebido essa ligação antes do Tomás passar por tudo aquilo, antes de saber o que é a dor da perda, talvez eu faria a doação no mesmo instante. Porque acho que eu era mais solidário quando não tinha tanta carga emocional envolvida. É mais fácil entender o que o outro precisa e ir lá ajudar.

Várias vezes, fui dar apoio às cidades que sofreram com enchentes e deixaram pessoas sem abrigos e alimentos. Socorri animais de rua que se perderam por entre as lamas, levei água aos desabrigados, doei muitas roupas minhas que não usava mais. Era fácil encontrar forças para fazer minha parte na sociedade e sempre me realizei fazendo isso. Esse era eu. Um cara que, desde muito cedo, entendia que ajudar o próximo trazia muito mais paz para mim e me fazia sentir que pertencia a esse mundo. Um cara que agora não se reconhecia... E não conseguia se encontrar dentro de si. A frase da minha mãe ressoava a todo tempo na cabeça.

E se fosse o seu irmão?!

Quando o sol se pôs e as estrelas começaram a brilhar no céu, deitei na pedra e procurei por uma orientação. De repente, lembrei de quando nosso avô, que chamávamos pelo apelido de Duneco, faleceu.

Tomás tinha 8 anos e ficou completamente perdido, sem entender para onde ele tinha ido. Ele entendia o que era a morte, mas não aceitava que a vida iria acabar ali. Falava com muita certeza de que vovô tinha literalmente voado para o céu, mas sofria por nunca mais poder vê-lo novamente. Contei ao pequeno Tomás que vovô tinha virado uma estrela e que toda vez que quisesse conversar com ele, era só olhar para o pontinho mais brilhante no céu. Ele estaria lá olhando por nós. E agora estou eu aqui olhando para o céu, tentando acreditar nessa história que havia inventado para o meu irmão.

Será que eles estariam olhando para mim de lá? Será que estariam me julgando? A companhia do meu irmão me faz tanta falta... Parece que não tenho com quem conversar. Não posso ir à minha mãe porque não quero fazê-la sofrer mais, não tenho esse direito de resgatar as dores que gostaria que superasse. Era só eu e aquela imensidão do universo.

Estou cansado. Cansado de sofrer, de saber que não vou ter mais o Tomás comigo, de saber que ele nunca vai experimentar fazer uma faculdade, ter uma namorada, ter casamento, filhos, netos... Por que continuei vivo e ele não?! Por que não fui eu??? Tinha que ter sido eu! Ele era tão mais bem-humorado, tão atencioso, divertido, inteligente, debochado... A vida para ele era tão mais cheia de possibilidades! O máximo em que me arrisco é no céu, quando levanto voo. Lá é o meu lugar. No céu. Então por que não fui eu que voei e fui morar lá na estrela? Ele teria aproveitado muito mais a vida aqui embaixo.

Eu preciso tanto de você, Tomás... Não sei quem sou sem você. Ou melhor, acho que sou uma causa perdida. Como posso ter tantas questões e tanto medo para fazer esse procedimento? Só porque é em prol de uma pessoa que não conheço e nem vou saber quem é?

A verdade é que a chance de eu ter sido compatível com o Tomás era mínima por sermos de pais diferentes. Ele, provavelmente, também precisaria encontrar um doador voluntário. E eu ficaria muito revoltado se encontrássemos essa pessoa e ela se recusasse a doar a medula óssea. Não é medula espinhal, não tem como ficar paraplégico, como muitos pensam. É só uma punção da bacia.

Sou um idiota. Egoísta e covarde. Desinformado, ignorante mesmo, como aquela médica disse. Medo de quê? De morrer? Da minha mãe passar por tudo aquilo de novo? Mas se ela me apoiava na decisão...

Foi quando, de repente, me veio à cabeça a imagem daquele menininho que vi no momento em que chegava ao hospital. Aquele que apresentava os mesmos sintomas do meu irmão e que me presenteara com um sorriso, apesar daquela injusta condenação. E se fosse ele? Ou a menininha que recebera os palhaços naquele dia e que fazia seu riso inocente ecoar pelo frio corredor do hospital? Uma paz invadiu meu corpo só de pensar nessas possibilidades. O medo começou a se afastar.

Imaginei a pessoa que receberia a medula sorrindo, aliviada por ter encontrado a cura para uma doença que tinha tirado tudo dela. Ela poderia sair do hospital e, aos poucos, voltar à vida normal. Poderia fazer uma faculdade, ter um namorado ou namorada, se casar, talvez ter filhos, netos... Poderia continuar sorrindo, assim como eu fazia no momento, de maneira incontrolável. Sorri para o céu. As estrelas brilhavam um pouco mais, talvez por algumas lágrimas de emoção que já embaralhavam um pouco a minha visão... Mas não. Eu sabia que aquilo era um sinal. E jamais poderia ignorar. Se era uma grande viagem que eu buscava, tinha acabado de carimbar o meu passaporte.

Peguei o celular e liguei imediatamente para o COEG. Era tarde, mas alguém atendeu e eu já disse que estava pronto para a jornada. O que aqueles pontinhos brilhantes lá em cima esqueceram de anunciar era que o voo não seria dos mais tranquilos. Turbulências e tempestades estavam previstas, assim como a beleza dos raios dourados de um inesquecível amanhecer.

6
A mágica acontece quando lhe é dada a permissão

AMORA

É difícil descrever o que sinto quando começo a pintar meu rosto, quando deixo a Amora descansar para a Moranguinho surgir cheia de alegria, espontaneidade e amor pelo próximo. Não que eu não tenha esses sentimentos dentro de mim, mas é diferente quando viro a palhaça. Algo realmente mágico acontece.

Não importa se tive um dia ruim ou triste, tudo muda quando vejo aquela fantasia... Tudo se torna esperança. Enquanto deslizo o pincel pelo meu rosto fazendo aqueles traços coloridos, só penso em trazer vida para a família que está cansada de tanto tormento. Para aqueles que deixaram as cores do lado de fora daquela porta. No instante em que estamos juntos, os problemas é que são proibidos de entrar.

E lá estávamos nós, eu e meu companheiro Paçoca, caprichando na graça para animar a pequena e doce Mariah, uma menina linda, de pele negra reluzente e olhos grandes e amendoados. Seus longos cílios eram de dar inveja a qualquer mulher vaidosa! Seus pais também estavam presentes e acompanhavam com o olhar perdido as nossas brincadeiras, quando meu pai surgiu na porta, roubando a atenção.

— Ih, é o chefe!!! — brincou Paçoca, aproveitando para apertar uma buzina e fingir espanto. — Fomos demitidos, Moranguinho!!!

— Nada disso, Paçoca bobão!!! — entrei na brincadeira, deixando meu pai levemente envergonhado. — O que o chefe agora vai fazer é dar um aumento aqui na minha mão!!!

E estendi uma enorme luva para ele apertar, deixando-a depois na mão dele e fazendo a menina soltar aquela gargalhada gostosa. Ele sorriu e se dirigiu aos pais dela, de forma discreta.

— Podem vir aqui fora um minuto?

Todo nosso esforço caiu por terra, já que uma tensão imediata tomou conta do casal. Nós também ficamos receosos, mas procuramos distrair a menina, enquanto eles caminhavam para a porta do quarto. Estava claro que esperavam por notícias ruins, temiam que o quadro clínico da filha deles tivesse piorado. Mas percebi que não se tratava disso ao notar um sorriso sereno no rosto de meu pai, enquanto lhes dava uma esperada notícia.

— Encontramos um doador compatível com a Mariah.

A emoção foi imediata. Eles procuraram se conter e apertaram as mãos com força, para que a menina não percebesse nada. Eu, claro, já estava toda arrepiada, queria chorar de alegria e abraçar aquela família como se fizesse parte dela. Era um momento muito especial, mas também delicado. E parecia que, nesse caso, meu pai estaria à frente de tudo.

— Foi uma surpresa para todos nós, não costuma ser tão rápido assim. A pessoa já concordou em fazer o procedimento, mas ainda temos que fazer alguns exames para confirmar a compatibilidade.

— Então... Ainda tem chance de o transplante não ocorrer? — perguntou a mãe, enxugando uma lágrima.

— Vamos manter a esperança — pediu meu pai, com um doce sorriso. — Assim que tivermos o resultado desses exames, começamos uma quimioterapia mais agressiva na Mariah, para destruirmos todas as células cancerígenas e, assim, ela poder receber as células da medula nova.

— E depois? — perguntou o pai da menina, atento. — O que acontece depois do transplante?

— Ela vai ficar em total isolamento porque seu organismo estará completamente sem defesas. Esse será o período mais difícil, mas com todo cuidado e o corpo aceitando bem, ela logo poderá voltar para casa.

— Então, é uma boa notícia, doutor? — perguntou a mãe, sem conseguir conter as lágrimas diante da resposta afirmativa do meu pai.

Eu sabia muito bem o que aquilo significava: era o milagre da vida.

Em anos como voluntária, eu nunca encontrei alguém que fosse compatível com minha medula. Esse doador agora teria a oportunidade de ajudar essa menina tão linda e especial. Se ele soubesse o quanto a Mariah é cativante, se ouvisse a risada maravilhosa que ela dá com as piadas do Paçoca, se visse seus olhinhos felizes quando gostava de alguma brincadeira que eu fazia...

O transplante era uma benção e eu fico muito feliz, realizada mesmo, quando posso presenciar esse processo. A criança passa por um período delicado, de sacrifícios, mas a esperança é tão grande! E ela já passa a contar os dias para voltar para casa, dormir em seu quarto, brincar com seus amigos, voltar à escola, os sonhos retornam. É um momento muito inspirador.

E foi assim, revitalizada, que voltei a me concentrar em Mariah, em sua vida, em sua risada. Era o meu momento de aproveitar a honra de estar ao seu lado naquele período. Ao puxar nossa cantiga preferida, mirei bem aquele brilho no olhar e o sorrisão gostoso com os dentes de leite todos de fora. Você viveria, meu amor! Era o que eu mais queria falar para ela quando começamos a cantar.

— *Alecrim, alecrim dourado que nasceu no campo sem ser semeado...*

7
Almas se reconhecem num olhar

MIGUEL

Ouvi uma cantoria assim que passei pela ala pediátrica do COEG. Aquelas vozes, aquela melodia, me deixaram num estado de paz... Algo muito incomum em se tratando daquele lugar. Cheguei mais perto, curioso para saber se era a Moranguinho que estava à frente da bagunça. Fiquei um pouco tenso e me peguei ajeitando o cabelo no reflexo do vidro de uma janela antes de seguir em direção ao quarto. Mas aquela música tão popular agora parecia ganhar uma nova letra.

— *Arlequim, arlequim danado que invadiu meu quarto sem ser convidado... Foi meu amor que me disse assim, que muita alegria traz o arlequim...* — cantavam os palhaços e a menina.

Lá estava ela. Bom, acho que era ela. A palhaça tinha outra vestimenta e usava peruca de bolas coloridas, como aquelas que enchem uma piscina inflável para crianças brincarem. O rosto pintado de branco, o nariz vermelho e a marca na bochecha que confirmou sua identidade: o coração. Não pude controlar um sorriso meio bobo.

Mas quando ela me olhou de pé na porta pareceu que eu era um total desconhecido. Bom, na verdade, eu era... Só nos esbarramos uma vez e era normal que não se lembrasse de mim. Muito menos que também sentisse esse nervoso na altura do estômago.

O que estava acontecendo comigo? Fiquei confuso, sem graça, e saí rápido dali. Tinha um propósito naquele lugar e era melhor que resolvesse tudo logo.

Segui para a ala onde faria os exames. E um novo encontro já começava a me perturbar, antes mesmo de acontecer: logo estaria frente a frente com as agulhas. Uma enfermeira me explicava tudo o que seria feito, mas eu só conseguia encarar aquelas criaturas afiadas, prontas para perfurarem minha veia. Comecei a suar frio e acabei virando o rosto para o outro lado. Precisava parar de encará-las ou desmaiaria. E essa vergonha eu não queria passar. Fechei os olhos e a música do Alecrim — ou Arlequim! — voltou a tocar em meus pensamentos. Pronto. Ia ficar grudada na minha cabeça o resto do dia, embalando a lembrança de ter sido ignorado por uma palhaça. Respirei fundo e abri os olhos.

Foi então que vi Moranguinho entrando na ala, ainda fantasiada, indo em direção à outra enfermeira. Tentei me posicionar melhor na cadeira e relaxar o máximo que pudesse, para que ela não percebesse meu pânico. Pensei até em sorrir, mas estava tenso demais, ia soar um tanto desesperado. Desviei o olhar, mas permaneci atento a ela. E assim que terminou de falar com a enfermeira, percebi que ela vinha em minha direção. Teria finalmente me reconhecido? Notaria um discreto suor em minha testa? Um gritante desconforto com a proximidade daquelas antipáticas agulhas?

— Quem diria... *Você* é nosso herói do dia! O cara que foi atropelado por uma palhaça!!! — disse ela, totalmente descontraída, sentando em seguida numa cadeira ao meu lado.

Fiquei um pouco sem ação, sem saber o que dizer, pois aquela era uma informação confidencial. Essa era uma regra que havia ficado bem clara para mim. Ela notou meu desconforto.

— Não se preocupe, palhaços podem ter informações privilegiadas... Sei de tudo que rola por aqui! Trouxe o amuleto da sorte?

— Que amuleto?

— O nariz de palhaço que te dei!

— Não sabia... Não trouxe.

Eu estava mentindo. Sem muita convicção, mas era mentira. É... Eu estava com o nariz de palhaço no bolso, mas não quis dizer a ela. Senti vergonha, não saberia explicar o motivo. Poderia dizer que queria algo para apertar quando me torturassem com as agulhas, mas... Deixaria escapar o meu problema com as pontudas. Que já se aproximavam.

— Pronto, Miguel — disse a enfermeira, me mostrando que as monstras eram descartáveis. Agressivas, porém limpinhas. — Podemos começar?

Concordei com cabeça, sério, tentando manter o mínimo de dignidade. Moranguinho me olhou nos olhos e pareceu notar imediatamente o meu pavor, porque ela, delicadamente, segurou minha mão. Minha respiração ficou um pouco mais alterada, senti meu coração acelerar mais. Não sabia se por causa das agulhas ou da palhaça. Mas que era bom sentir a sua mão, isso era...

— De quem foi a ideia de mudar a letra daquela música do alecrim? — perguntei, finalmente puxando papo.

— As crianças adoram quando a gente muda. E também não dá para ficar cantando "atirei o pau no gato" nem "o meu boi morreu" para crianças nessas condições, não é? Algumas canções populares são muito tristes, pode perceber!

— É verdade. Nunca tinha parado para reparar.

— Tem uma que eu adoro na nossa versão! — disse ela, já se preparando e começando a cantar. — O cravo beijou a rosa, debaixo de uma sacada... O cravo saiu feliz e a rosa envergonhada! O cravo ficou contente e a rosa foi questionar... O cravo a pediu em namoro e a rosa pôs-se a sonhar!!!

Só lembrei que havia algo em meu braço quando quis aplaudir e encontrei o olhar da enfermeira, que logo anunciou, com um sorriso:

— Prontinho, acabamos!

— Ponto para Moranguinho!!! — comemorou a palhaça cantora.

Fiquei por uns segundos sem ação, apenas a admirando. Quem visse de fora, poderia achar meio estranho uma palhaça cantando para um marmanjo esquecer as agulhas, mas... eu fiquei encantado. Ela era linda, disso eu já tinha certeza. E minha vontade agora era tirar aquele nariz vermelho e beijá-la demoradamente.

— Miguel — chamou Moranguinho, me tirando do transe mais louco que já tive na vida.

Era linda a voz dela chamando meu nome. Aliás, eu tinha a impressão de que a sua voz era familiar. Porém, antes mesmo de que eu pudesse responder, uma voz masculina fez o mesmo, me assustando e fazendo os dedos dela soltarem bruscamente os meus.

— Como está? — perguntou o doutor Carlos Eduardo, surgindo ao lado de Moranguinho.

Todo o encantamento rapidamente se esvaeceu.

Aquele era o médico que tomara à frente o caso do meu irmão, a pedido da nossa mãe. Dona Stella já tinha ouvido falar de sua renomada reputação e pediu para que ele fosse o encarregado pelo tratamento do Tomás.

Mas, no fundo, eu não conseguia aceitar que o doutor fizera tudo o que podia pelo meu irmão. Tinha certeza de que poderia ter buscado outras soluções. Não tinha que ter sido tudo tão rápido. Fiquei extremamente incomodado quando me avisaram que ele também acompanharia o meu procedimento. Claro que alguma hora esse reencontro aconteceria. Mas não precisava ser agora...

— Estou bem, obrigado — respondi friamente, sem encará-lo.

— Já deve saber que sou eu que serei o responsável pela punção, junto ao hematologista, caso a compatibilidade se confirme.

— Não poderia ser outro médico daqui? — perguntei, com firmeza.

O doutor permaneceu me olhando, em silêncio. Percebi que Moranguinho também se voltou para mim com um certo estranhamento. Sei que eu precisava conter minha amargura, mas era mais forte que eu. Ele notou isso, pois se aproximou cuidadosamente, parecendo sincero ao buscar as palavras.

— A perda do seu irmão foi uma tristeza muito grande também para nós. E eu gostaria de fazer algo por você e sua mãe, sei que será um momento muito importante.

Mais importante seria ter meu irmão aqui, era o que eu devia responder a ele. Se quisesse realmente fazer algo por nós, não deveria ter feito na época em que tinha a vida dele nas mãos? Em que tinha os meios para mudar o rumo da história? Ele teria esgotado todas as possibilidades? Teria ido até o fim de suas forças para tentar salvar o Tomás? Usaria agora essa doação de medula para se eximir da culpa por ter sido negligente no passado?

— Ele é o melhor, Miguel — disse Moranguinho, interrompendo meus pensamentos.

Ela parecia sincera, séria, como se não tivesse mais caracterizada como palhaça. E notei também seu olhar de piedade, algo que eu já estava acostumado, mas não queria receber naquele momento.

— Só quero que o procedimento seja feito o mais rápido possível — avisei ao doutor.

— Agora dependemos de uma série de fatores. Você terá que esperar um pouco mais e, assim que estiver tudo certo, entramos em contato. Nós cuidamos de avisar no seu trabalho sobre sua ausência, não se preocupe.

Concordei e levantei rapidamente, agradecendo aos dois e saindo o mais rápido que pude dali.

— Miguel! — chamou ela, me fazendo parar no corredor.

De repente, eu me dei conta de onde conhecia aquela voz. A médica! Moranguinho era a médica gata que me atendeu quando estava completamente embriagado!

Que vergonha...

— Sinto muito pelo Tomás — disse, surpreendendo-me mais uma vez. — Eu não sabia que *você* era o Miguel de quem ele tanto falava.

— Certamente não fiz jus aos elogios do meu irmão quando nos conhecemos. Eu estava, digamos, um pouco fora de mim.

— Um pouco?! — espantou-se, caindo na gargalhada.

E eu a achei ainda mais bonita!

Então, ela arrancou a peruca de bolas, soltou os longos cabelos e tirou o nariz vermelho.

— Você também não sabia que estava sendo atendido por uma palhaça — continuou, ainda rindo de mim. — Talvez, se soubesse, teria rido um pouco e não teria se estressado com aquela pobre coitada que te trouxe para cá...

— De "pobre coitada" a Nicole não tem nada! — disse, rindo. — Somos velhos conhecidos com assuntos mal resolvidos. É boa pessoa, mas me reencontrou num momento difícil... Era aniversário do Tomás e eu não estava lidando bem com isso.

Fiquei envergonhado pelo meu comportamento naquele dia da emergência. Dei-me conta de que, em nenhum momento, eu havia sequer olhado para o seu crachá para saber seu nome. Apesar de estar encantado por sua beleza, estava bêbado e incomodado com as observações de uma certa enfermeira. Havíamos nos conhecido numa situação muito desvantajosa e eu precisava me redimir.

— Quero consertar essa primeira impressão que você teve de mim... O que acha de sairmos para jantar? Você me conta da sua relação com o Tomás e me acalma com seus conhecimentos médicos sobre a doação. O que acha?

Sem dúvida, ela sabia me deixar nervoso. Os segundos em silêncio que se sucederam foram o suficiente para que eu me arrependesse.

Onde estava com a cabeça? Havia prometido a mim mesmo que nunca iria me envolver com ninguém para, justamente, não ter que passar por isso! Eu sentia que estava sem controle de mim...

— Podemos nos encontrar às oito, no restaurante Maresia do Arpoador? — insisti, para que ela respondesse logo.

Meu nervosismo estava incontrolável e ela parecia estar gostando de me ver desse jeito. Já estava a ponto de desistir e virar as costas, quando ela finalmente respondeu, sorrindo ao balançar a cabeça, afirmando que jantaria comigo. Rapidamente, ela foi puxada pelo outro palhaço, que já chegava para continuar a visitação. Não sem antes Moranguinho olhar para mim de novo e dar mais um lindo sorriso.

— Eu não sei seu nome verdadeiro! — gritei, em vão.

Moranguinho já havia sumido naqueles corredores, me deixando ainda mais curioso em saber tudo sobre ela. Como essa palhaça conseguia, toda vez, acabar com a nuvem carregada que pairava sobre minha cabeça, transformando o dia em ensolarado? Naquele momento, eu esqueci mais uma vez as agulhas, a punção que estava por vir, o reencontro com um médico supostamente negligente... Esqueci os problemas. Tirei do bolso o nariz de palhaço e observei. Aquilo devia mesmo ter alguma magia.

Saí do hospital com o coração leve, feliz pela possibilidade de salvar uma vida. E ansioso para encontrar novamente a palhacinha que não saía de meus pensamentos.

O cravo beijou a rosa... Debaixo de uma sacada...

8
Quando o coração diz sim, o destino se apresenta

MIGUEL

Às sete em ponto cheguei ao restaurante para o encontro que seria às oito. Parecia muito desesperado? Certamente, não mais do que foi a minha saga para chegar até ali. Porque, no momento em que cheguei em casa e abri meu armário para escolher que roupa vestir, todo aquele papo de que não precisava de mais nada se voltou contra mim.

Eu precisava, sim, de uma roupa decente, de algum tênis menos surrado, de algum perfume. Tive que correr para um dos lugares que mais detesto na vida: o shopping. Enquanto experimentava algumas roupas, imaginava como seria a aparência de Moranguinho sem sua roupa de trabalho, sem o jaleco. Seria muito vaidosa? Daquelas que calculam friamente cada detalhe? Do tipo que inventa o próprio estilo? Que diferença isso fazia? Não tenho a menor ideia.

Mas a verdade é que passei o dia pensando nela. E eu nem lembrava do quanto fazia bem à autoestima caprichar num visual para sair. Naquele espelho, era como se eu visse no reflexo um conhecido Miguel, alguém querido, mas que eu não via há muito tempo... Até que eu gostei daquele reencontro.

Ao cruzar a porta vermelha do restaurante, meu coração se encheu de expectativa. Era como se o próprio espaço também aguardasse o nosso encontro. Escolhi uma mesa próxima à enorme janela de vidro, que se estendia do chão ao teto, oferecendo uma vista deslumbrante para o mar e a pedra do Arpoador.

O brilho prateado da lua refletia nas águas escuras. Suaves ondas se desmanchavam nas areias. O espaço era acolhedor, com paredes em tons quentes, velas acesas e pequenos vasos de flores sobre as mesas de madeira. Era um ambiente perfeitamente romântico; a tranquila melodia do mar deveria acalmar a minha ansiedade, mas, a cada vez que a porta do restaurante se abria, minha atenção se voltava para lá. Após algumas decepções com outros clientes que entravam, eis que, poucos minutos depois do horário marcado, ela chegou.

Ouvi a porta abrindo mais uma vez e não precisei nem olhar para saber que era ela. Talvez por intuição, não sei, mas senti um aperto no peito, uma sensação boa. Como quando a gente pressente que uma notícia muito agradável está por vir. E assim que pus meus olhos sobre ela, soube que meus dias nunca mais seriam os mesmos.

— Prazer. Acho que formalmente não me apresentei, apesar de você saber meu nome. Sou Miguel — a cumprimentei, em um tom um pouco exagerado, esperando que ela me dissesse, finalmente, seu nome verdadeiro.

— O prazer é meu! — respondeu, sorrindo, antes de finalmente revelar sua identidade secreta: — Amora.

Então, a Moranguinho, na realidade, tinha nome de outra fruta! Um nome bonito, que combinava perfeitamente com ela.

Amora era uma mulher doce, com um olhar expressivo e um sorriso que fazia tudo em sua volta parecer o paraíso. Linda, linda, linda. Eu estava encantado e não conseguia disfarçar. Ela era diferente de todas as mulheres que já cruzaram meu caminho. Era especial... E já tinha provado ter um coração enorme, cheio de amor para dar. Meu irmão tinha toda a razão. A famosa Moranguinho era mesmo um espetáculo!

Passado um breve momento em que nós dois ficamos um pouco tímidos, elogiando a vista do restaurante, a comida, falando algumas amenidades para preencher o silêncio, a conversa logo se tornou mais natural. Perguntei o que a tinha levado a fazer aquele bonito trabalho com as crianças do COEG e percebi a expressão dela mudar, tornando-se um pouco mais séria.

— É sobre isso que quero conversar com você.

— Já pude demonstrar que não tenho talento para ser palhaço — brinquei, tentando descontrair um pouco. — Se quer me fazer uma proposta de trabalho...

— Não, fique tranquilo! — respondeu, sorrindo. — É que... percebi que você não gosta muito do doutor Carlos Eduardo, chefe lá do hospital.

Eu sabia que não tinha conseguido disfarçar o meu incômodo quando encontrei aquele homem. Mas se ela era sensível para perceber aquilo, também entenderia a minha situação.

— Ele me decepcionou.

— Com o seu irmão?

— É... Ele falhou com a minha família. Acho que poderia ter feito muito mais.

Amora se manteve em silêncio por alguns instantes, concordando com a cabeça, mas visivelmente absorta em pensamentos. Logo se voltou para mim e, olhando em meus olhos, pareceu muito sincera ao dizer:

— É normal criar uma revolta contra o médico quando perdemos alguém querido. Mas queria te dizer que isso não adianta em nada. Só faz mal a você mesmo.

— Eu sei. Não estou dizendo que ele é o grande culpado por tudo que aconteceu, mas talvez...

— Tenho certeza que o doutor Carlos Eduardo fez o possível pelo seu irmão — interrompeu ela, falando com convicção. — Além de ser o melhor oncologista da cidade, ele é a pessoa mais incrível que já conheci.

— E o que ele tem de tão especial? — perguntei, incomodado com aquela defesa tão inesperada.

— Ele é meu *pai* — revelou, para minha surpresa.

Pai?!

O médico a quem eu tanto xinguei, a quem eu tanto desejei mal nos meus momentos mais difíceis, era o pai da mulher que agora me fazia tão bem? O destino não poderia ser mais irônico?

— E foi ele quem me indicou para o trabalho como palhaça. Foi por causa dele que eu pude visitar as crianças desde pequena. Acredito que nenhum psicólogo o instruiria a permitir isso, mas eu insistia muito e ele respeitou a minha vontade. A vida dele também sempre foi aquele lugar.

Claro que eu não insistiria em falar mal do pai dela. E também não poderia discordar que era admirável se dedicar por tanto tempo a pessoas doentes, porém, eu ainda precisaria de um pouco mais de tempo para superar meus rancores. O melhor a fazer era deixar o assunto pai temporariamente de lado. Quis saber sobre ela.

— Como consegue lidar com tudo aquilo? E ainda em jornada dupla?

— Acho que, no fim das contas, é mais especial para mim do que para as crianças. Gosto de ajudar, de ouvir quem precisa desabafar. Fiz muitos amigos maravilhosos no dia a dia do hospital. O Tomás foi um dos que me marcou muito, com seu jeito sacana e o bom humor sem fim.

E, de repente, nós deixamos de ser dois estranhos se conhecendo melhor e passamos a nos tornar íntimos. Tínhamos algo muito importante em comum; alguém que nos fazia rir com uma simples lembrança. Será que ela teria histórias novas do Tomás para me contar? Algo que havia ocorrido no hospital, alguma piada que ele tivesse contado, alguma situação que tivessem vivido juntos em sua breve passagem por lá? Descobrir coisas novas sobre o meu irmão era trazê-lo de volta. Era como se ele estivesse vivo novamente, alegrando os meus dias, iluminando a minha vida.

Amora me olhava em silêncio, enquanto eu fazia todas essas perguntas em pensamento. Novamente, tive a sensação de que a conhecia desde sempre. Como se só eu compreendesse que estava no lugar certo e com a pessoa certa.

— Foi o Tomás que me incentivou a aceitar a proposta de ser uma palhaça. Por causa dele escolhi me chamar Moranguinho, já que ele se recusava a me chamar de Amora e dizia que era tudo fruta.

Isso era muito o Tomás! Eu podia até imaginar o jeito como ele falou isso, com aquele carisma que transformava até o que poderia soar como ofensa em algo leve, em brincadeira. Acho que meu irmão tinha um espírito de palhaço por natureza. Talvez por isso eles tenham se dado tão bem.

— Seu irmão foi muito especial para mim.

Será que ela ouvia as batidas aceleradas do meu coração? Porque eu estava nas nuvens e não conseguia esconder. Foi como se todos os planetas se alinhassem e o mundo começasse a fazer sentido. Tudo se encaixando perfeitamente. Tive que respirar fundo para conter minha emoção. Até ela vir com um golpe fatal:

— Você era o herói dele — disse, visivelmente emocionada. — O irmão piloto, que vivia por entre as nuvens...

— Quem dera eu pudesse visitá-lo no céu...

Nossos olhares se encontraram e, quando estávamos a ponto de cair em prantos, Amora tratou de mudar o clima, fazendo uma revelação.

— A verdade é que o Tomás falava tão bem de você que eu sempre morri de curiosidade em te conhecer. Ele disse que o irmão não se envolvia com qualquer uma. E que eu era perfeita para você por ser divertida!

Nós dois caímos no riso, um pouco constrangidos.

— Ele tinha razão.

— Você me acha divertida?

— Te acho perfeita para mim.

Amora ficou envergonhada, o que a deixou ainda mais linda. Ela baixou rapidamente o olhar, abriu um sorriso, escondeu o rosto com o guardanapo... E eu não conseguia tirar os olhos dela. Estávamos em sintonia, sentíamos isso. O jeito que ela me olhava era diferente... Nunca uma garota havia me olhado dessa maneira doce, com carinho e admiração. Ela cortou o silêncio.

— O Tomás tinha razão em muita coisa, apesar de ser tão novo. Ele era especial, divertido, me dava conselhos... Quando liguei os pontos de que você era o irmão dele e iria doar a medula para a Mariah, senti que tudo se encaixava, sabe? Precisava vir aqui descobrir se tudo o que o Tomás dizia era verdade.

— Você falou o nome dela... Mariah.

— Não... Eu não podia! — disse, alarmada. — Você não pode entrar em contato com ela nem com a família dela, Miguel. É contra as normas do hospital. O transplante tem que ser sigiloso!

— Não se preocupe, não vou falar para ninguém. Mas gostaria muito que me contasse um pouco mais sobre ela...

— Não posso.

— É criança, não é? — deduzi, já que o chefe da oncologia pediátrica estava à frente do procedimento.

— Isso você pode saber. É uma criança sim... Uma criança linda e adorável! Você vai ser o responsável por todos os incontáveis dias que ela terá no futuro. Isso é tão lindo, consegue perceber a grandiosidade do que está acontecendo? Eu amo o milagre da vida!

Os olhos dela brilhavam de uma forma natural e sincera. Sua alegria era quase infantil, de tão pura. Definitivamente, eu estava diante de uma pessoa muito especial.

— Não é à toa que você tem "amor" no nome.

Ela abriu um lindo sorriso e eu peguei sua mão. Só de tocar na pele dela meu coração voltou a bater forte. Nunca pensei que fosse me sentir assim, que fosse *querer* me sentir assim. Há muito tempo a felicidade não brotava em meu peito e tudo por culpa dela. Eu não queria acreditar que estava sendo dominado por esse sentimento, que eu mal sabia definir. Seria paixão? Amor? Será que eu tinha encontrado a mulher da minha vida? Amora já havia me mudado em tão pouco tempo... Então deixei meus dedos se entrelaçarem nos dela e a puxei com cuidado para mais perto de mim. Fiz um carinho em seu rosto, percebi seu olhar de expectativa. Será que ela estava sentindo o mesmo que eu? Só havia uma maneira de descobrir... Nossos rostos se aproximaram, nossas bocas se atraíram para um beijo. Um beijo bom. Um beijo inesquecível. Nada mais existia à nossa volta... E nós sabíamos que nossa história só estava começando.

9
O amor chega para quem deixa

AMORA

O amor nasce de um olhar sincero, promissor. De um toque que leva ao arrepio e ao qual não se quer mais deixar de ter. O beijo nada mais é do que duas almas que se reencontram, como se por toda sua vida você estivesse esperando por aquela pessoa. A felicidade de encontrá-la é tanta que parece transbordar de seu peito e contagiar tudo à sua volta. O mundo deixa de ser cheio de problemas e passa a ter soluções. E mais cores, mais flores, dias lindos de sol, dias poéticos de chuva... Tudo fica muito melhor com esse filtro chamado amor.

É com ele que eu quero me casar. Sei que parece impulsivo e até mesmo exagerado, mas... O Miguel era tudo o que eu sonhava em um homem e, certamente, tinha muito mais para me mostrar, me ensinar... Ele se revelou inteligente, amoroso, respeitador. Compreendia-me apenas no olhar, adivinhava minha palavra não dita, completava meus pensamentos. Soube de tudo isso numa única noite que virou dia e eu não queria mais que acabasse.

Depois do jantar no restaurante no Arpoador, andamos pelo calçadão de pedras portuguesas, tiramos os sapatos, andamos pelas areias da praia, sentamos nas pedras do Arpoador para admirar o mar escuro da noite.

Conversamos tanto que não percebemos que havia chegado a hora do sol nascer. Não é incrível como o tempo passa rápido quando estamos realmente envolvidos com algo?

Levei Miguel para conhecer meu apartamento e tivemos dificuldade em nos separar. Eu morava sozinha, em um bucólico edifício de três andares, em uma rua chamada Fonte da Saudade.

Meu apartamento não era grande, mas tinha um aconchegante clima de casa. A árvore imensa da rua invadia a minha varanda, trazendo um maravilhoso cheiro de mata e a visita constante dos passarinhos. Nunca havia levado homem algum ao meu cantinho, afinal, aquele espaço era como um santuário para mim. E só de ele ter pisado no chão de taco, visto as minhas fotos de viagens e sentado em minhas almofadas coloridas, já havia conquistado muito mais que qualquer outro. Mas não poderia ser assim tão fácil.

— Acho melhor a gente se despedir — avisei, claramente frustrando as expectativas dele, que sorriu, charmoso.

— Acha melhor?

Não, eu não achava melhor. Mas fui forte e, apesar de um sentimento avassalador, dei-lhe um beijo de despedida e o mandei voltar para casa, antes de que eu me entregasse demais. Fechei a porta, desejando mantê-la aberta. No fundo, achei bom também provocá-lo, para que tivesse ainda mais interesse em mim. Miguel conheceu a médica e a Moranguinho, precisava agora desejar a Amora. E eu gosto desse jogo de sedução... Gosto que ele fique com gostinho de *quero mais*, como dizem por aí. Observei da varanda quando ele se afastou pela rua deserta. Naquele momento, eu já era a própria fonte jorrando saudade...

Eu estava apaixonada. Assim mesmo, de imediato. E não parecia tão absurdo, era algo natural. Algo que realmente devia acontecer. Entrei em meu quarto dançando, sem conseguir controlar meus suspiros e sorrisos.

Em vez de ir para a cama, escolhi uma *playlist* bem romântica e fui para a banheira antiga, onde permaneci mergulhada em espuma e pensamentos. Perdi completamente a noção do tempo. Pensava em Miguel, no seu beijo, no seu abraço apertado, no seu sorriso... Ah, Miguel... Como você entra na minha vida desse jeito, depois de um início tão inesperado? Pensando bem... Se pedisse licença para entrar, certamente seria atropelado mais uma vez por uma palhaça apressada para alegrar um coração! Porque era exatamente nisso que eu pensava agora... Que queria fazê-lo feliz. Queria cuidar daquele coração maltratado pela vida, mas que não hesitou em me acolher.

Passamos uma semana saindo todos os dias. Fomos ao cinema, ao teatro, jantamos em restaurantes badalados, mas também comemos sanduíche no calçadão, nos esfarelamos com o biscoito de polvilho da praia. Descobrimos os gostos um do outro, as histórias do passado, os desejos para o futuro. Contei para Miguel que o maior sonho da minha vida era ir a Paris comer um *croissant* de chocolate e admirar a Torre Eiffel brilhando à noite.

Tenho paixão pelo teatro, pelo circo e pelas crianças do COEG, mas o amor por Paris só podia ser coisa de vida passada. Sabe a sensação de que você se conecta com um lugar que nunca esteve? Acho que se me largassem pela primeira vez nas ruas da cidade, eu saberia exatamente por onde ir, como se conhecesse os caminhos intuitivamente. Nunca fui a Paris porque sempre sonhei em ir acompanhada, apaixonada! A Cidade Luz fazia meu coração bater mais forte, completava uma parte de mim que ansiava por romance. Era escutar Édith Piaf que já ficava arrepiada dos pés à cabeça. Miguel ouvia e achava graça do meu entusiasmo, pois cheguei a cantarolar *La vie en rose*, me transportando para as margens do rio Sena.

— Um dia te levo lá — disse ele, amoroso. — Será o nosso lugar.

O nosso lugar... Claro, como devia ser. O lugar perfeito para a companhia perfeita. Teria me tornado personagem de um filme romântico? Nessa mesma noite, ele me levou para comer num restaurante de culinária francesa, com direito a pães, queijos, um delicioso vinho tinto de *Bordeaux* e minha sobremesa preferida: a *tarte tatin*! Não sei se foi a quantidade de comida ou bebida, mas acordei com uma forte dor de cabeça no dia seguinte. Seria ressaca por sonhar demais? Um efeito colateral dessa nova e arrebatadora paixão? Na dúvida, permaneci um bom tempo na cama, pensando, pensando... E dançando com o Miguel no nosso lugar, com a Torre Eiffel piscando suas luzinhas como se fossem as estrelas do nosso céu...

Quand il me prend dans ses bras
Qu'il me parle tout bas
Je vois la vie en rose...

Definitivamente, eu já compreendia aqueles sintomas. Meu diagnóstico era muito claro: eu tinha sido acometida por um surpreendente e grande amor.

10
A mente aprisiona quando engana o coração

MIGUEL

Era fim de tarde e fui buscar Amora no final de seu expediente no COEG. Não entrei lá porque ia ficar curioso para saber quem era a Mariah e não queria criar problemas para Amora. Já estava satisfeito por receber a ligação que confirmava que tínhamos a compatibilidade necessária. Por mais incrível que pudesse parecer, eu tinha mais genes em comum com essa menina do que, provavelmente, tinha com meu irmão. O importante era que em breve faríamos o transplante.

Amora ficou radiante com a notícia e propôs que fôssemos comemorar na praia, aproveitando o belo pôr do sol e a brisa de verão que corria. Tinha passado o dia dentro do hospital e queria respirar um pouco o ar mais leve que vinha do mar. E o que poderia ser mais revigorante do que andar sem compromisso, de mãos dadas com a melhor companhia do mundo? Tudo era motivo para estarmos juntos, para dividirmos os acontecimentos do dia, as expectativas, as frustrações... Víamos nesses momentos uma chance de nos conhecermos cada vez mais. Desde o sabor preferido de um picolé aos medos mais profundos, que surgiam quando menos esperávamos.

— Não tem tanto mistério assim sobre mim, não me considero uma pessoa tão exigente com o destino! — disse Amora, enquanto falávamos sobre planos de vida. — Quero trabalhar no que gosto, viajar, casar, ter filhos...

No mesmo instante, engasguei com o picolé que tomava, engolindo errado e provocando um acesso de tosse.

Passado o susto, pedi desculpas, ainda um pouco agitado, mas ela notou que aquilo não tinha sido em vão. A verdade é que essa história de paternidade sempre me assustou. Ainda mais agora que conheço as dores que um pai ou uma mãe podem passar. Eu achava que ia ter dois filhos, um menino e uma menina, que eles iam ser saudáveis, ele ia gostar de aviação e ela talvez fosse querer fazer balé. Agora, já acho que ia gostar mais de teatro, de circo...

Mas eu tenho muito receio de ter filhos. Não por ser uma responsabilidade para a vida toda, todavia, pelo medo de perdê-los. Hoje sei como o destino pode ser cruel e não gostaria nada de passar pelo que minha mãe passou. Dizem que é a pior dor que uma pessoa pode sentir e eu sabia disso. Não queria esse sofrimento para mim.

— Não quis dizer que quero casar e ter filhos *logo* — continuou ela, tentando se justificar. — Não quis nem dizer que quero casar com você, pode ficar tranquilo.

Percebi que ela ficou muito constrangida, mas eu não queria ser tão direto sobre esse assunto. E como não encontrava palavras, meu silêncio a fazia continuar suas justificativas.

— A gente só está ficando, nem está namorando para eu falar em casamento. Desculpa, Miguel. Coloquei uma pressão que não deveria e você não precisa se preocupar porque...

— Não é isso — interrompi, segurando sua mão e fazendo um carinho em seu rosto. Ao olhar em seus olhos, eu não via outra opção a não ser o mais sincero possível com ela. — É que... Eu não sei se quero ter filhos.

Amora me surpreendeu, soltou minha mão e ficou com o olhar perdido para o mar. Eu mesmo achei algo estranho naquela declaração, porque já tinha pensado diversas vezes sobre o assunto, mas nunca havia dito em voz alta. Era como se aquilo virasse uma realidade, que pareceu muito dura para quem ouvia.

— Por causa do Tomás? — perguntou.

— Você sabe até mais do que eu como a vida pode ser dura. Pode parecer covardia, mas não sei se quero ter chance de passar por tudo aquilo... E é verdade também que eu gosto de me sentir livre, de poder fazer o que eu quiser.

— Então, você não quer se prender a nada nem a ninguém? — indagou ela, com um tom triste.

Eu estava levando a sinceridade ao limite. Claro que ela pensou que eu não queria assumir um relacionamento, mas... Ficar ao seu lado era tudo o que eu mais queria no momento, sem que isso se tornasse uma prisão para ambos.

— Eu valorizo muito a minha liberdade. Para estar numa relação, eu preciso ser livre dentro dela — justifiquei.

— Como isso funciona? Você se comprometeria com alguém, mas poderia se envolver com outra pessoa? Um relacionamento aberto?

— Não é nada disso — disse, rindo. — Ser livre num relacionamento, para mim, significa não desistir dos meus sonhos por causa do outro.

— Você acha que ter um filho te privaria disso?

— Acho. É uma responsabilidade muito grande, que demanda tempo e muita dedicação. Como eu poderia viajar por dois meses, tendo um bebê precisando de mim?

Amora ficou um tempo em silêncio, visivelmente tentando digerir minha maneira de pensar. Seu semblante fechado deixava claro que, de algum modo, discordava de mim. Mas eu também queria entender sua opinião sobre o assunto.

— Você mudaria sua essência, desistiria de tudo o que sempre quis, para viver para o outro? — perguntei.

— No meu caso, faz parte da minha essência viver para o outro...

Eu já não sabia mais como defender meu ponto de vista sem parecer um egoísta. Amora era altruísta por natureza e eu estava num momento um pouco mais individualista. Seria uma relação de mão única, com ela sempre doando e eu só recebendo? Eu não gostaria de ter alguém ao meu lado que fizesse tudo por mim e depois de anos percebesse que não viveu por ela mesma. Essa culpa eu não queria carregar.

— Mas nem por isso eu deixo de viver por mim — continuou ela, parecendo ler meus pensamentos. — De onde vem essa ideia de que o filho aprisiona?

— A minha mãe desistiu de ser cantora para cuidar de mim. Eu cresci vendo-a cantar pelos cantos da casa... Sua voz era linda. Eu queria que ela tivesse tido essa chance, de ir atrás dos seus sonhos.

— Você se sentia culpado?

— Claro! Parecia que, se ela não cantasse, seria sufocada pela dor de não poder fazê-lo. Era como uma liberação de algo mais forte do que ela... Quando a música era triste, Tomás sempre dava um jeito de dançar e tornar o momento engraçado. Depois que ele partiu, eu nunca mais ouvi minha mãe cantar.

Até aquele momento, eu nunca tinha me dado conta do quanto isso me afetava. Acho que veio daí a minha vontade de ser piloto, de voar e estar sempre no céu... de viver sem amarras.

— E quais são os seus grandes sonhos, que você não abriria mão de jeito algum?

Eu não soube o que responder, a verdade era essa. Que grandes sonhos eram esses que eu tanto defendia, se nem ao menos os conheço? Não me imaginava numa casa com cachorro e crianças correndo no quintal. Ao mesmo tempo, não desejava ser sozinho para sempre.

— Talvez você esteja enxergando a liberdade como algo imediato, do dia a dia. Talvez você já esteja vivendo o que sempre sonhou, sendo piloto e viajando para onde quer — continuou ela. — Mas e se a vida estivesse te reservando algo muito melhor? E se você estivesse evitando emoções que te levariam a um outro estágio de felicidade? Acredito que a liberdade está dentro da gente e não fora... Suas próprias angústias e crenças podem estar impedindo que a felicidade de fato chegue. Essa pode ser a maior prisão que um ser humano pode viver. Encarcerado em si mesmo.

Amora parecia me descrever. Era assim que me sentia, preso em meus maus presságios. Desde que Tomás se foi, eu não acreditava mais na vida, nas possibilidades em ser feliz. E agora eu havia aberto essa porta quando deixei a palhaça entrar. Ela, mais uma vez, me dava uma pancada, fazendo-me despertar de minha autodestruição.

— Se você não acreditar que é merecedor do amor, dificilmente o sentirá — completou, sabiamente. — E não há amor mais genuíno no mundo do que o de uma criança.

Me lembrei, então, do dia em que Tomás nasceu. Eu tinha 9 anos e me senti como um pai. Criei meu irmão com a minha mãe e talvez por isso sua partida doesse tanto em mim. Recordei das noites de choro, das cólicas, dos banhos, do primeiro dia da escola... Das manhãs no parquinho, da primeira bicicleta, do seu abraço apertado e sorriso gigante. Lembrei das confusões na escola, dos deveres de casa, dos jogos de videogame... Lembrei de quando ele dormia, exausto, com a cabeça sobre a minha perna, no sofá da sala. Eu era a pessoa preferida dele. Eu gostava de me sentir responsável pela felicidade do meu irmão. Contei tudo isso à Amora e ela me trouxe à consciência uma explicação que fez todo sentido:

— Miguel... Você *assumiu* o lugar de pai, o criou assim. Saiu do seu papel de filho e de irmão, e, quando fez isso, desarmonizou a ordem natural da família. Na Constelação Familiar, uma técnica terapêutica desenvolvida pelo alemão Bert Hellinger, quando tomamos para nós responsabilidades que não são as nossas, saímos do nosso devido lugar dentro desse sistema e criamos um emaranhado de emoções, tornando as relações disfuncionais. Nessa família, você só era o irmão e o filho. Não precisava suprir uma ausência que não era a sua.

Ao mesmo tempo em que foi duro ouvir essa constatação, senti um peso sair das minhas costas. Era surpreendente sentir um alívio, ao ouvir que eu não precisava ser mais do que, de fato, era. De repente, a culpa por não conseguir suprir as necessidades do Tomás e, de certa forma, também da minha mãe, perdeu o sentido. Ao mesmo tempo, eu precisaria encontrar novamente meu lugar nessa família. Será que conseguiria deixar de ser "o pai postiço do Tomás"? Será que estava disposto a abrir mão desse papel, que foi tão importante para mim? Eu já não sabia mais o que pensar e foi inevitável segurar minha emoção. E Amora não teve piedade, desarmando de vez o meu endurecido coração.

— Eu conheço tudo isso porque já constelei muitas vezes. E, por conta da constelação, hoje eu tenho muito mais facilidade em perdoar meus familiares e em entender que meus ancestrais fizeram o que podiam fazer. Consigo me ver construindo uma família e desejo mesmo viver muitas emoções na minha vida. Eu me vejo grávida, com bebês, levando crianças a parques de diversões... Não penso que algo ruim pode acontecer, nada disso. Penso no quanto a vida pode ser maravilhosa, no máximo de amor que eu conseguiria dar para essas crianças. Para as minhas crianças... É um sonho que não abro mão. É o milagre da vida, jamais me privaria de vivenciá-lo.

Um nó se fez em minha garganta. Por um momento, pude me ver com Amora e algumas crianças numa roda gigante... Girando num carrossel, correndo com balões coloridos, pulando em poças d'água. Me imaginei com um bebê no colo, de olhinhos fechados, se aninhando junto a mim. E logo me vieram as imagens das crianças naquele hospital, do sofrimento da minha mãe, do último sorriso do meu irmão...

— Eu tenho medo da morte — revelei.

— Você não deve ter medo da *vida*, Miguel.

Amora me ajudava a me libertar da gaiola que criei com a partida de Tomás. Aos poucos, eu ia me reconhecendo novamente, resgatando minha essência... Que agora ansiava por ter a Amora comigo todos os dias, por ter uma casa com cachorro e crianças correndo felizes pelo jardim. Eu queria voar com ela. E ter um pouso ao lado dela. Eu não imaginava que podia amar tanto alguém assim.

— Ao seu lado, eu sinto que posso ser o mais corajoso dos homens — constatei. — E o mais livre também.

Amora sorriu, iluminando ainda mais seu olhar.

— Você quer ser livre comigo? — perguntei, agora ansiando por tê-la ao meu lado para sempre.

— Como um passarinho...

Nos beijamos intensamente, entre risos e lágrimas. Eu não tinha nenhuma dúvida de que a Amora já fazia parte da minha história. Não haveria mais graça viver sem ela em meus dias, em minhas noites, em meus sonhos, em meus planos... Eu finalmente acreditava que a felicidade estava dentro de mim, no amor que sentia por ela. E nós voaríamos juntos e viveríamos uma linda história, com viagens românticas, parques de diversões, crianças... Nós viveríamos. Por nós e pelos nossos.

Eu voltava a sentir o amor pela vida. Eu voltava a ser parte de mim.

11
Voe para onde seu coração mandar

MIGUEL

Era uma manhã ensolarada de sábado, com aquele céu azulão e nenhuma nuvem sequer. Dia mais que propício para a surpresa que eu tinha preparado para Amora. Queria mostrar para minha nova namorada que eu não estava tão enferrujado assim no quesito emoção! Na realidade, queria proporcionar a ela uma emoção bem peculiar... E totalmente à minha maneira. Não disse para onde íamos e a fiz fechar os olhos assim que chegamos ao misterioso local. Amora estava animada, numa alegria quase infantil, se deixando guiar com os olhos tapados.

— Está ventando aqui! Deve ser uma área aberta — percebeu ela. — Estamos chegando?

— Está quase — respondi, como quem distrai uma criança durante uma viagem longa. — Vou te levar para o lugar mais especial que já descobri. Preparada?

— Com você eu não tenho medo de nada.

Dei um beijo nela e tirei as mãos dos seus olhos, que se abriram devagar. Seu susto foi imediato ao ver um avião monomotor na pista de pouso.

— Mentira!!! Tenho medo sim! — brincou.

O instrutor que era meu amigo se aproximou e trouxe um buquê de lírios, flores preferidas da minha namorada, exatamente como tínhamos combinado. Dentro da aeronave já estava uma cesta com suco, frutas e pães. E, claro, dois pedaços de *tarte tatin*, sua sobremesa preferida. Tomás ficaria orgulhoso desse meu súbito romantismo. E acho que ainda era pouco perto do que Amora merecia... Ela olhava tudo com interesse, meio maravilhada com aquele mundo novo, cheio de botões coloridos e dezenas de controles.

— Tem certeza que sabe mexer nesses botões todos? — perguntou ela. — Você tem medo de agulha! Como pode fazer esse negócio voar?

— Tenho os meus segredos — respondi, no mesmo tom. — Preparada?

Ela fez que sim, sorrindo, mas visivelmente nervosa. Conferi as condições de voo, e dei início à preparação para decolagem. Pouco antes de levantarmos voo, percebi que Amora não tirava os olhos de mim, tensa.

— Posso garantir que o visual do Rio de Janeiro é mais bonito que eu... Ainda mais num dia ensolarado como esse!

Ela estava feliz e eu me senti realizado por fazer aquilo mais uma vez. Levar alguém especial para uma experiência única, como fiz com o Tomás. Eu não tinha dúvidas de que seria um dia inesquecível. E se Paris a fazia suspirar, estávamos prestes a visitar o meu lugar preferido: o céu. Confirmei com o instrutor e também com minha parceira, que apenas balançou insistentemente a cabeça, ansiosa, fazendo que sim. Última checagem no motor, permissão dada para voar, velocidade aumentando gradualmente e... começava a nossa aventura nas alturas.

Amora olhava tudo com admiração. E enquanto os olhos dela percorriam a paisagem, eu olhava para ela. Se aquele trajeto já era bonito, com Amora ao meu lado ele ficaria ainda mais encantador. O mar lá embaixo, a areia da praia com um verdadeiro mosaico de guarda-sóis, inúmeros barcos à vela como pontos brancos no meio da Baía de Guanabara, o verde das matas, o contorno das montanhas... Era um visual fantástico.

— Deus existe mesmo, Miguel... — murmurou ela. — E é um grande artista.

Fiz uma curva ao passar por cima de Niterói e redirecionei a aeronave rumo à Costa Verde. Vimos toda a cidade do ponto de vista do mar e, pouco tempo depois, avisei que estávamos perto do nosso destino. A vasta extensão de águas cristalinas em tons azul e verde contornando ilhas e penínsulas era realmente deslumbrante. Com a devida autorização do proprietário, iniciei a descida em uma rústica e curta pista de pouso, que ficava dentro da propriedade de um amigo. Feita de terra compactada e específica para aeronaves leves, a pista era simples e rodeada pela vegetação nativa. Quando o avião finalmente parou, Amora me olhou, confusa.

— E o lugar especial?

Abri a porta, ajudei minha namorada a descer, peguei uma mochila, a cesta com frutas e ela pegou a garrafa de suco, dizendo que me ajudaria com aquilo. Caminhamos por uma trilha, até chegarmos a uma praia deslumbrante, intocada, deserta. Deixei as coisas debaixo de uma amendoeira, tirei a camisa e corri para o mar, desafiando Amora a fazer o mesmo. Eu já tinha avisado para ela ir de biquíni e ela tirou rapidamente o vestido, deixando-o na areia e correndo em minha direção.

A água não estava muito gelada, mas Amora precisou de uma forcinha para mergulhar. E quando cansou de me bater e tentar me afogar, rendeu-se aos meus beijos... Perdemos completamente a noção do tempo. Nunca me senti tão próximo dela, não poderíamos estar em outro lugar naquele momento. Como era bom ter quem amava ali comigo... Aquele dia ficaria para sempre em minha memória. A gente sente quando um momento será tão especial que fará parte de quem seremos no futuro. Um momento que nos faz ter certeza de que a vida pode ser maravilhosa.

— Obrigada por esta surpresa.

— Obrigado por estar na minha vida.

Saímos do mar, abraçados, e estendemos uma canga enorme debaixo da árvore, onde ficamos por um bom tempo. Completamente envolvidos, não conseguíamos nos desgrudar. Os beijos se tornavam mais calorosos, os corpos se reconheciam e os corações disparavam, numa apaixonada sintonia. Nossa primeira vez não poderia ter sido mais incrível. Foi o momento mais puro que já vivi. Eu a amei intensamente, com todo carinho e cuidado que poderia ter. Era a mulher da minha vida. E sempre que eu olhava para o seu rosto, admirando sua beleza, me sentia grato pelo privilégio de ter sido escolhido também por ela.

De volta ao avião, mergulhamos no céu alaranjado do entardecer, para que o dia terminasse, literalmente, com chave de ouro. O reflexo do sol tornava a pele de Amora dourada, o que a deixava ainda mais linda... E as palavras que se repetiam com insistência em meus pensamentos se sentiram livres para também voar.

— Eu amo você.

— Eu também te amo — respondeu, feliz.

Se soubéssemos o que nos aguardava nos próximos dias, não teríamos saído daquela praia. Teríamos parado o tempo ali, naquele momento que parecia ser eterno. Naquela tarde em que a vida se apresentava em sua plenitude, vivemos felizes para sempre. O problema é que, como diz a canção, o "para sempre" sempre acaba... Só não imaginávamos que seria de uma forma tão abrupta.

12
Uma parte de si pode ser um todo do outro

MIGUEL

Chegou o grande dia e tudo o que eu sentia era paz. O amor me transformou num homem seguro, confiante no futuro e cheio de projetos. Estava realizado por ter ao meu lado a mulher da minha vida e por ver minha mãe conseguindo superar sua tristeza. Dona Stella já estava voltando a sair com amigas, indo ao cinema, ao teatro e até pensando em dar uma chance a um amigo que insistia em ficar com ela. A energia da nossa casa realmente havia mudado para melhor! E eu estava tranquilo para dar o próximo passo.

Às oito horas da noite, entrei com minha mãe no COEG para fazer minha internação, pois na manhã seguinte iria doar a medula para a tal menininha tão especial. Amora me esperava por lá e fazia questão de estar a par de todo procedimento. Minha pressão e temperatura foram conferidas algumas vezes ao longo da noite e tive que tirar mais algumas amostras de sangue.

Decidi ignorar que as agulhas estavam por ali e fiquei admirando minha mãe, emocionada, mas realizada. Como era bom ajudar uma pessoa como gostaríamos que tivesse acontecido com meu irmão... Em seguida, olhei para Amora e percebi que ela não estava tão calma quanto nós. Esperei que ficássemos sozinhos para perguntar o motivo daquela ansiedade.

— Te ver aqui, deitado nessa cama... Já vi tanta gente passar por esse hospital e nunca tive essa angústia que sinto agora — disse ela, sincera. — Desculpa, não devia falar essas coisas.

— Deita aqui comigo — pedi, envolvendo-a em meus braços. — Vamos fazer uma promessa?

— Promessa?

— Vamos pôr nossos sonhos como prioridade? Vamos realizá-los juntos e não perder tempo de vida?

Ela concordou e se aninhou em meu peito, enquanto eu beijava sua testa. Pouco depois, Amora nos deixou, minha mãe dormiu e eu fiquei na cama pensando no Tomás, em tudo que deveria ter passado por sua cabeça quando ficou internado ali. Será que ele sentiu muito medo? Será que, de fato, acreditou que sua vida acabaria em breve ou tinha fé de que tudo não passava de um contratempo? Porque, quando se é jovem, a morte nunca é esperada.

Temos a vida toda pela frente e parece injusto que alguém possa partir antes de realizar seus sonhos...

Onde estará meu irmão agora? Será que realmente vive em outra dimensão? Será que consegue acompanhar os meus passos? Será que está feliz nesse momento? Será que ainda vamos nos encontrar novamente?

Foi quando uma luz forte invadiu o quarto de hospital. Era noite, longe ainda de amanhecer e não fazia o menor sentido aquela claridade toda. Assim como surgiu, ela se apagou subitamente. Fui até a janela, confuso, e não vi de onde ela poderia ter vindo. Minha mãe nem sequer abriu os olhos.

Teria sido um sinal do meu irmão ao tentar responder as minhas questões? Ou apenas a minha imaginação, uma vez que eu já estava naquele estágio em que os sonhos se confundem com a realidade?

Pensei em como a vida é imprevisível e totalmente fora de nosso controle. Começa quando tem que começar e acaba quando cumpre a razão por que veio. Pode até haver explicações científicas sobre quase tudo, mas, como Amora diz, o sentido da vida se descobre vivendo. Simples assim. Sem contestar suas razões, pois estão além de nossa compreensão.

Às vezes, só vamos entender o motivo de um acontecimento décadas depois, quando vier também a lição e o aprendizado. E tudo se torna estranhamente mais claro. O que seria a vida senão uma sucessão de aprendizados? Será que o sofrimento com o meu irmão começaria a ser compreendido depois de passar por este procedimento?

Como sempre, Tomás, você é meu primeiro e meu último pensamento do dia. E agora não seria diferente. Dedico essa doação a você, meu irmão. Porque, se eu pudesse, teria te dado a minha vida.

Por fim, consegui cochilar um pouco. Pareceu que tinha passado apenas uns dez minutos, mas já havia amanhecido quando o enfermeiro entrou em meu quarto e pediu para que eu me preparasse, com a ajuda da minha mãe.

Tomei um banho, pus aquele camisão hospitalar e algum tempo depois ele voltou, entrando no quarto com uma cadeira de rodas. Minha mãe se espantou e eu me incomodei com aquilo. Ao notar nosso receio, o enfermeiro nos explicou que aquilo era necessário para que eu não levasse comigo sujeira e bactérias do chão.

Ao sair do quarto, vi que Amora já estava por ali e, por mais que tentasse disfarçar, ainda me parecia angustiada. Justo ela, que presenciou esse procedimento tantas vezes e aparentava ser mais forte que qualquer pessoa que havia conhecido, parecia insegura.

Mas isso não me preocupou, só me mostrou o quanto ela me amava e se importava comigo. Pedi que ficasse com minha mãe, caso ela ficasse nervosa. Uma ajudaria a outra a fazer o tempo passar rápido e, quando menos percebessem, eu logo estaria de volta. Enquanto me afastava pelos corredores sobre aquela cadeira de rodas, hesitei em olhar para trás. E quando o fiz, as duas acenaram, sorrindo, certamente contendo a preocupação.

Lá dentro, o anestesista me explicava como seria o procedimento. Colocaram algo no meu soro que, talvez por eu não ter dormido direito à noite, fez efeito muito rápido... Estava com um sono forte... Tinha dificuldade de manter os olhos abertos... e a cabeça também já caía. Até que avistei o doutor Carlos Eduardo. Acho que ele falou um monte de coisas e eu devo ter respondido, mas não lembro de nada do que foi dito.

Já deitado e anestesiado da cintura para baixo, senti umas pressões e ouvi uns barulhos, mas não havia qualquer dor. Estava grogue e, apesar de tentar me manter acordado, caí em sono profundo.

AMORA

Por que essa angústia não passa? Não posso deixar que a mãe do Miguel perceba meu nervosismo, mas... está demorando tanto...

Geralmente, o processo todo dura em torno de quarenta minutos. Já passou uma hora e meia e nada de me darem notícias! A todo instante pergunto se alguém tem informação lá de dentro e, ao contrário do que normalmente acontece, parece que não querem me falar. Todos me dão respostas evasivas, como quem tenta não preocupar o parente do paciente. Conheço esses métodos e, por causa deles, eu *sei* que está acontecendo algo de errado. Ou o medo me faz pensar nas piores possibilidades.

Foi quando eu vi algo que me assombrou.

Três homens e uma mulher, vestidos de branco, entraram na sala onde Miguel fazia o procedimento.

Um deles, com cerca de 70 anos, tinha uma aparência que me lembrava meu pai. Os outros dois, com traços indígenas, aparentavam ter por volta de 40 anos. A mulher parecia bastante com a mãe do Miguel, com longos cabelos loiros escuros. E nenhum deles usavam crachás.

Não eram médicos do hospital. Ao menos, não *deste* hospital terreno. Há anos eu não via espíritos, e aqueles quatro se apresentaram de forma muito nítida, apesar da luz diferente que os envolvia.

Antes de entrarem na sala, a mulher me encarou intensamente. Era claro que eles sabiam que eu os enxergava, pois assim permitiram; eles desejavam ser vistos. De alguma maneira, era importante que eu soubesse que estavam ali. Mas por quê?

Estariam amparando no procedimento ou indo buscar o meu amor? A aura leve e a energia serena que emanavam indicavam que eram seres de dimensões elevadas, como mentores e protetores. Ou seria aquele senhor o avô do Miguel, que viria recebê-lo no outro plano?

Esse era um relato muito comum de pacientes que estavam em seus últimos dias; sonhos com parentes já falecidos, reencontros com amigos e amores do passado, visitas de seres que antes eles nunca haviam enxergado... Mas que estavam ali por algum motivo. Alguma cura, algum perdão, alguma missão. Cheguei a procurar pelo corredor, ao pensar na possibilidade de Tomás também estar ali. Nunca mais havia reencontrado meu amigo e, na verdade, nem sei se queria que estivesse... Só desejava que alguém me desse notícias do meu amor.

Às vezes, eu não queria carregar tanto conhecimento espiritual. Queria ser apenas médica, dessas céticas mesmo, que acredita unicamente no corpo físico e na ciência, confiando apenas no que é palpável e concreto. Talvez assim eu fosse mais direta e descomplicada.

Mas o meu coração estava mesmo apertado. Por que não me davam notícias?! Será que houve alguma reação inesperada com a anestesia dele? Será que o Miguel teve uma parada cardíaca ou algo do tipo? Por tanto tempo ele não quis fazer esse procedimento... Será que não era para ele ter feito isso? Nunca vi ou soube de alguma doação de medula que tenha dado errado para o doador, mas... essa angústia no meu coração não me deixa ficar em paz!

Deus, proteja meu Miguel...

MIGUEL

Eu não sabia bem em que lugar estava, mas havia um enorme silêncio no ar. Uma paz, como aquela que eu sentia quando estava sobre as nuvens. Não conseguia ver nada, como se uma claridade deixasse tudo branco à minha volta. Uma claridade estranha, porém, conhecida, como aquela que havia invadido o quarto durante a madrugada. Então... eu teria morrido? Era isso que estava acontecendo?

— Ele não está reagindo — ouvi uma voz ao longe, abafada. — Doutor, ele não quer voltar.

Quero! Claro que quero voltar!

Reconheci a voz do enfermeiro e passei a ouvir alguns apitos típicos de uma sala de cirurgia, cada vez mais perto.

— Miguel... — chamou uma conhecida voz.

Era o doutor Carlos Eduardo. Ele tinha a obrigação de me trazer de volta, era a chance dele de se redimir junto à minha família. Que usasse toda sua culpa e experiência a meu favor, mas que me tirasse daquela luz... O que estava acontecendo comigo? Se isso é uma experiência de quase morte, por que Tomás não surge para me ver rapidamente? Por que meu irmão não vem correndo me dar um abraço e me mandar voltar, pois ainda não é minha hora? Que lugar vazio e silencioso é esse? Não quero morrer agora! Eu já desejei morrer um dia, eu sei. Já pedi para me levarem, já me culpei por ter vivido, mas... Agora quero ficar. Agora não faz sentido, depois de tanto sofrimento. Quero ficar e viver o amor. Eu perdoo o médico, perdoo a Nicole, perdoo a ausência do meu pai, a presença ausente da minha mãe, a partida precoce do meu irmão. Eu perdoo quem tiver que perdoar para continuar a minha história. Quero voltar e conduzir a minha vida com o mesmo cuidado que sempre pilotei aquelas máquinas de voar. Atenda ao meu comando, doutor, é só o que eu te peço agora. Aterrisagem autorizada, estou pronto para descer.

— Amora está te esperando, Miguel.

Assim que ouvi o nome de Amora, a claridade aumentou abruptamente, como uma explosão de luz, se tornando escuridão em seguida. Aos poucos, comecei a ver alguns rostos, com máscaras, olhando para mim. Eu estava de volta ao hospital. Nunca pensei que fosse me sentir aliviado por voltar àquele lugar.

— Desconfiei que pudesse funcionar... — disse ele, sorrindo. — Fique tranquilo, Miguel, deu tudo certo com a doação. Você só dormiu um pouco mais do que o normal com a anestesia, mas isso varia muito de pessoa para pessoa.

— Eu passei por algum perigo? Eu entrei em coma? Quase morri?

— Não, Miguel, tudo correu muito bem. Mas, pelo o que soube, sua namorada está muito aflita lá fora.

— Já sabe que estamos namorando? — estranhei, ainda meio grogue.

— Você contou para todo mundo. Foi só a anestesia fazer efeito, que fez longas e repetidas declarações de amor para minha filha. Pediu a mão dela e tudo.

— Você aceitou? — perguntei, aturdido.

— Quem tem que aceitar é ela.

E a conversa parou por aí, pois voltei a dormir enquanto me transportavam para o ambulatório, para esperar que a anestesia passasse por completo. Abri os olhos novamente quando senti os beijos de Amora, que já me aplicava boas doses de carinho.

Mais tarde, no meu quarto, fiquei sabendo que Mariah estava sendo preparada para receber a medula. Pedi que minha mãe voltasse para casa e descansasse um pouco. Eu iria dormir mais uma noite ali e seria liberado na manhã seguinte. Queria que, desta vez, Amora ficasse comigo. Estava tudo bem, só minhas pernas que pesavam um pouco e sentia um desconforto ao sentar e deitar. Assim que minha mãe foi embora, contei à Amora o que tinha acontecido, a viagem que a anestesia me causara, todos os questionamentos que me vieram à cabeça durante aqueles momentos. Nunca pensei em implorar tanto pela vida daquela forma, a ponto de verbalizar que perdoava até mesmo o pai dela. Amora sorriu, com a serenidade de quem tinha captado mais do que me contaria.

— Talvez seus protetores tenham aproveitado o momento da anestesia para cuidar de você, para te auxiliar em alguma cura para além do corpo físico.

— Ninguém apareceu. Eu estava sozinho num lugar de muita luz.

— Nunca estamos sozinhos, meu amor.

Amora me beijou com carinho. Segurei sua mão, olhei em seus olhos e fiz um pedido a minha namorada.

— Pega o pacote que está na minha mala, por favor.

Ela estranhou, mas fez o que pedi.

— Vai me pedir em casamento? — brincou. — O anestesista já me disse o que rolou lá dentro.

Mas ela logo viu que se tratava de algo maior que uma caixinha de joia.

— Preciso que você entregue esse presente à Mariah.

— Miguel, ninguém pode desconfiar que você sabe quem ela é.

— Tarde demais. Esqueceram de te falar que eu disse o nome dela enquanto estava anestesiado... — revelei, um pouco constrangido. — Mas pode deixar, não pus meu nome no cartão. Pode ler. Se achar que tem algum problema, eu desisto do presente.

Para a menina mais especial do mundo!

Este presente é para que você sorria sempre e leve uma vida feliz. Brinque bastante, solte gargalhadas, ame muito. Obrigado por existir e ter me ensinado tanto sem ao menos me conhecer. Você estará sempre em meus pensamentos.

Um beijo muito especial de um grande e eterno amigo.

Amora sorriu e ficou sem palavras, com o cartão e o embrulho na mão.

— O presente é uma boneca — contei. — Vestida de palhaça.

O olhar de Amora se iluminou e ela abriu aquele sorriso que tanto amo. É claro que não me negaria aquele pedido. Na manhã seguinte, quando tive alta e recebi a recomendação de moderar nas atividades físicas, avistei uma mulher segurando a boneca no corredor da pediatria. Quando pensei em sair do elevador para falar com ela, Amora me segurou.

— É a mãe dela. Você não pode entrar em contato, lembra? Só se ela quiser.

— Eu sei. Mas não posso ver como a Mariah está?

— Está isolada no momento — explicou. — Até entrar em remissão, não pode pegar nenhuma infecção. Esse estágio é muito perigoso. Precisamos esperar.

Antes de o elevador fechar, a mulher me viu e me olhou nos olhos. Nos conectamos naquele exato instante. Sorri para ela, mostrando que estava feliz por sua filha. Num impulso, ela correu em minha direção. A porta do elevador ia se fechar e, indo contra as normas, permiti que se mantivesse aberta para receber o abraço mais especial que já tive na vida. Ela chorava e me agradecia ao mesmo tempo. Conhecia a dor e podia sentir o alívio daquela mãe, que poderia ser a minha. Quando ela se foi e a porta do elevador fechou, Amora percebeu a minha emoção.

— O Tomás deve estar orgulhoso de você — disse, com um sorriso carinhoso. — Eu estou.

E nos abraçamos, felizes. Tudo que eu mais queria agora era que tudo corresse bem com aquela menina... Com a minha querida Mariah. Se eu salvei a sua vida, ela também tinha feito algo incrível por mim. Tinha me dado a chance de fazer a minha própria vida valer a pena. Definitivamente, eu não era mais um na multidão. Agora, assim como minha namorada, eu tinha uma identidade secreta. Era um herói oculto e orgulhoso, acompanhado por minha heroína do nariz vermelho. Juntos, se não conseguíssemos salvar o mundo, certamente poderíamos transformá-lo num lugar melhor.

13
Liberdade para viver

AMORA

O cravo beijou a rosa, debaixo de uma sacada...

Apesar da chuvinha fina que caía sobre o Rio de Janeiro, a cantoria já tinha começado cedo no COEG. Eu e meu companheiro Fernando, ou melhor, o palhaço Paçoca, animávamos um menininho bem fofo, quando fui puxada do quarto por Kátia, uma enfermeira que me conhece desde pequena. Ela parecia muito animada e só pedia para que eu fosse com ela, pois algo incrível estava para acontecer. Saímos apressadas pelos corredores da pediatria, até que encontramos meu pai e sua equipe. Ele estava diante do quarto de Mariah com papéis na mão e um semblante tão feliz que percebi logo que o melhor havia acontecido.

— O que foi, doutor Cadu? — perguntou a menina, descontraída, assim que o viu entrar no quarto, acompanhado por todos os nossos olhares. — Por que está me olhando com essa cara engraçada? Parece até que quer rir!

— Tenho ótimas notícias, Mariah — anunciou, já deixando os pais dela com as melhores expectativas. — Você pode voltar para casa.

A emoção tomou conta da família e de todos que torcíamos por ela. De imediato, peguei meu celular e mandei uma mensagem para Miguel, pedindo para que fosse rápido para a porta do COEG, mas que me esperasse lá do lado de fora.

— Você está em remissão, minha querida — continuou meu pai, carinhosamente. — Isso significa que sua medula já está limpinha, produzindo células saudáveis.

— Minha filha não tem mais câncer? — perguntou o pai de Mariah, ainda em choque.

— Não, não tem.

— Ela está curada? Para sempre? — quis saber a mãe, muito emocionada.

— Vamos torcer para que sim, para que nunca mais volte — pediu meu amado pai.

— Mas o que importa agora é que você está curada!!! — comemorei, não conseguindo me conter.

A menina abriu um lindo sorriso e abraçou a boneca que estava em sua cama. O presente dado por aquele amigo tão especial.

— Já sabe qual é a primeira coisa que quer fazer quando sair daqui? — perguntei.

Ela fez uma carinha linda, levantando o olhar para pensar um pouco. E a resposta veio quando ela olhou pela janela.

— Quero andar na chuva — disse ela, surpreendendo a todos.

Não haveria resposta mais bonita e pura. Depois de tantos dias enclausurada naquele quarto de hospital, a menina só queria sentir a água da chuva tocar a sua pele... Queria voltar a se sentir viva, a sentir o mundo lá fora. E ela estava certíssima. E ainda pularia em muitas poças d'água! Mas meu pai tratou de adiar esse banho de chuva por um tempo, permitindo que as gotas caíssem apenas em suas mãozinhas. Ela sorriu, aceitando serenamente aquela restrição. Mariah foi levada até um sino colorido e, às gargalhadas, sacudiu a corda com vontade, fazendo um barulhão para indicar que estava curada. Como era bom ouvir aquelas badaladas!

Muitos da equipe de pediatria acompanharam sua saída, incluindo os palhaços que estavam trabalhando nesse dia tão especial. Fomos pelo trajeto cantando "Arlequim Danado", nossa versão do Alecrim que ela tanto gostava. Quando a porta do hospital se abriu e o mundo lá fora se apresentou, os olhinhos amendoados de Mariah brilharam e ela deu um lindo sorriso, deixando todos seus dentinhos de leite à mostra. Não sabíamos se ríamos ou chorávamos, aplaudindo aquele momento tão especial. Mais uma vez, eu vivenciava o milagre da vida... Olhei em volta procurando o Miguel e lá estava ele, do outro lado da rua, observando tudo com atenção.

Mariah entrou no carro e rapidamente abriu a janela, colocando a mãozinha para fora, sentindo aquelas gotas que caíam do céu. Momento mágico e inesquecível.

Quando o carro partiu, corri para os braços do meu amor. Pulei em seu colo e ali, encharcados, nos beijamos demoradamente, cobertos por aquela chuva fina e emocionados por mais esse momento tão especial de nossa história. O que não podíamos prever, era que uma verdadeira tempestade nos aguardava nos dias que estavam por vir.

14
Atitudes abrem caminhos

MIGUEL

Essa semana eu tomei a decisão de ir atrás dos meus sonhos e pôr em prática a promessa para Amora de não perder tempo de vida. A doação da minha medula me ensinou muito; entendi com clareza que todos temos uma função na Terra e metas a cumprir por aqui. Descobri que a felicidade está dentro de nós, basta nos desprendermos das limitações que nos colocamos ou que permitimos que nos imponham. Mesmo quando tudo parece ir contra nós, é preciso descobrir qual ensinamento está por trás desse momento difícil.

Somos todos abençoados com a abundância, apenas temos que acreditar. De verdade. Sair do campo da reclamação, da lamentação, da vitimização. Somos capazes de mudar e de transformar nossa realidade quando nos libertamos desse ciclo de negatividade. E acreditamos que temos direito à felicidade. Quanto mais vibrarmos amor, mais o universo conspirará a nosso favor e nos abençoará com bons frutos e qualidade de vida. Toda a energia boa que botamos para fora, dia a dia, volta para nós de uma maneira melhor ainda.

É assim que estou me sentindo. Inspirado. Abençoado. Pude fazer pela menina Mariah o que nenhuma outra pessoa podia e recebi em troca tanta coisa boa... Tenho uma mãe mais feliz e tranquila, uma namorada que enche meus dias com alegria e um emprego novo que me pegou de surpresa.

Embalado por essa nova maneira de pensar, fui à empresa que mais sonhei em trabalhar e entreguei meu currículo, ansioso por alçar novos voos. Antes imaginava que era muito para mim, que eu não tinha tanta experiência para trabalhar numa companhia daquele porte, mas resolvi arriscar. Resolvi *acreditar*.

Não comentei com ninguém, mas logo fui chamado para uma entrevista e agora soube que serei contratado como copiloto de voo internacional. Primeiro, passaria um tempo operando nas escalas Rio-Buenos Aires e, depois, seguiria para a que mais ansiava: Rio — Lisboa! Era louco para conhecer a charmosa cidade portuguesa!!! Eu estava agitado... Não passou pela minha cabeça que tudo poderia acontecer tão rápido.

— Parabéns, meu amor!!! — vibrou Amora, ao ouvir a notícia pela primeira vez. — Você merece tudo de melhor!

— Sabe o que isso quer dizer, não sabe?

— Menos tempo com você? — perguntou, simulando um leve desânimo.

— Infelizmente, sim — respondi, sincero. — Mas me referia a outra coisa...

Então respirei fundo e dei uma breve pausa, tentando fazer suspense. Sob o olhar de expectativa de Amora, contei, animado:

— Vou fazer a rota Rio-Lisboa!!!

— Que máximo! — vibrou novamente, me enchendo de beijos.

— E Lisboa é perto de...

Mostrei a ela uma revista com uma propaganda da companhia, onde um casal jantava com a Torre Eiffel ao fundo.

— Paris!!! — respondeu, entusiasmada.

— Quando você menos esperar, tomaremos posse do nosso lugar no mundo!

Amora pulou em meu pescoço, feliz, e comemoramos mais essa conquista. O mercado de trabalho estava muito concorrido, o que me fez sentir realizado e agradecido por esta grande oportunidade.

Dediquei-me ao máximo nos cursos preparatórios, estudei a história e o funcionamento da empresa, procurei conhecer pelo menos alguns daqueles que seriam meus companheiros de jornadas. Em pensar que há pouco tempo eu me preparava para tirar férias... Agora, estava elegantemente uniformizado, prestando serviço para uma das principais companhias aéreas do país, podendo colocar em prática, profissionalmente, tudo que aprendi ao longo dos últimos anos. Não preciso nem dizer o quanto estava orgulhoso de mim. E fiquei mais tranquilo com todo o apoio que Amora me deu, sendo extremamente compreensiva quando minha dedicação ao trabalho se tornou uma ausência para ela.

— Me avisa assim que o avião pousar? — pediu Amora, assim que chegamos ao aeroporto para a minha primeira viagem a Buenos Aires. — Promete que passa mensagem mesmo quando ainda estiver dentro do avião? É contra as normas de segurança, mas todo mundo faz!

Sem muita chance de negociação, fiz a promessa para a minha namorada, que estava tão ansiosa quanto eu. Ficaria cada vez mais tempo longe de casa. Aquela seria apenas a primeira de muitas despedidas que estavam por vir... Uma vida de partidas e chegadas. Um amor que atravessaria fronteiras antes de voltar para seu coração natal. Será que acostumaríamos com essa rotina? Ou sofreríamos a cada separação?

— Bom trabalho, meu amor — desejou ela, contendo a emoção. — Já estou contando os minutos para a sua volta.

— Não esquece que eu te amo.

— Não esquece de mim.

Nos beijamos, emocionados. Após as despedidas e superando o desejo forte de querer ficar, me dirigi à área de embarque. Eu estava confiante. E muito, muito realizado. Mas, ao encontrar a equipe de voo, me deparei com uma estranha surpresa, não tão agradável...

— Parece que o destino quer mesmo o nosso reencontro.

Sim, era ela. A pessoa que pertencia ao meu passado e que eu jamais pensei que encontraria ali... Minha ex-namorada, Nicole.

— O que está fazendo aqui? — perguntei, apesar da resposta óbvia que certamente viria, por conta do uniforme que usava.

Não lembrava que ela havia dito que estava trabalhando como comissária de bordo, muito menos num voo internacional. Nicole era o tipo de garota gente boa, mas bastante mimada pelos pais. Era meio perdida com relação ao futuro. Não pensava em trabalhar e nunca mostrou interesse pela aviação, mesmo quando eu falava tanto em ser piloto. E agora ela estava ali, bonita como sempre, com o visual impecável e enturmada com toda tripulação.

— Já estou na empresa há dois anos. Se você tivesse prestado atenção no que eu disse naquele dia, se tivesse perguntado o que eu andava fazendo da vida, eu teria te dito. E evitaria essa sua cara de desgosto — disse ela, rindo. — Seja bem-vindo!

Então lembrei do dia em que terminamos, quando percebi que não tínhamos mais nada em comum. Eu ainda não havia descoberto a traição, mas falei que ela não tinha um propósito na vida; me incomodava que seu maior sonho era ganhar dos pais o carro do ano. Seus assuntos eram sempre os mesmos: ou reclamava da funcionária de sua família ou surgia com alguma fofoca que não me interessava em nada. E apesar de ser completamente diferente de mim, posso dizer que Nicole foi a namorada que mais mexeu comigo, de quem eu mais gostei antes de conhecer Amora.

— Não sou mais aquela garota que você namorou — disse ela, como se lesse meus pensamentos. — Muita coisa aconteceu nesses últimos anos.

— Põe coisa nisso... — concordei, um pouco evasivo.

Quando percebi uma movimentação para entrar na aeronave, tentei logo fugir dali, mas Nicole não permitiu que eu me esquivasse do que mais me doía na nossa relação.

— Eu realmente sinto muito pelo Tomás — disse ela.

E eu sinto mais ainda pelo passado sempre dar um jeito de reaparecer. Nem que seja para nos lembrar dos momentos difíceis e nos fazer repensar as atitudes do presente... Eu não estava sendo tão simpático com ela por algo que me marcara. Ela foi incapaz de me procurar quando perdi meu irmão. Já tínhamos terminado há alguns anos, mas eu ainda nutria um carinho por ela nessa época. Naqueles dias sofridos, senti falta de sua consideração, de seu abraço, de sua companhia.

— Quis muito te ligar quando recebi a notícia, mas não soube o que dizer.

— Deixa para lá, faz parte do passado...

— De um passado que sempre me incomodou. Não me senti à vontade para te procurar — disse, sincera. — Me senti tão distante de você, como se fôssemos estranhos um para o outro... que não quis ser invasiva.

Eu entendia perfeitamente o que ela estava falando. Nos momentos difíceis de perda, tem gente que oferece o ombro amigo, outros preferem "dar espaço" e esperar um pouco para aparecer. Eu achava que as duas atitudes eram compreensíveis e corretas, até passar pelo pior momento da minha vida. Percebi que se ausentar não ajuda em nada. Quanto mais solícito um amigo for, mais amado e confortado o outro se sentirá. Mas isso foi um aprendizado, ela não era obrigada a saber. E eu não podia esperar que todos fossem naturalmente sensíveis e com um coração enorme como a minha Amora... De quem eu já sentia saudades.

— Enfim, fico feliz que esteja aqui com a gente — disse ela, procurando descontrair a conversa. — Aviso que bebidas alcoólicas são proibidas — brincou, rindo. — Já foi a Buenos Aires?

— Estou ansioso para conhecer.

— Prepare-se para se apaixonar! — disse ela, sorrindo.

Nicole passou por mim e se afastou, deixando no ar o seu familiar e característico perfume de baunilha. Na cabine de comando, já durante o voo, o passado voltou a me visitar. Dessa vez, um passado bem recente. Lembrei de Amora entrando no avião em nossa primeira e única viagem. De seus olhos percorrendo aqueles botões, de sua felicidade ao admirar aquela paisagem... Como ela gostaria de estar ali, certamente ficaria encantada com aquele céu. Como eu gostaria de que ela estivesse comigo. Ou melhor, ela estava comigo. Amora já fazia parte de mim.

15
A grande realização está dentro de si

AMORA

Estou acostumada a lidar com surpresas. Convivo com elas, as boas e as ruins, diariamente, o que não significa que saia completamente ilesa de todas. Muitas fazem uma verdadeira revolução dentro de mim.

Eu estava feliz por esta nova fase do Miguel. Quero vê-lo crescer na carreira, descobrir seu lugar no mundo como eu me encontrei na medicina e com o trabalho de palhaça no COEG. Mas não posso negar que gostaria de fazer parte dessas descobertas. Não sou egoísta, sei que não sou. E sei também que para todo indivíduo se sentir pleno, ele não pode abrir mão da sua individualidade e independência. Sempre acreditei que respeitar o espaço do outro era um dos segredos dos relacionamentos mais saudáveis, mas... eu queria estar com ele naquele avião.

Queria estar de novo lá em cima, por entre as nuvens... Mesmo que fosse para ficar de longe, na última fileira da aeronave. Queria ver o seu rostinho feliz, presenciar sua realização, estar com ele em todas as vezes que fosse a Buenos Aires; conhecer as particularidades que tanto o encantavam, os lugares que me descrevia, experimentar as mesmas comidas, viver todas as aventuras ao seu lado. Assisti-lo me contando as novidades apenas pela tela do computador ou do celular começou a se tornar um pouco frustrante para mim, por mais que eu jamais o deixasse perceber.

Eu queria estar com o meu amor... E passei a experimentar uma enorme solidão.

Percebi que meu trabalho não me bastava mais. Ansiava por algo novo, que também me trouxesse outras sensações e diferentes assuntos para pensar. Senti que estava estagnada naquela rotina diária. Os atendimentos na emergência já não me atraíam tanto, as crianças do COEG não riam mais com tanta facilidade das minhas brincadeiras... Eu sentia que estava perdida, sem saber que caminho seguir. E partiu do meu pai uma sugestão, no mínimo, tentadora:

— Por que não faz um intercâmbio na França? — perguntou ele. — Pode aprender a língua com fluência, fazer um doutorado, buscar outros assuntos de seu interesse...

Claro que aquela possibilidade iluminou meus pensamentos como o holofote da torre que cruzava os céus de Paris. Partindo do meu pai, aquilo era mais que uma sugestão, era também uma oferta. Mas eu sabia que o custo para me manter em outro país seria muito alto.

— Não se preocupe com os gastos — disse ele, parecendo ler meus pensamentos. — Se você quiser ir, eu faço questão de pagar. Porque dinheiro é para isso, minha filha. Para cuidarmos de nossa saúde e criar as oportunidades para sermos felizes.

Abracei meu pai, emocionada com aquelas palavras. É claro que eu amaria estudar na França, mas sentia que essa não era solução para a minha angústia... Era como se a resposta estivesse lá dentro de mim, mas eu ainda não conseguisse compreender. Sei que eu estava difícil. E detestava ficar assim.

— Obrigada, pai. Juro que vou pensar nessa possibilidade — agradeci, dando um beijo naquele que sempre foi a minha base, meu ouvinte e melhor amigo. — Minha cabeça está explodindo, acho que por estar sobrecarregada! Vou pedir para o Paçoca me substituir hoje, preciso ir para casa deitar um pouco.

Entrei no meu apartamento e permaneci alguns instantes em silêncio, deitada no sofá. Por um momento, me incomodei até mesmo com a organização das minhas coisas, tudo sempre no mesmo lugar... Tomei banho, meditei, ouvi música. Tentei prestar atenção ao que meu coração dizia, pois só ele saberia que mudanças deveria fazer para sair desse estado que tanto me incomodava. Mas nada... Nem um sinal. Pelo menos, por enquanto.

Passei horas olhando para o teto, deitada em minha cama, até cair em sono profundo. E viver uma das experiências mais loucas da minha vida. Levantei e tive uma enorme surpresa ao perceber que meu corpo permanecia inerte na cama. Eu conseguia me ver e notar minha respiração, o que me dava ao menos a segurança de que não tinha morrido.

Meu corpo estava ali, coração batendo, respiração normal... Mas o que estava acontecendo comigo? Seria isso o que chamam de desmembramento espiritual, aquele momento em que tomamos consciência da separação entre espírito e o corpo físico?

Foi quando um bebê saiu engatinhando de debaixo da cama. Eu ainda estava atônita, quando surgiram mais crianças vindas do banheiro e outras de trás da cortina. Por ter vivenciado tantas experiências espirituais na infância, não senti medo algum quando todas elas ficaram em volta de mim e me guiaram para fora do quarto.

Reconheci rostos de crianças que recentemente passaram pelo coeg, mas que não tiveram a sorte de vencer a doença. Percebi que estavam sorrindo e em paz, felizes com nosso reencontro.

Caminhei pelo corredor de minha casa, acompanhada por elas, até chegar à sala. Sentado na janela estava ele: Tomás, meu amigo, o anjo que me conectou ao meu grande amor.

Fui em direção a ele e olhei em seus olhos. Estavam vivos, vibrantes, felizes. Senti vontade de falar, mas era como se eu não conseguisse, como se não fosse necessário. Ele sorriu para mim, e eu notei que havia um coração desenhado em sua bochecha, como os que faço ao me vestir de palhaça. Senti que aquele símbolo nunca foi à toa, havia uma conexão entre nós muito profunda, uma conexão de almas. Teria sido o Tomás alguém importante para mim em uma vida passada? O amor que explodia em meu peito não me gerava dúvidas. Então, envolto por raios de luz rosa e violeta, ele desceu da janela e me abraçou. Não sei quanto tempo durou esse abraço, mas foi especial... Foi real. Senti até mesmo o seu cheiro. Nesse momento, toda minha angústia desapareceu por completo. Encontrei a paz.

Quando acordei, tinha essa lembrança bem viva em minha mente, sabia de tudo que havia ocorrido em detalhes. Se eu contasse, ninguém acreditaria... mas eu tinha certeza de que não havia sido um sonho! Mas o fato é que eu me sentia bem mais tranquila... E com uma ideia que surgiu assim que abri os olhos. Uma ideia que me preencheria por completo:

construir a minha própria fundação. Seria um espaço para dar apoio às famílias de crianças e adolescentes em tratamento do câncer, que tivessem poucos recursos financeiros. Muitos vêm de outras cidades e estados para fazer tratamento no COEG, mas não têm onde se instalar, por exemplo. Começaria com um lugar para oferecer estadia, alimentação, ajuda psicológica, entre outros. Seria um pacote completo, seria o apoio fundamental para que tivessem mais chances de vencer suas batalhas. Para isso, precisaria da ajuda do meu pai e de seus contatos. Alguém certamente estaria disposto a investir nesse projeto.

Ainda eram cinco e meia da manhã, o sol estava surgindo e eu, empolgada, já pesquisava tudo o que podia na internet. Vi casas para alugar perto do COEG, enumerei as necessidades dessas famílias e listei algumas possíveis parcerias. Às sete, cheguei ao hospital e segui rapidamente para a sala do meu pai, ansiosa para compartilhar minha descoberta.

— É uma iniciativa admirável, porém... Pode imaginar que não é algo simples, meu anjo — disse ele, com cuidado, já dando sinais de que não compraria de imediato a ideia.

— E nem é para ser, pai! — avisei, com aquela ansiedade de quem não quer ver seus planos destruídos prematuramente. — É para ser algo muito estudado, sério, não podemos errar com essas famílias.

Ele me olhou por alguns instantes, em silêncio. Pela minha animação e por conhecer bem a filha que tinha, ele sabia que aquela conversa poderia durar horas. Eu jamais desistiria de seguir adiante com meus planos, mas adoraria tê-lo como parceiro.

— Gostou da ideia? — perguntei, animada.

— Se é o seu sonho, meu anjo, claro que pode contar com meu apoio.

— Então vai se tornar realidade. Por nós e pelas famílias que também merecem sonhar.

Minha dedicação foi total ao projeto. Toda aquela apatia foi embora, eu estava novamente com ânimo, com aquela sensação boa de ter um propósito na vida. Estudei, visitei instituições, fiz contatos com muitas pessoas que poderiam ajudar futuramente, quando tudo se tornasse uma realidade. Estava mesmo muito feliz!

Eu amo esses momentos de esperança, onde encontramos força para acreditar no melhor. Era essa fé que eu queria semear na fundação... Transformar o negativismo e o desânimo em paz e lucidez. Porque quando estamos absortos em preocupações, esquecemos que a luta está em nossas mãos, em nossos pensamentos. A positividade muda a perspectiva de como enxergamos nossa realidade e eu nunca abandonaria esta reflexão. Mesmo nos dias mais turbulentos, que estavam prestes a chegar.

MIGUEL

Era o meu último voo na rota para Buenos Aires. A partir da próxima semana, começaria a cruzar o Atlântico e eu mal podia esperar.

Antes do embarque, a tripulação organizou uma pequena reunião de despedida para mim, numa espécie de "bota-fora". Foi pouco o tempo que ficamos juntos, mas posso dizer que fiz grandes amigos ali. Para falar a verdade, não me sentia rodeado de tantas amizades bacanas desde a adolescência. Eles tornaram minha rotina longe de Amora muito mais agradável e suportável... Para desgosto de Nicole, que não disfarçava seu incômodo com minha falta de atenção a ela.

— Você passou pouco tempo aqui e já é o queridinho da tripulação — disse, como se fosse algo ruim. — Estou há dois anos com eles e não tive esse carinho todo.

— Deixa de ser ciumenta. Todos te adoram aqui.

— Inclusive você? — perguntou, charmosa.

— Sabe que eu não te suporto — respondi, brincando.

Desde que passamos a trabalhar juntos, Nicole se mostrou muito mais ardilosa do que eu pensava. Ela frequentemente se insinuava para mim, não tendo o menor respeito por eu estar num relacionamento sério. Mas encontrei na indiferença uma forte aliada para não me estressar. Tudo o que ela falava, entrava por um ouvido e saía pelo outro. Eu não dava a menor importância quando o assunto era pessoal. E hoje eu estava com tão bom humor, ansiando a volta para casa e, ao mesmo tempo, o novo caminho que começaria a trilhar, que achava difícil ser afetado por ela. Mas Nicole era como o passageiro que não obedece às normas de segurança... Estava sempre na iminência de causar uma catástrofe.

— Ainda não acredito que você vai embora — lamentou ela. — O Jorginho prometeu que ia...

Quando Nicole interrompeu a própria fala, eu soube que havia algo de muito errado.

— Você está falando do Jorge Ernesto, o diretor-geral da companhia? — estranhei.

Ela fingiu disfarçar, mas estava louca para me revelar alguma artimanha.

— Jorginho e eu somos... *amigos*.

— E o que eu tenho a ver com isso? O que ele te prometeu?

— Nada demais, Guel... Eu só pedi para o Jorginho te manter com a gente.

— Você fez o quê?!

— Não deu em nada! Não precisa se preocupar! — defendeu-se, nervosa. — Você continua na rota para Lisboa, fique tranquilo.

— Eu não preciso que você peça nada por mim.

Eu estava começando a perder a paciência. Sei que a intenção era me manter perto dela, mas isso em nada me interessava. E ela não tinha o direito de interferir no meu trabalho, no meu sonho! Eu achava que Nicole tinha passado todos os limites, mas ela sempre dava um jeito de superar minhas expectativas. Negativamente, claro.

— Eu estou nessa companhia por mérito meu. Não preciso que...

— Mais ou menos — interrompeu-me.

— O que você quer dizer com isso? — perguntei, irritado.

— Claro que você tem mérito, Guel. Você é um ótimo piloto, responsável, sabe mesmo o que está fazendo.

— Mas...?

— Mas... eu dei uma forcinha na sua seleção — revelou, um tanto orgulhosa.

— Não é possível, Nicole... De onde tirou a ideia de que você teve algum tipo de influência na minha entrada na companhia?!

— Então... Eu estava na sala do Jorginho e vi o seu currículo em cima da mesa...

— O que você estava fazendo lá?

— Até parece que você é ingênuo, Miguel. Eu não preciso te explicar como entrei na companhia, não é? A minha amizade com o Jorginho tem... benefícios. E quando percebi que podia te ter perto de mim de novo...

Eu não conseguia mais ouvir a voz dela. Era demais para minha cabeça pensar que havia conseguido esse emprego através das atitudes controversas da minha *ex*. Ainda bem que eu não ia precisar mais cruzar com ela no trabalho! E, para falar a verdade, eu fiquei desestimulado em continuar na companhia. Definitivamente, essa garota era o meu carma.

Meus pensamentos já estavam tão insuportáveis que eu mexia no celular sem propósito algum, quando recebi uma chamada de vídeo de Amora. Coloquei o fone de ouvido e respirei fundo, tentando dominar a raiva que fervilhava dentro em mim. Atendi o meu amor, confiante de que estava sob controle.

— Aconteceu alguma coisa? — quis saber ela, assim que me viu.

Eu ainda não tinha contado para a Amora que a Nicole estava na tripulação. Eu sei, foi um daqueles erros estúpidos que cometemos, acreditando que estávamos fazendo a escolha certa. Mas agora me parece bobo ter omitido essa informação. Não quis que a minha namorada ficasse preocupada com a minha *ex* e com as possibilidades — que não haviam! — de termos reatado um relacionamento. O convívio com Nicole era temporário; em breve eu estaria na rota para Lisboa, então achei que seria sensato evitar esse desgaste no nosso namoro. No entanto, agora me via desejando desabafar sobre ela, mas não podia. Teria que explicar porque não mencionei antes e isso, sim, poderia parecer que eu estava escondendo algo mais.

Todo esse dilema passou em um segundo na minha mente, quando a minha "adorável" ex-namorada, mais uma vez, se adiantou e me atropelou com sua falta de noção. De repente, ela me abraçou por trás e expôs sua identidade em vídeo para Amora, que nos assistia.

— Não fica chateado comigo — pediu a loira, com carência dissimulada.

— Nicole? — murmurou Amora, surpresa.

Desvencilhei-me dela o mais rápido que pude e, por um instante, não consegui voltar a olhar para a tela do celular. O que a minha namorada deveria estar pensando desse flagrante descabido?

— Guel, — insistiu Nicole — eu não fiz por mal! Não tenho culpa de gostar tanto de você, droga!

— Some da minha vida, Nicole, pelo amor de Deus! — supliquei, desesperado.

A imaginação de Amora já devia estar a mil! E com uma péssima narrativa! Tratei, então, de fugir da presença de Nicole e finalmente tomei coragem para encarar a tela do celular. Ela devia estar muito confusa, com raiva...

— Amor — chamei, ao voltar a câmera do aparelho para mim.

Mas, para minha surpresa e desespero, ela havia desligado. A situação era pior do que eu pensava. Tentei ligar algumas vezes, mas Amora não atendia. Será que eu havia perdido minha namorada? Nunca havíamos brigado antes, e eu não sabia lidar com esse turbilhão de sentimentos descontrolados que se embolavam dentro de mim.

A raiva por Nicole aumentava exponencialmente, o desamparo por não saber o que minha amada estava pensando se intensificava, a sensação de injustiça por ser fiel e parecer o oposto me consumia, e a impotência por não poder fazer nada era sufocante. A vontade de chorar e de chutar uma lixeira crescia, mas eu não estava em um ambiente acolhedor para isso. Corri para o banheiro e entrei numa cabine. Era opressor demais para mim...

Estava prestes a embarcar e precisava controlar todas essas emoções. Eu tinha uma aeronave para pilotar e não podia entrar no avião assim, muito menos ser visto dessa forma. Joguei água fria no rosto e respirei fundo algumas vezes. Como algo tão bobo podia estar me tirando do prumo desse jeito? Assim que chegasse ao Rio de Janeiro e conseguisse explicar tudo para a Amora, ela ia entender! Ela *tinha* que entender!

Saí do banheiro e fui ao balcão da cafeteria do aeroporto, mas, ao invés de calibrar minha energia com uma boa dose de cafeína, optei por baixar o ânimo com sachês duplos de chá de camomila. Precisei embarcar na aeronave ainda sem conseguir comunicação com Amora. Estava frustrado, mas com o coração mais calmo. Cheguei a sentir gratidão por estar voltando ao Rio e poder conversar pessoalmente com meu amor.

A expectativa de resolver tudo cara a cara me dava um pouco de esperança, mas, apesar da minha ansiedade, fomos informados de que uma manutenção deveria ser feita antes da decolagem. Ficamos algum tempo ainda ali esperando o término do serviço e a permissão da torre de controle para decolar. Talvez fosse o tempo que eu precisasse para colocar as ideias em ordem. Tive que respirar fundo algumas vezes mais para tentar amenizar a raiva que sentia... Eu só queria chegar ao Rio, pedir perdão, abraçar minha Amora e esquecer que um dia conheci a Nicole. Mas nem sempre os nossos sonhos se realizam...

AMORA

Hoje era o primeiro dia da realização do meu sonho. Depois de tanto estudo sobre fundações não-governamentais, sobre a filosofia que queria para o instituto e sobre as burocracias em torno dela, finalmente eu encontraria o lugar perfeito para concretizar o meu projeto. Estava ansiosa para contar essa novidade para o Miguel, mas, ao contrário do que esperava, a surpresa foi minha.

O que Nicole estaria fazendo com ele em Buenos Aires, vestida de comissária de bordo? Durante todo esse tempo, eles trabalharam juntos e ele nunca se preocupou em me contar? Ou teriam se esbarrado uma única vez? Não que eu sentisse ciúmes dela; eu sabia do amor do meu namorado por mim. No entanto, também sabia o quão insistente ela poderia ser e a importância que teve no passado. Afinal, o primeiro amor nunca se esquece... fica guardado em um canto do coração que pertence apenas a ele.

Por mais que o relacionamento tenha terminado de forma conturbada, foi com ela que Miguel perdeu a virgindade, experimentou o amor e sonhou em construir uma vida juntos. E isso marca; deixa rastro no coração. Eu estava chegando depois de toda essa história, que pensava estar trancada a sete chaves, e agora percebia que não era bem assim. A sensação de estar invadindo um espaço que deveria ser só nosso me deixava angustiada.

Meus questionamentos eram tantos que acabaram me presenteando com uma forte dor de cabeça. Eu sabia que as respostas estavam nas chamadas insistentes de Miguel, mas havia entrado no carro com minha mãe, a caminho da casa que eu queria alugar para o meu projeto. A confusão tomava conta de mim, junto com uma sensação de indigestão emocional.

Como Miguel pôde ter escondido que Nicole estava em Buenos Aires com ele? E o que poderia ter acontecido para que estivessem discutindo, como me parecia? Eu precisava me concentrar em mim, nos meus sonhos, mas a imagem do abraço dela em meu namorado se fixou na minha mente, como um eco persistente.

— Sinceramente, acho tudo isso uma grande loucura — disse minha mãe, interrompendo meus pensamentos, enquanto dirigia. — Você já tem muito trabalho no hospital, vai ficar sobrecarregada demais com isso...

— Pode ter certeza que estarei feliz, mãe — respondi, mesmo não parecendo estar.

— Eu tenho — disse ela, num suspiro. — Por isso não quis ficar de fora dessa aventura... É muito brega cantarmos "família unida jamais será vencida?" — perguntou, animada.

— Sim, minha mãe, não precisa exagerar — respondi, antes de ela cair na risada.

Minha mãe sempre foi uma figura e, apesar do desconforto que eu sentia, estava feliz em tê-la mais perto nessa jornada.

Doutor Carlos Eduardo e dona Elena eram um casal sensacional, eu tinha muita sorte de tê-los como pais. Ela me ajudou bastante na procura pelos imóveis e também, mesmo sem saber, em fazer o tempo passar mais rápido.

Miguel estava há dias fora, precisando ficar em Buenos Aires para participar de um treinamento da companhia. Ele dizia isso, mas, honestamente, já não sabia se era verdade. O que eu tinha certeza era que ele estava ansioso para em breve começar a rota para Portugal.

Diversas vezes, ele me descreveu as maravilhas que havia descoberto sobre a terra de Camões, dos pastéis de nata, do Cristiano Ronaldo, enquanto eu compartilhava com ele os detalhes do meu novo projeto de vida.

— Quem sabe depois não abrimos uma filial em Lisboa? — brincava ele, cheio de entusiasmo.

Miguel estava encantado com o que havia pesquisado sobre a cidade e falava várias vezes sobre o desejo de me levar para lá, descrevendo a arquitetura antiga e charmosa, a efervescência do turismo, o clima bom, a gastronomia. E eu contava sobre os preços dos aluguéis no Rio, as ideias que tinha para a decoração, a expectativa boa que estava para visitar essa casa... Sonhávamos juntos também à distância.

No entanto, ao mesmo tempo em que a saudade apertava, uma sombra de dúvida começou a se instalar. Eu não queria acreditar que tudo isso poderia ser apenas uma invenção da minha cabeça, mas percebia que havia algo que não se encaixava. Era estranho constatar que, de alguma forma, ele não havia sido completamente honesto comigo. A leveza das nossas conversas contrastava com a inquietação que crescia dentro de mim, e eu me via cada vez mais dividida entre a esperança e a desconfiança.

Minha mãe parou o carro diante da casa que visitaríamos e meu coração, de repente, deu uma acalmada. Assim que a vi, uma onda de boas vibrações me envolveu. Primeiro porque foi um verdadeiro achado, não era nada comum ter uma casa naquele lugar que ainda não tivesse sido engolida por um prédio. Parecia perfeita para o que queríamos! Ampla, arejada, com grande potencial para se tornar o lugar dos sonhos.

O proprietário contou que seu pai era o dono e que havia falecido há pouco tempo. Contava que o sonho do seu progenitor era tornar aquele espaço um lugar especial, feliz. E fez o filho prometer que não o venderia para uma construtora de grande porte. Quando contei do nosso propósito ali, seus olhos marejaram. Estávamos em plena sintonia, naqueles encontros bonitos que acontecem perfeitamente planejados por Deus, só podia ser!

A conversa com o proprietário evoluiu tão bem que perdi completamente a noção do tempo. A empolgação em discutir os detalhes da casa e as possibilidades de decoração me ajudou a esquecer, ainda que momentaneamente, a confusão que envolvia Miguel. A cada particularidade que descobria, sentia a esperança de que essa nova fase da minha vida estava se concretizando.

— Posso entrar? — pediu meu pai, chegando na casa.

Rapidamente o inundei com uma chuva de planos e sonhos. Mostrei onde seria a recepção, o refeitório, um centro de convivência. Cada cantinho parecia esperar ansiosamente para ser transformado, como se estivéssemos naqueles programas em que os ambientes se modificavam radicalmente, como num passe de mágica. Eu estava encantada e todos perceberam isso.

— Achamos o lugar — sussurrou minha mãe, já fechando a mão para que eu batesse nela, comemorando a vitória. — Família unida...!

E fizemos mesmo a reserva da casa. Respirei aliviada com a rapidez com que tudo fluía. Assim que essa etapa foi concluída, olhei para o relógio, curiosa para saber se já havia chegado a hora de Miguel pousar no Rio. Teria que encará-lo e julgar suas atitudes comigo; essa expectativa gerava uma mistura de ansiedade e determinação dentro de mim.

Confiança e entrega são valores fundamentais para mim. A mentira me incomoda, faz a relação perder o brilho e a excepcionalidade que a torna especial. Embora eu sempre tenha tido facilidade em perdoar, o verdadeiro desafio surge quando percebo que não confio mais na pessoa e a relação não me faz mais bem. Nesses casos, eu perdoo, mas sigo em frente com minha vida.

O perdão é um presente que dou a mim mesma. Não quero ficar remoendo uma dor que já não faz mais sentido; prefiro me libertar, para seguir leve e focada no que realmente me faz feliz. Na verdade, levo como lema o que o psicoterapeuta Bert Hellinger muito sabiamente disse: "O perdão chega quando se reconhece que nunca houve nada para perdoar, e sim que havia algo para compreender". E agora, tudo se resumia a isso: eu precisava olhar para o Miguel pessoalmente, para eu compreender o que o meu coração realmente queria. Valia a pena voltar a confiar nele e seguir com nossos planos ou era chegada a hora de me poupar de ilusões? Essa decisão pesava sobre mim e eu sabia que o encontro seria crucial para determinar qual caminho eu deveria escolher.

MIGUEL

O céu estava limpo, perfeito para o voo. Decolamos de Buenos Aires com atraso de quase uma hora, mas só de já estarmos em ares paulistanos, a poucos quilômetros do meu Rio, sentia-me aliviado.

Antes de conhecer Amora, pensava que a liberdade estava ali, nos ares desse mundão, voando sem raízes que me prendessem a terra. Hoje vejo claramente que está dentro de mim, da certeza de me pertencer, de ser fiel a mim mesmo e ao que me faz feliz. Não deixaria Nicole arruinar minhas conquistas; esse trabalho me realizava tanto que vou lutar por ele sempre. Amo decolar, mas hoje amo mais ainda aterrissar. E, nesse momento, as minhas asas só queriam me levar aonde minha saudade estava: nos braços do meu amor. Ansiava por pedir perdão, por ver seu sorriso, por beijar sua boca e sentir seu cheiro... Eu nunca quis tanto voltar para casa.

Sonhava acordado com esse momento quando recebemos um sinal de pane elétrica no sistema operacional da aeronave. Partes do computador de bordo desligaram e o piloto automático começou a inclinar o avião. Entramos em contato com a torre de controle, mas as informações estavam demoradas e desencontradas. Emitimos logo um pedido de urgência para pousar no aeroporto mais próximo, mas, mesmo assim, o sistema não estava com um comportamento normal. E então, de repente, o motor foi automaticamente desligado.

O que aconteceu?

Um silêncio se instaurou no avião. Algo estava muito errado... A aeronave não respondia aos nossos comandos; precisávamos controlá-la manualmente enquanto planava. Então Nicole abriu a porta da cabine dos pilotos e eu pude ouvir o burburinho das orações dos passageiros. Necessitávamos encontrar uma solução. E rápido.

Nicole voltou para pedir que todos se mantivessem sentados, com os cintos afivelados. Mas logo alguns começaram a gritar, pedindo informações sobre o que estava acontecendo. Nós corríamos contra o tempo, tentando manter a tranquilidade em uma situação extrema. Efetuamos todos os protocolos necessários e, finalmente, recuperamos parte do sistema, conseguindo religar o motor e estabilizar a aeronave, que havia perdido altitude e estava completamente fora da rota. A comunicação com a torre de controle continuava com a frequência ruim, mas conseguimos obter os vetores para efetuarmos um pouso de emergência. Faltavam poucos minutos para aterrissarmos numa pista de pouso de Santos, em São Paulo, quando, mais uma vez, um alerta foi emitido: havia fumaça no banheiro dos fundos. Os comissários correram para avisar que era proibido fumar dentro do avião, mas tiveram dificuldade para retirar o passageiro, que resistia em sair de lá, alegando que ali dentro estaria protegido de uma possível queda. Então o detector de incêndio se apagou e todos nós voltamos nossa atenção para a aterrissagem. Mas havia algo de errado com aquele sistema... Não funcionava como esperado... Os comissários conseguiram retirar o passageiro do banheiro, mas já era tarde. Ele havia jogado a guimba do cigarro ainda acesa dentro da lixeira, repleta de papel.

— Fogo no banheiro! — alertou Nicole, chegando na cabine dos pilotos.

Não é possível... O sistema havia apagado o alerta de incêndio. A situação devia estar regularizada!

Os comandos e dados não estavam funcionando como deveriam e precisávamos pousar o mais rápido que pudéssemos. Então, por um instante, eu rezei. Pedi a Deus que nos permitisse viver. Mas, em questão de minutos, a fumaça se espalhou por toda a aeronave, intoxicando e levando todos a perderem a consciência.

AMORA

Eu assinava o contrato de locação da casa quando me dei conta da hora. O avião de Miguel já devia estar para pousar. Dei uma última checada no meu celular, decidindo finalmente ouvir a mensagem de voz que ele havia me deixado:

— *Eu entendo que você não queira falar comigo agora, mas eu só quero dizer que nunca tive nada com a Nicole, que foi uma surpresa para mim que ela estivesse na tripulação. Eu só não te contei antes, amor, porque não quis te preocupar ou criar dúvidas sobre mim e as minhas viagens. Eu quero essa garota longe de mim, tudo o que eu quero no mundo é estar com você! Só você, Amora. Desculpa se eu te decepcionei...*

Eu começava a me emocionar, quando entrou o segundo áudio.

— *Meu voo está atrasado, mas assim que chegar eu vou direto te ver. Nem adianta fechar a porta na minha cara, que eu grito para todo mundo que eu te amo e te encho de vergonha até você abrir para mim.*

Até com raiva dele, o Miguel me faz sorrir. Droga.

— *Você é o amor da minha vida.*

Pronto. Arrasou com todo o meu discurso de perdoar ou não. Meu coração era todo dele e eu não conseguia fugir disso. Quando pensei em responder, recebi uma mensagem de texto. Meu amor teria chegado?

O avião do Miguel não pousou e não consigo ter notícias. Ele te avisou que chegou?

Meu coração ficou apertado ao ler aquelas palavras de sua mãe, Stella. Respondi que o voo estava atrasado, que ela não ficasse preocupada, mas imediatamente comecei a fazer uma varredura na internet para tentar descobrir algo. Já tinha baixado todos aqueles aplicativos para acompanhar os voos em tempo real, mas não conseguia localizar o do Miguel. A conexão lenta me deixava ainda mais angustiada. O site do aeroporto, de fato, não informava nada sobre o pouso do avião. Ao que tudo indicava, a aeronave em que meu namorado estava havia partido de Buenos Aires, mas não tinha chegado ao Rio.

— Que coisa horrível — comentou o proprietário do imóvel, enquanto olhava para seu telefone.

Imediatamente minha atenção se voltou para ele. Gelei dos pés à cabeça, fiquei arrepiada. E uma sensação terrível tomou conta de mim, antes mesmo de ele continuar.

— Parece que um avião que vinha da Argentina para o Rio caiu. Tinham setenta e quatro pessoas a bordo.

E tudo simplesmente se apagou.

16
Mesmo na ruína, brota a natureza

AMORA

A escuridão era absoluta. Minha cabeça doía, quase não conseguia me mover. Me sentia fraca, perdida, solitária. Abri os olhos devagar e aos poucos as imagens foram ganhando nitidez. Eu não reconhecia aquele teto, tudo parecia mais lento. O som abafado, um silêncio triste... que foi bruscamente cortado pelo barulho de um avião no céu.

— Miguel... — murmurei.

Uma chuva de recordações invadiu minha mente, como se a consciência voltasse de maneira assustadora. Lembrei da chegada naquela casa, da porta se abrindo, do cumprimento com minha mãe, dos áudios do meu namorado, da mensagem de Stella, do susto do proprietário ao ler uma terrível notícia...

— Eu preciso saber do Miguel!!!

Tentei me levantar rapidamente, mas fiquei tonta. Meu pai me amparou.

— Acalme-se, Amora, por favor — pediu.

— Um avião caiu! Eu preciso saber se era o avião do Miguel!!! — insisti, desesperadamente. — Alguém conseguiu falar com ele?

O silêncio como resposta me deixou ainda mais angustiada, sem conseguir controlar o choro.

— Por favor, meu anjo, se você ficar nervosa...

— Meu namorado pode ter sofrido um acidente, pai!!!

— E você teve uma convulsão!!! — revelou minha mãe, também aflita.

Notei o olhar de reprovação de meu pai para ela. Uma convulsão? Isso nunca tinha acontecido comigo antes...

— Temos que ir até o hospital — disse ele. — Vamos fazer alguns exames.

— Não vou fazer nada agora — avisei. — Eu preciso saber do Miguel.

Algo muito grave poderia ter acontecido e eles não tinham como ignorar isso, muito menos esperar algo parecido de minha parte. Era o meu namorado, o meu amor, o meu Miguel. O celular da mãe dele não respondia, as mensagens não chegavam, as linhas do aeroporto só davam ocupadas, assim como as da companhia aérea... Naturalmente não estavam dando conta da quantidade de chamadas. Não me deixaram ir até o aeroporto, mas meu pai garantiu que continuaria em busca de informações, desde que eu aceitasse, ao menos, ir para casa, acompanhada de minha mãe.

As rádios só falavam sobre o desaparecimento e a suposta queda do avião, assim como todos os canais e sites de notícias. Acompanhei tudo, desesperadamente, com medo a cada vez que novas informações surgiam. Não conseguia falar com o Miguel e me esforçava muito para evitar os pensamentos ruins. Mas o avião era da companhia dele, o trajeto era justamente o dele... Eu precisava manter o otimismo, a esperança.

Tudo não passaria de um enorme susto... que ficou ainda maior quando a vinheta do plantão de notícias invadiu a televisão.

— Voltamos com novas informações a respeito do trágico acidente aéreo.

Trágico acidente. O que antes era tratado como um suposto desaparecimento já ganhara status de trágico acidente. Minha mãe correu para junto de mim, já segurando minha mão, nervosa. A notícia que se seguiu foi realmente assustadora: o avião havia saído da rota e tentado fazer um pouso de emergência. As buscas já iriam começar, mas não havia esperança de encontrarem sobreviventes. O restante eu não ouvi... Meu mundo havia desmoronado. Desabei num choro compulsivo, profundo, doído... Aquilo não podia, não fazia sentido a nossa história terminar assim. Como pude pensar em seguir sozinha na vida? Não fazia sentido viver sem ele.

Chorei tanto em tão pouco tempo, que fiquei completamente sem forças. Meu pai já tinha chegado à minha casa e me dado um remédio, mas eu não queria dormir... Queria era acordar daquele pesadelo. Pedi que me deixassem sozinha um pouco, mas meus pais tentavam me acalmar a todo custo, o que me irritava ainda mais. Corri para meu quarto, me tranquei no banheiro e fiquei ali, encarando o meu próprio reflexo no espelho. Peguei um nariz vermelho que estava jogado na bancada e o observei, em silêncio, já sentindo os efeitos do remédio. Aquele simples objeto costumava me dar forças para enfrentar justamente dores tão fortes quanto a que eu estava sentindo no momento. Com aquele nariz vermelho eu enfrentava a morte, desafiava a depressão, puxava para mim a responsabilidade de transformar o choro de dor em choro de alegria... Por que agora ele não fazia efeito? Por que agora ele só me trazia lembranças do momento em que Miguel entrou em minha vida? Por que ele me fazia chorar ainda mais? Sei que ele e o irmão estavam ansiosos por um reencontro, mas... Não podiam esperar um pouco? Não podiam me conceder um pouco mais de tempo com o meu primeiro, grande e único amor?

Senti minhas pernas fraquejarem e a visão embaçar um pouco. Destranquei a porta do banheiro, caminhei pelo quarto, sentei na cama, peguei um porta-retratos com uma foto nossa na praia. Já nem conseguia mais chorar. Meus olhos se fechavam e, naquele momento, eu já queria dormir e não mais acordar. Não enquanto a realidade permanecesse tão difícil... Depois de algumas horas de sono profundo, pude ouvir um sussurro... Uma voz bem familiar.

— Amora...

Era ele. Era o Miguel. Abri os olhos devagar, admirada, e ele estava bem próximo a mim, sentado na cama. Procurei as crianças à minha volta, como na vez em que Tomás veio me visitar, mas ele estava sozinho. E ainda mais lindo do que da última vez em que nos vimos. Pude sentir sua mão acariciando meu rosto, de uma forma pura e verdadeira.

— Eu te amo — disse ele, sem conseguir controlar a emoção.

— Eu que amo, meu amor.

— Não desista da vida...

Encarei-o ainda por alguns segundos, sem entender o porquê daquelas palavras. Estaria ele se despedindo de mim? Me pedindo para ser forte, pois havia partido para sempre? Não... Eu não podia aceitar o nosso fim...

Então Miguel pôs a mão em meu ventre. O que estava tentando me dizer? Acordei ainda buscando compreender suas palavras, seu gesto.

Não desista da vida... Que vida? A dele? A minha? Ou... a nossa?

Tentando compreender sua mensagem, levantei e me tranquei no banheiro. Puxei a gaveta embaixo da pia, pegando um pacote que há tempos estava esquecido ali. Bastou alguns segundos urinando num palito e mais alguns para ver o resultado. E lá estava a confirmação de qual vida ele mencionava:

Positivo. Você está grávida.

Encarei aqueles dois tracinhos rosados sem saber como agir. Estava triste demais, sem notícias do meu Miguel, para celebrar. Ao mesmo tempo, ser mãe sempre foi o meu grande sonho!

O milagre da vida... Eu nunca vou desistir.

Nunca imaginei ter um bebê sem o pai. Miguel cresceu sem o dele e foi muito amado por sua mãe, mas eu sou tão apegada ao meu pai que tudo o que mais desejava a um filho era que tivesse esse amor também. Eu precisava do meu Miguel aqui... Agora temos uma vida para cuidarmos juntos. Ele tinha que voltar! Imediatamente!

— Ouviu, Deus? — gritei no banheiro. — O Miguel tem motivo para voltar! Não é uma troca de vidas. É uma soma! Eu preciso de nós três juntos! Eu preciso da sua luz!!!

Cansada, sentei no chão e desabei novamente a chorar.

MIGUEL

Sentia o abraço de minha amada, aninhada em meu peito, quando um raio de luz tocou minha pálpebra, trazendo-me de volta à consciência.

Onde estava? Eu abria os olhos devagar, mas a intensidade da luz não me permitia enxergar direito. Não tinha forças para me mover, como se houvesse um peso enorme sobre o meu corpo, que doía por inteiro. Sentia um calor abafado, mal conseguia respirar. Estava preso e sufocado. Precisava sair dali, precisava ver... o horizonte. Onde estava aquele céu azul e livre de nuvens, com os raios solares se perdendo na imensidão? Era a lembrança mais recente que tinha, estava a bordo da aeronave que me levava de volta ao meu amor.

— Amora... — chamei-a, mas minha voz mal saía de minha boca.

Ela estava por ali. Eu devia ter passado mal, desmaiado ou coisa assim e me trouxeram para esse lugar. Estaria num hospital? Mas... por que colocaram esse peso sobre mim? Minha Amora já devia estar por perto, eu a *sentia* por perto. Mas ela não estava me ouvindo... Eu precisava falar mais alto, me mover, mostrar que já havia despertado. Então comecei tentando mexer os dedos das mãos. Logo percebi que não estava deitado sobre um colchão. Sentia uma superfície granulada como a terra... Puxei um fio, que parecia ser uma planta. Queria perguntar à Amora que lugar era aquele...

— Amor... — chamei-a novamente, projetando um pouco mais a minha voz.

Ao tentar pegar mais fôlego, senti um cheiro de queimado. Me forcei a mover mais o meu corpo doído e consegui virar o meu rosto em direção à fresta, de onde vinha a claridade. Então eu vi o inferno. Corpos e pedaços do avião espalhados por toda uma mata. A aeronave havia caído.

Meu Deus... Eu não estou vivo, não posso estar...

Eu estava preso em um lugar escuro, com algo realmente muito pesado sobre mim, mas que, de alguma forma, devia ter me protegido da queda. De repente, dei-me conta de que ouvia gemidos e vozes fracas pedindo socorro. Estávamos todos vivos? Não era possível... A que altitude estávamos quando perdemos o controle do avião? Não me lembro... Tivemos uma pane elétrica, mas já havíamos iniciado o procedimento de aterrissagem...

Será que fui eu quem derrubou a aeronave? Não... Eu fiz tudo certo! Lembro do meu esforço em seguir todos os protocolos!

Então lembrei de Nicole gritar "fogo". Havia um incêndio na aeronave... E logo em seguida, a ouvi chamar meu nome.

— Guel...

Já não sabia se era a voz dela na minha cabeça ou se havia realmente escutado algo. Nunca quis tanto ouvir a voz da Nicole.

— Guel... — chamou novamente.

Era ela! Então... Éramos sobreviventes?! Eu não sabia o que pensar, o que fazer...

— Nicole... — chamei, fazendo esforço para falar. — Onde você está?

Pela fresta em que enxergava lá fora, não conseguia distinguir quem era ela no meio de tanta gente, assentos, malas, pertences espalhados na mata espessa. Até que vi uma mão suja de terra e sangue levantar próxima a mim. Era Nicole. Ela havia me ouvido! Estávamos vivos!!! Eu precisava sair dali, remover aquele peso, buscar ajuda! Eu comecei a fazer força, mas não conseguia me mover. Minhas últimas energias já estavam quase se esgotando, quando passos na mata chamaram a minha atenção.

Graças a Deus! Alguém deve ter conseguido levantar! Ou o resgate chegou!

Eu não ouvia som algum de helicópteros nos sobrevoando, mas havia a chance de eles terem vindo pela mata. O importante era que alguém iria nos salvar! Então percebi os passos se aproximando de mim... Quase não acreditei quando vi dois pés pequenos, com tênis piscando estrelas coloridas, parando em frente à brecha por onde eu enxergava lá fora.

Uma criança ali? Seria uma sobrevivente? Notei que os tênis dela em nada estavam sujos... Então a menina se abaixou e pôs seus olhinhos vibrantes no buraco. Uma afeição surpreendente tomou conta de mim. Eu tinha a sensação de que a conhecia... Mas de onde? A teria visto durante o embarque? Logo uma mancha de nascença no alto de sua bochecha chamou minha atenção... Era em forma de coração, como a que minha amada palhaça pintava no rosto.

— Oi! — disse ela, com leveza e graciosidade, como se nos encontrássemos casualmente.

— Como chegou aqui? — quis saber, intrigado.

— Andando, ué! — respondeu, brincalhona, como se não se chocasse com o horror que havia ao seu redor. — Você quer sair daí?

— Claro! Mas não consigo me mexer por causa desse peso em cima de mim.

— O peso está na sua cabeça — disse, sabiamente.

— Não... Eu consigo mexer o pescoço. É mais sobre as minhas pernas...

Ela riu, com doçura. O que eu havia dito de engraçado?

— Eu quis dizer *dentro* da sua cabeça! Basta acreditar!

Parecia simples, mas não podia ser. Claro, era a inocência de uma criança... Devia estar lendo muitos contos de fada. Se ela via esperança naquela situação, não era eu quem iria estragar.

— Chame alguém para nos ajudar. Procure um adulto para me tirar daqui — pedi.

— A liberdade está dentro de você, Miguel.

Então ela saiu rindo e eu logo parei de ouvir seus passos. Ela sabia o meu nome! Será que havia ido buscar alguém?

A liberdade está dentro da gente e não fora..., lembrei da Amora dizendo o mesmo.

Mas... o que tinha a ver? Eu estava preso! Ou... Será que não estava? Então tomei a decisão que me pareceu boba, mas que mudou toda a percepção da minha vida. Eu decidi... acreditar.

E comecei a fazer uma força brutal para me mexer. Ignorei a dor e a possibilidade de piorar minha situação. Eram muitas as vozes pedindo socorro lá fora e eu precisava sair dali. Eu *ia* sair dali.

Determinei que aquele não era o meu fim e, se eu tivesse alguma culpa naquele acidente, cabia a mim ajudar um a um a sobreviver também. Então consegui mexer minhas mãos, depois os braços e contraí todos os músculos que podia para empurrar a chapa que estava sobre meu corpo, que agora compreendia ser uma parte da fuselagem do avião. E ela nem me pareceu tão pesada assim... Arrastei-a para o lado, tirando-a de cima do meu rosto e então eu vi.

Pela primeira vez, eu enxerguei de verdade a vida. Senti o calor do sol energizando cada célula do meu corpo, o ar entrando e saindo do meu peito. Vi a brisa movimentar as folhas das árvores numa linda dança, como se vibrasse o nosso reencontro... Ouvi os pássaros cantarem a melodia de que eu estava de volta. Senti meu coração bombear o sangue com uma intensidade de quem não tem mais tempo a perder, de quem quer mais do que sobreviver... De quem quer renascer.

— Guel... — chamou Nicole, novamente.

Voltei então a me concentrar na placa. Tirei-a de cima das minhas pernas e senti tanta dor, que na hora soube estar quebrado por dentro. Eu podia não sobreviver àquela movimentação... Se eu estivesse com fraturas internas, poderia gerar lesões ainda maiores e sangramento interno. O certo era esperar o socorro... Mas eu estava ali e, de alguma forma, podia ajudar os outros. Sei que podia! Nem que esse fosse o último gesto da minha vida!

Apoiado em uma perna, consegui me levantar. E então... eu vi a morte. Percebi a imensidão do desastre. As vozes antes fracas estavam cada vez mais ausentes... Por que o resgate ainda não tinha chegado?! Fui olhando à minha volta, pedindo que se mostrassem vivos, que emitissem algum som. E ninguém se mexia, ninguém dizia uma só palavra. Caminhei por entre destroços da aeronave e pertences dos passageiros, buscando pulsação nos corpos que encontrava. Nada. Nem uma vida sequer... Até que me deparei com uma moldura familiar e atrás dela estava a minha foto com Tomás. Tirei-a do porta-retratos quebrado e encarei o sorrisão do meu irmão. Eu não conseguia sorrir diante daquela tragédia, mas vê-lo ali comigo, aliviou minha solidão.

— Guel...

Ouvi a conhecida voz e pude, finalmente, reconhecer a Nicole. Fui até ela e beijei seu rosto. Estava grato por encontrá-la com vida. Ela sorriu, aliviada, e logo depois gemeu de dor. Seu ombro estava sangrando. Então rasguei um pedaço de pano do meu uniforme e tentei conter o sangramento.

— Não era desse jeito... que queria que acabássemos juntos — disse ela, enfraquecida.

— Não fale, poupe sua energia. Vou ver se posso ajudar mais alguém.

— Miguel — chamou, antes que eu saísse. — Preciso que você me perdoe...

— Não se preocupe com isso.

— O Tomás... Ele uma vez me disse que se eu te amasse de verdade, te deixaria ser feliz. Achei que ele foi um estúpido — disse, sorrindo. — Eu não tinha compreendido a mensagem do seu irmão. Agora eu sei que você não era feliz comigo. Não como é hoje... Nós sempre fomos muito diferentes. Você me perdoa por te amar como uma louca?

Nunca ninguém me pediu perdão por me amar. E, até aquele momento, eu desprezava aquele amor desmedido. Não posso negar que ela pôs um pouco de emoção na minha vida... E foi ela quem primeiro me levou à minha Amora. Se não tivesse me carregado para aquele hospital, talvez nossa história não tivesse acontecido. Mas é claro que essa conclusão eu não contaria a ela, pois certamente a enfureceria! E não era o que ela precisava no momento... Então, deitei ao seu lado e a abracei. A tarde começava a cair e nós sabíamos que se o resgate não chegasse logo, só voltariam às buscas no dia seguinte. Juntos, nós choramos aquela situação, aquelas vidas perdidas, tanta estupidez e tempo vazio... Rimos das nossas aventuras, das nossas loucuras... A vida era muito curta, eu já sabia disso. Mas acreditava que estávamos tendo uma segunda chance.

— Você ainda não disse se me perdoa...

— Você é quem tem que me perdoar. Eu que não soube administrar esse seu sentimento desenfreado — disse, rindo.

— Você não me ama nem um pouquinho?

— Sempre vou te amar, Nicole. Você foi meu primeiro amor e eu tenho muito carinho pela nossa história... Apesar do chifre.

— Ah, é. Você tem que me perdoar por isso também — pediu, rindo. — Então quer dizer que no fundo você me ama... Fico feliz. E nem precisa dizer que sou amada como *amiga*... Eu sei disso.

— Está ouvindo esse barulho? — disse, pedindo seu silêncio.

O som que eu escutava ao longe se aproximava cada vez mais e logo se tornou ensurdecedor: acima de nós, finalmente batiam as hélices dos helicópteros do resgate.

— Vamos conseguir sair daqui! — vibrei, emocionado. — Nicole?

Quando busquei sua cumplicidade, vi que estava desacordada em meus braços. Eu a sacodi algumas vezes, chamei seu nome, mas não obtinha qualquer reação. Pedi tantas vezes para que ela saísse da minha vida, para que eu esquecesse que um dia a havia conhecido... Tudo o que eu mais queria agora era que ela voltasse a abrir os olhos, a sorrir, a falar suas asneiras... Então ouvi uma voz.

— Tem alguém aí???

Chorando a perda de Nicole, urrei. Era um misto de dor e alívio. Logo vi bombeiros, militares, socorristas. Todos apontando suas lanternas para mim. Aparentemente, eu era o único sobrevivente de uma terrível tragédia.

AMORA

Estava encolhida no sofá da minha sala quando o noticiário de plantão voltou a tocar sua vinheta. Sentei imediatamente, angustiada para receber mais uma informação sobre o acidente. Logo foi anunciado que os destroços do avião haviam sido localizados e eu soube que precisava me preparar para o pior.

— Fiz um chá de erva doce para você — ofereceu minha amada mãe, mas me embrulhando o estômago.

Eu jamais perderia a esperança de que Miguel fosse encontrado com vida, porém, sabia que precisávamos de um milagre. *Mais um milagre*, pensei, alisando minha barriga, que guardava meu maior segredo. Para mim, a gravidez é o maior espetáculo da natureza. Como médica, sei como o processo funciona, mas sempre vi a fecundação como algo mágico. Perfeito. E tudo o que mais queria era compartilhar essa magia com meu amor... Em pouco tempo, eu saberia o que seria feito de nossos destinos.

Imagens do avião despedaçado por entre as árvores me apavorou a ponto de eu achar que teria outra convulsão. Minhas mãos tremiam, meu coração doía de tanta angústia. Helicópteros sobrevoavam os destroços e as equipes de resgate desciam por cordas para fazerem um mapeamento da situação. Todos os canais de notícias estavam conectados a esse momento em que seria revelado se havia ou não sobreviventes. E eu encarava a asa com a logomarca da companhia aérea, lembrando-me da felicidade de Miguel ao ser contratado por eles. O sorriso lindo do meu Miguel... Lembrei-me do nosso voo particular e de sua alegria em compartilhar comigo o seu maior prazer... Voar. Meu Miguel voava alto! O céu era todo dele, era a sua paixão! E agora eu queria que a terra fosse sua proteção.

— Até agora foram encontrados seis sobreviventes ao acidente aéreo... — anunciava a repórter.

E eu chorava ainda mais, ansiosa. Estaria meu amor com vida???

— Entre eles estão três passageiros, dois comissários de bordo e o copiloto da aeronave.

Meu Miguel!!! Meu Miguel estava vivo!!!

17
O despertar da consciência atrai a abundância

MIGUEL

O cravo beijou a rosa... Debaixo de uma sacada... O cravo saiu feliz... E a rosa envergonhada... O cravo ficou contente... E a rosa foi questionar... O cravo pediu namoro... E a rosa pôs-se a sonhar...

    Eu podia ouvir a canção ao longe, mas não encontrava a dona da linda voz. Estava distante de mim e, ao mesmo tempo, era como se estivesse ali comigo. Eu caminhava sobre a areia branca, sentindo a água do mar bater em meus pés e a brisa fria tocar em meu rosto quando avistei a nossa amendoeira... Logo compreendi que estava no nosso paraíso, na nossa praia deserta. Me sentia cansado, mas não para encontrar minha Amora. Podia ouvi-la, mas sem conseguir vê-la. Então fechei os olhos, para que o bater das ondas acalmasse meu coração e eu, enfim, pudesse enxergar o caminho que me levaria até ela. Ao respirar fundo aquela maresia inebriante, pude então sentir sua mão tocar suavemente a minha, me aproximando da realidade. Eu não estava na praia, mas o carinho em meus cabelos e o perfume cítrico do meu amor eram tão reais, que, aos poucos, despertaram meus sentidos do mais profundo sono. E tudo o que eu mais queria era reencontrar seu sorriso, beijar seus lábios, ver luz em seu olhar. Então, enlacei seus dedos nos meus e finalmente abri os olhos, desejando recuperar nossos dias juntos. Desejando recuperar a minha vida, que por pouco não foi perdida. Naquele momento, prometia a mim mesmo nunca mais deixá-la.

— Meu Miguel... — disse, emocionada.

Ao ver as lágrimas escorrerem de seu rosto de aparência cansada, o pranto tomou conta de mim. O ambiente hospitalar despertou minhas tristezas e meu alívio... Me dei conta de tudo o que passei, de tudo o que a fiz passar. Olhei cada detalhe de seu rosto e ela parecia fazer o mesmo comigo. Como pensar que não nos veríamos mais? Choramos juntos por algum tempo. E nos beijamos muito, entre risos e lágrimas.

— Foi uma tragédia, Amora... Uma tragédia...

Ela tentava me acalmar, mas eu me sentia culpado e não sabia se um dia ainda iria me perdoar. Por mais que tenha tido as melhores intenções, de alguma forma eu falhei. A culpa me consumia por estar comemorando a vida, enquanto centenas de famílias sofriam com a perda de seus entes queridos...

— Nem tudo está sob nosso controle, meu amor — dizia Amora, ao ouvir meus lamentos. — Eu mesma, como médica, inúmeras vezes vivenciei a experiência de tentar todas as possibilidades para salvar uma vida e, mesmo assim, a pessoa partir. Assim como o contrário também... O paciente estar em seus últimos momentos e, de repente, ele se recupera, a doença desaparece, a saúde se reestabelece. É o milagre da vida e se você teve o privilégio de ter mais tempo por aqui, não é para ficar em sofrimento.

Ela estava coberta de razão, mas eu sabia que aquele acidente seria um divisor de águas para mim, uma verdadeira revolução acontecia em meu interior. Passei dias no hospital, recuperando meu corpo, recuperando minha alma. Tive pequenas fraturas que agora sentia doer; precisei tratar das queimaduras, dos cortes e hematomas, mas, principalmente, da exaustão e do emocional abalado.

Os depoimentos à polícia federal e os noticiários constantes me faziam reviver meus tormentos, repensar minha postura e minha profissão. Valeria a pena voltar a ser piloto? Eu não conseguiria viver na terra por muito tempo, disso eu sabia. Voar fazia parte da minha essência... Mas, certamente, queria fazer crescer minhas raízes aqui embaixo.

— O inquérito sobre a queda do avião que vinha de Buenos Aires para o Rio de Janeiro — anunciava a jornalista no noticiário — confirmou falha no sistema automático de segurança e incêndio na lixeira da toalete traseira. A caixa-preta mostrou que os pilotos tentaram combater o problema de software e, mesmo diante do caos, conseguiram pousar a aeronave em meio à mata...

Então lembrei da tentativa de aterrissagem. Antes de perdermos a consciência, realizamos o pouso forçado em meio à vegetação, abrindo uma extensa clareira, pelo o que soube. A aeronave foi destruída, mas, de alguma forma, alguns passageiros sobreviveram.

— O fogo, provocado por um cigarro, chegou a ser combatido pela tripulação, — comentava o porta-voz da companhia aérea — mas a fumaça tóxica levou diversos ocupantes a perderem os sentidos. Foi um conjunto de fatores, nossos pilotos fizeram um trabalho brilhante. Prezamos pela contratação dos melhores profissionais e pela manutenção de nossas aeronaves. Agora vamos aguardar as investigações para saber o que levou ao erro do sistema, para que essa tragédia não venha a se repetir. A companhia pede profundas desculpas a toda tripulação, aos passageiros e famílias que perderam seus entes queridos...

Um avião é construído para não cair. Existem vários mecanismos que o sustentam, caso um deles dê pane. Não é à toa que é considerado o meio de transporte mais seguro. É realmente preciso um conjunto de fatores para que ocorra uma fatalidade, como no caso da nossa aeronave.

— Achei que fossem alegar erro humano, como sempre fazem — comentou minha mãe, surpresa com a atitude da companhia.

— Talvez não o fizeram porque parte da tripulação sobreviveu — alegou Amora. — Culpam os pilotos quando eles não têm mais como se defender.

As duas pareciam empenhadas em me defender, independente do que fosse dito pela companhia. Mas a verdade é que me sentia honrado com a valorização de nossos esforços. Provavelmente, sofreriam consequências jurídicas devido às perdas, mas estavam comprometidos em preservar a imagem da empresa num todo.

No momento, eu estava comprometido em preservar a minha perna, que ainda ficaria imobilizada por um tempo por causa das fraturas causadas no acidente. Por milagre, fui protegido por placas do avião e não necessitei de cirurgia. Com cuidado, arrumava meus pertences para finalmente ir embora do hospital quando vi meu uniforme de piloto rasgado e sujo de sangue, embalado num plástico transparente. Colocava-o na mala, me lembrando de meus últimos momentos com Nicole, quando ouvi batidas na porta.

Ao me virar para a entrada do quarto, encontrei o olhar doído da tia Marilda. Minha mãe logo saiu do quarto com Amora, sob a desculpa de acertar os últimos detalhes da minha alta, nos deixando sozinhos.

Marilda e eu não dissemos uma só palavra. Apenas peguei minha muleta e fui em sua direção, dando-lhe um abraço apertado. Como um pedido silencioso de perdão. Ela havia perdido a sobrinha, mas era como se, de alguma forma, visse em mim uma oportunidade de reencontrá-la. Não me senti mais julgado por aquela enfermeira, e sim, acolhido em seus braços.

— A Nicole gostava muito de você — finalmente disse, num choro contido. — Queria te pedir desculpas por ter te tratado daquele jeito, quando estava precisando de ajuda.

Pedi desculpas por minha intolerância e contei sobre a reflexão que eu e Nicole tivemos na mata, após o acidente. Também implorei perdão por não ter conseguido salvá-la. Contei o quão corajosa sua sobrinha havia sido com os protocolos de segurança, na iminência do desastre. As mãos envelhecidas de Marilda seguraram as minhas, apertando-as com força.

— Por mais que seja difícil aceitar, — disse ela, mais calma — é preciso confiar nos desígnios de Deus. E deixar que Ele nos explique depois o porquê.

Marilda se despediu de mim, e eu fiquei com a sua reflexão ressoando em meus pensamentos.

Muitas vidas se foram e eu prometi a mim mesmo que honraria meu tempo na Terra por eles. Aquele uniforme sujo de sangue ficaria para sempre guardado em meu armário, como uma lembrança da fragilidade da vida. E de nunca mais menosprezar o amor.

Ao retornar ao quarto, Amora me despertou com um beijo, me tirando do turbilhão de pensamentos em que estava mergulhado. Foi quando eu me dei conta de que havia uma questão que precisava ser resolvida antes de deixarmos aquele hospital e de voltarmos à rotina: eu precisava pedir perdão à Amora.

Até então, não havíamos abordado o assunto do meu encontro com a Nicole na rota para Buenos Aires; a tragédia havia dominado nossas conversas, nos envolvendo em um mar de emoções. A morte de Nicole foi um marco na minha vida, mas ainda era necessário curar a ferida que afetou a confiança de Amora em mim.

— Antes de irmos, — segurei em sua mão e a puxei mais para perto de mim — eu preciso esclarecer com você o que houve em Buenos Aires.

— Águas passadas, meu amor. Eu ouvi seu áudio, deixei para lá. Sua vida era mais importante que isso.

— Mas eu não quero que fique um ruído entre nós. Eu *devia* ter te falado que ela era comissária de bordo, que era parte da minha tripulação. Foi um erro estúpido. Mas eu fui pego de surpresa também e tentei evitar que ficasse pensando em possibilidades que nunca existiriam. Você sabe que jamais te trairia, não sabe?

Amora me encarou com doçura e a simplicidade em seu olhar me dizia que, naquele instante, tudo o que precisávamos era estar presentes um para o outro.

— Eu sei. Mas é sempre bom ouvir — revelou, com um sorriso descontraído.

— Você me perdoa?

— Não há nada para ser perdoado, mas, sim, compreendido. E eu entendo que tenha sentido medo de me perder, se colocasse a Nicole entre nós. Estávamos longe um do outro, não havia muito como você se defender dos pensamentos que eu poderia gerar a partir dessa informação. E, de fato, isso aconteceu quando fui pega de surpresa. Então o seu medo era uma defesa do seu inconsciente.

— Você tem uma capacidade incrível de compreender o outro. É exatamente isso o que senti.

— Eu me coloquei em seu lugar, só isso.

— Nunca escondo mais nada de você — disse, dando-lhe um bom beijo.

Saímos de lá abraçados, dispostos a recomeçar. Nos juntamos à minha mãe na recepção do hospital e aguardamos o uber. No caminho, novamente perdi meu olhar pelas luzes que começavam a acender na cidade bonita, mesmo cinzenta e chuvosa. Quis fazer como a Mariah e pus minha mão para fora da janela do carro, para sentir as gotas que caíam do céu. Eu renascia e queria fazer diferente.

Chegamos ao portão azul marinho da casa e senti que aquele ninho já não era mais o meu. Como um menino perdido na queda do avião, ansiava em deitar novamente no colo de minha mãe, aproveitar que ainda era possível fazê-lo em vida. Mas, ao mesmo tempo, a força que brotava em mim ansiava em encontrar seu próprio lugar. Há anos, desde que comecei a trabalhar como piloto, mesmo quando Tomás ainda estava por aqui, eu já não morava mais naquela casa. Meus pertences estavam ali, como um depósito provisório, mas eu morava no ar e nos hotéis. Era econômico não alugar um espaço só para mim, afinal, eram poucas as noites que eu dormia no Rio. Só que, depois que o Tomás se foi, eu me senti preso à minha mãe, como se não pudesse abandoná-la também. Por mais que continuasse a voar, me mudar era uma vontade, mas estava atrelado àquela casa, àquela história, àquela família. Agora, ao entrar novamente naquele lar que tanto me acolheu, confirmei o que estava sentindo antes de voar para Buenos Aires da última vez. Era hora de agradecer e de criar novas rotas.

Passei com Amora pela sala principal e a levei ao meu quarto. Sentei à cama e pus a foto amassada do meu irmão na minha mesa de cabeceira. Eu tinha tido a oportunidade de retornar ao nosso lar e poupar minha mãe de mais uma perda. Já quis tanto trocar de lugar com ele e agora dava valor em poder construir a minha história. Então, puxei uma gaveta do pequeno móvel de madeira e de lá tirei uma caixinha.

— Amora... — chamei-a para sentar-se ao meu lado. — Não quero que pense que tomo essa atitude por conta do acidente porque já tinha esse plano em mente há algum tempo. Mas agora, sem dúvida, tudo ficou mais claro para mim. Se antes eu tinha medo de me comprometer, de firmar raízes, de me prender, agora eu sei que é o meu desejo mais profundo. Agora entendo que não há prisão, mas, sim, a liberdade de amar e de se estender. Porque você é uma extensão de mim... E eu espero ser de você.

— Você é — me interrompeu ela por um instante — muito mais do que pensa.

— E eu quero ficar com você por todo o sempre que me for concedido.

Então mostrei-lhe a caixinha que estava em minhas mãos e a abri, revelando o anel que havia comprado para ela, semanas antes de retornar.

— Eu não posso ajoelhar, mas...

Ela riu, já emocionada.

— Você quer se casar comigo?

Amora ficou me encarando por um tempo sem nada dizer. Mirava-me com os olhos marejados e um sorriso apaixonado. Transbordávamos amor um pelo o outro... Mas seu silêncio já me causava ansiedade.

— Agora é a parte em que você responde — lembrei-a, rindo.

— Desculpa, desculpa, desculpa! É que... são emoções muito intensas — começou a embolar as palavras, misturadas a um choro sentido — há pouco tempo eu... achei que fosse ficar sem você e... agora eu tenho tudo e... posso ter tudo... É muita benção... Não estou sabendo lidar com tanta emoção, Miguel... Você vai ser pai.

Amora me deu a notícia mais impactante da minha vida desse jeito, direto. Claramente, estava tentando processar tudo o que vinha acontecendo com a gente... mas ela nem me preparou antes com um "tenho uma notícia para te contar" e eu, assim como ela, não consegui processar bem a informação que me foi dada.

— O que você disse?

— Sim! — respondeu, feliz.

— Sim para o quê? — quis saber exatamente.

— Sim, eu quero me casar com você! — respondeu finalmente, me aliviando. Em parte.

— Que bom. Fico feliz.

Eu estava em choque. Nem consegui comemorar a resposta para a proposta de casamento. Estava pensando numa etapa do relacionamento e ela já vinha com a próxima fase. Eu mal conseguia raciocinar.

— Você não parece animado — analisou ela.

— Você disse que vou ser pai?!

— Disse! — riu, descontraída. — Descobri no dia do acidente, mas estava esperando um momento mais apropriado para te falar... Não queria ter te contado assim, mas também não imaginava que fosse me pedir em casamento, então...

Beijei-a. Muito. Eu não conseguia mensurar a felicidade que sentia. Sempre vi um filho como uma prisão, como algo que fosse me privar de ser quem eu era, de ir para onde quisesse. Mas agora... Só sentia gratidão. Me sentia merecedor dessa vida, de estar aqui, de ter um propósito. Um filho... Que presente, meu Deus! Eu estava vivo para ver meu filho... Ou filha! Um bebê poderia até tirar a liberdade como antes era conhecida, mas ele agora me libertava de tudo que era mais fútil e inútil em minha trajetória... Ele fazia renascer o Miguel que ficara perdido antes da despedida do meu irmão. Um Miguel que só queria viver e ser feliz, da maneira mais simples e humana que existe. Com amor, saúde e... esperança. Vibrávamos a alegria de um futuro próximo, com a construção de nossa família e a chegada de um bebê, mas mal sabíamos o quanto ainda teríamos que exercitar a nossa fé.

18
A vida é o presente

AMORA

Não se deve esperar o pior acontecer para viver intensamente. Esse era o nosso mais novo lema.

Não desejávamos nada mais do que viver sem tempos mortos, como já dizia a filósofa francesa Simone de Beauvoir. E eu estava levando muito a sério. Tentava dar conta de todos meus projetos, do desejo de ser mãe, do meu trabalho na emergência e das minhas crianças. Me vestia de palhaça e pensava no meu bebê se divertindo com as brincadeiras da mamãe. A expectativa por sua chegada aumentava em mim quando presenciava o sorriso escancarado de uma menininha ou a gargalhada de um menininho. A maternidade era o meu maior projeto de vida agora. E queria deixar tudo de melhor do meu mundo para o nosso bebê.

Miguel e eu planejávamos uma cerimônia de casamento simples no jardim da casa dos meus pais, já imaginando minha barriguinha levemente acentuada no vestido de noiva. Ao mesmo tempo, eu estruturava a instituição resgatando o que havia de mais especial na minha infância. Pensava com carinho na área de lazer, nas comidas da minha avó e na estante de livros ao lado do piano de minha amada mãe, que generosamente doou seu instrumento ao nosso espaço e aos ouvidos daqueles que necessitariam do conforto de uma bela canção. Meu pai elaborava comigo as funções práticas da casa e se informava cada vez mais sobre o apoio psicológico aos nossos abrigados. Eu tinha maravilhosos exemplos de maternidade e paternidade e não poderia fazer menos por meu bebê.

Com muitos sonhos também vêm muitas tarefas e o sono constante do início de gestação estava dificultando a realização de todos... Caminhava pela pediatria vestida de Moranguinho quando encontrei no corredor a minha obstetra, a doutora Lavínia Paz. Por sermos muito amigas e ela ter toda minha confiança, a escolhi para acompanhar minha gestação. Ela atendia em seu consultório particular, mas também trabalhava na ginecologia oncológica do COEG. Há poucos dias, havíamos feito a bateria de exames do pré-natal e eu estava ansiosa para saber dos resultados.

— Acho melhor você diminuir sua carga horária por um tempo — me aconselhou, notando minha evidente exaustão.

Eu estava esgotada com tantas responsabilidades, mas tentava me convencer de que conseguiria fazer tudo.

— Eu vou dar conta. Só preciso me organizar melhor.

Sabia que estava me iludindo. As mulheres sempre querem salvar o mundo, dar conta de todas as tarefas, mas eu tinha ciência de que essa perfeição não existia. Realizaria o que fosse possível e dentro do meu tempo. Mas, de fato, andava mais cansada do que normalmente, o que é comum durante a gestação.

— Já viu meus exames?

— Já... e quero pedir outros — disse ela, me preocupando. — Passa mais tarde lá na minha sala. Já começou a tomar as vitaminas?

— Comecei... Viu alguma anormalidade?

— Só umas taxas alteradas, mas vamos ajustar. Quero checar outras informações por conta da convulsão que você teve.

— Minha pressão está normal.

— Não se preocupe, é só precaução.

Lavínia me deu um beijo no rosto e saiu depressa, me deixando intrigada. Obstetrícia não era a minha especialidade, mas logo percorri minha memória sobre os exames que fiz e quais as taxas poderiam estar alteradas devido à convulsão. Será que estava com a pressão arterial elevada no momento do exame de sangue e não percebi? Ou meu fluxo sanguíneo estaria insuficiente para o útero? Tantas questões passavam pela minha cabeça, que me deixavam com menos energia ainda. O início da gestação estava me deixando muito sonolenta e eu já nem conseguia pensar direito... Precisava descansar e seria ali mesmo no hospital. Então fui para a sala da equipe médica e, ao deitar no sofá, dei folga aos meus sonhos... E me entreguei facilmente ao sono profundo.

MIGUEL

Eu ainda tenho pesadelos. Por vezes, consigo salvar o avião e tudo termina bem. Volto a implicar com a Nicole e a encontrar a Amora me esperando no saguão do aeroporto. Mas, na maioria das vezes, ainda revivo os meus medos, meus assombros, minhas fragilidades. E, quando acordo, a imagem daquela menina dos tênis que piscavam estrelas sempre vinha à minha mente.

Eu ainda não sei — e acho que nunca vou saber — se estava alucinando ou se ela era uma das sobreviventes. Cheguei a avisar aos bombeiros durante o resgate sobre a possibilidade de ter uma criança perdida pelos destroços ou pela mata, mas nunca obtive uma resposta para a sua presença ali, nunca soube quem ela era.

— O rosto dela era tão familiar... — comentei certa vez com minha mãe.

— Para mim, ela era o seu anjo da guarda — afirmou, segura.

Era exatamente isso o que sentia, que aquela menina havia sido um anjo em minha vida. Se não fosse por aquelas palavras tão óbvias, de que a liberdade estava na minha cabeça, eu não teria lutado por minha sobrevivência. Gosto de imaginar que ela foi uma luz vinda do céu para me resgatar. E essa imagem me faz tão bem, que, desde que a menina voltou a frequentar meus pensamentos, eu associo seu rosto ao do nosso bebê.

Sempre achei que, se um dia tivesse um filho, seria menino, para ensiná-lo a jogar um futebol que nunca aprendi de fato, para falarmos dos planetas e constelações e decorar seu quarto com foguetes, aeronaves e naves espaciais, como era o meu quando pequeno. Ou talvez para que voltasse a ter uma presença como a do Tomás. Mas agora... acordo pensando nessa garotinha e sinto que seria muito feliz com uma menina em meus braços. Que provavelmente também gostaria de planetas, estrelas e extraterrestres. E o céu seria todo nosso.

O nosso bebê ainda nem havia chegado e já tinha o poder de acalmar meu coração, de afastar minha angústia, de me preencher de esperança. Sei que nunca mais seria o mesmo, já não o sou desde que soube de sua existência. Ele invadiu meu peito e me fez pai.

Agora, eu me tornei algo totalmente novo para mim. Desbravo um mundo completamente desconhecido, penetro essa imensidão de aprendizados, como quando comecei a estudar sobre aviões. Guiado por livros, blogs, fóruns on-line, vídeos na internet, vejo o quanto eu era amador nesse mundão da paternidade.

Assustava-me saber das possibilidades de um bebê engasgar, das dores das cólicas, até mesmo do parto. Se pudesse, trocaria de lugar com minha Amora, só para que ela não tivesse que passar pela dor. Ou, talvez, porque eu quisesse saber como é gerar e ver um filho sair de dentro de mim. Anseio pelo dia em que ouvirei seu coração bater, que verei seu rostinho no exame de ultrassonografia, que sentirei seus movimentos dentro da barriga do meu amor.

Nunca imaginei que fosse me tornar tão sensível. Parecia até que era eu quem estava com os hormônios alterados! Talvez por ter ficado tão perto da morte e por estar a maior parte das horas em repouso, o tempo tomou uma outra proporção para mim. Agora podia percebê-lo, senti-lo, desfrutá-lo com gratidão. Passei a ler mais sobre espiritualidade e também sobre astrologia, tentando entender as reviravoltas da minha vida e o caminho que devia seguir. E, pela primeira vez, senti a necessidade de escrever, de pôr em palavras sentimentos confusos e esperançosos. Podia dizer que agora vivia no mundo da lua... E lá do alto, eu via minha estrelinha crescer aconchegada, quentinha dentro da minha Amora, dentro do meu sol... Cheia de luz, regada de amor...

> *Luz de todas as minhas vidas*
> *Se algum dia por aqui já habitei*
> *O fiz para te ver crescer, para ver seu amor florescer*
> *Se algum dia por aqui já te deixei*
> *Jamais pude te esquecer*

E sei que não houve ao menos um segundo
Em que não me martirizei
Se algum dia por aqui já nos pertencemos
Sei que hoje honrarei
Cada passo teu
Cada beijo teu
Cada riso teu
Farei de nosso futuro um céu de estrelas
E voaremos para todo sempre juntos

AMORA

Um carinho em meus cabelos me despertava aos poucos do sono que, de tão cansada, nem ao menos vi chegar. Meu amado pai alisava minha cabeça, me dando o aconchego de que precisava para retomar a consciência com tranquilidade. Mesmo tão atarefado, comandando um hospital, ele tirou um tempinho para vir cuidar de mim.

— Você está dormindo aqui a tarde toda, meu anjo — disse ele, ao notar que eu acordava ainda um pouco confusa, olhando para aquela sala de luzes frias e para minha roupa de palhaça já toda amassada.

— Que horas são? — perguntei, perdida no tempo que havia passado ali. — A Lavínia está me esperando.

— Já são quase sete da noite. É importante o que a ela tem a dizer?

— Não sei ainda... Parece que meus exames estavam alterados. Vou lá, quero saber do que se trata.

— Quer que eu vá contigo? — ofereceu, carinhoso.

— Não precisa, pai — respondi, dando-lhe um beijinho no rosto.

Me levantei e fui ao banheiro escovar os dentes. Tirei a maquiagem de palhaça e prendi o cabelo de qualquer jeito. Logo depois, ainda fantasiada, segui para a sala da minha obstetra.

— Há algo com que eu deva me preocupar, Lavínia? — quis saber, assim que a vi.

— Não, minha querida. Só precisamos te *reorganizar*, você está muito desajustada — disse, tranquila, me olhando em seguida de cima a baixo.
— Inclusive agora!

Eu estava metade Amora, metade Moranguinho. Para quem havia acordado às cinco da manhã, trabalhado na emergência e um pouco como palhaça na pediatria e ainda havia dormido de qualquer jeito no sofá do hospital, era normal que estivesse com aspecto caótico. Mas, por dentro, eu era toda mãe, pouco me importando com a minha aparência quando a preocupação era a saúde do meu bebê. E estava com dificuldade em acreditar na tranquilidade da minha amiga médica... No fundo, só ficaria sossegada quando visse o resultado desses novos exames que ela havia me passado.

— Já marcou o ultra? — ela me perguntou.

— É amanhã.

— Vai fazer com a doutora que te indiquei? Ela costuma acertar o sexo do bebê logo no início da gestação.

É no exame de ultrassonografia que se ouve, pela primeira vez, o batimento do coração e se vê a imagem do feto. Como médica, eu estava louca para saber como estavam as condições dentro do meu útero. Como mãe, também morria de ansiedade em saber se era menino ou menina!

— Marquei com ela, sim. Então amanhã teremos uma pista!

— O que a sua intuição diz?

— Ando tão cansada que a minha intuição está calada... Não faço ideia!

— Vai para casa e pensa em tirar uma folga daqui do trabalho. Seria bom que restabelecesse sua força. Você sabe muito bem que tem que tomar cuidado agora no princípio. É a sua primeira gestação e essa fase é delicada. Não faça muito esforço, ok?

— Gravidez não é doença...

— Exagero faz mal em qualquer fase da vida.

Doutora Lavínia tinha toda razão. Mas quem pode parar de trabalhar, deixando de receber um salário, quando se tem um bebê por vir? Eu não podia deixar a emergência, e minha vida não faria sentido se abandonasse meu trabalho como voluntária da alegria. Esse cansaço era da gestação, eu sabia disso e confiava que iria passar em breve.

— Vou pedir uma licença para você de um mês — me surpreendeu a médica.

— Tudo isso?!

— É tempo suficiente para que retome sua energia. Assim você pode cuidar com calma do seu casamento, do projeto da instituição e reorganizar suas emoções. Vai te fazer bem.

Imediatamente, senti um alívio, como se tivesse tomado um relaxante muscular ou tivesse dado um mergulho no mar. O peso da responsabilidade com o hospital era alto e me custava algumas horas de sono.

Assim que relaxei, esse logo retornou, me trazendo longos bocejos e a vontade imensa de me aconchegar ao meu edredom. Então fui logo para casa, desejando mais ainda que o dia seguinte chegasse depressa. Estava louca para fazer a ultrassonografia e, ao mesmo tempo, desanimada por não ter Miguel comigo nesse momento tão especial. Ele ainda estava de repouso e não poderia me acompanhar. Sei que isso também o frustrava, sei o quanto ele gostaria de estar comigo... Antes desse exame, vivemos apenas com a ideia de que há alguém dentro de nós. A barriga ainda não cresceu o suficiente nem sentimos o feto mexer. É no ultra que podemos finalmente ver a imagem do serzinho e ouvir seu batimento cardíaco. E é nesse mágico momento que tudo se torna... real. E mais apaixonante.

MIGUEL

Todo esforço é válido quando se quer realizar um sonho. E eu queria demais ir ao exame da Amora, mas ainda estava com a perna imobilizada. Despertei angustiado com a possibilidade de não estar com ela nesse momento tão único. Então, contrariando as recomendações médicas e aceitando as do meu coração, levantei decidido a estar presente. E mesmo com dor, me arrumei, peguei as muletas e chamei um Uber. Assim que cheguei ao apartamento da Amora, pedi ao motorista para que fizesse uma barulheira com a buzina! Ela surgiu na janela e já vibrou de alegria ao me ver com a cabeça para fora do carro.

Claro que gritou que eu era louco, mas assim que desceu, me encheu de beijos e seguimos para o laboratório. Primeiro, Amora fez os exames extras que a doutora Lavínia havia passado e, em seguida, fomos para a clínica em que ela faria a ultrassonografia. Entramos na sala de exames e eu sentei numa cadeira ao lado da maca em que a Amora deitou. Então minhas mãos começaram a ficar geladas e eu passei a suar frio, com anseio do que nos seria mostrado. Íamos ver nosso bebê e eu mal podia acreditar! Assim que a médica iniciou o exame, uma imagem confusa surgiu na tela. Ela apontava para uma manchinha escura com um ponto piscando e afirmava que aquilo era o feto e o coração pulsando. Para mim, parecia só o chuvisco de uma TV fora do ar. Eu não consegui ver bebê algum! Ao contrário de Amora, que parecia analisar com precisão cada canto da imagem. Eu ainda forçava a vista, tentando entender, quando a médica aumentou o volume.

TUM TUM TUM TUM TUM TUM TUM TUM TUM TUM TUM TUM...

O som intenso e ritmado, ecoando alto na sala era o coração do nosso bebê. E estava batendo forte! Amora e eu permanecemos paralisados por alguns instantes ouvindo aquele barulho... Aquela melodia... A música da vida tocava dentro do meu amor. Ficamos muito emocionados. Amora me olhou sorrindo e pude ver a felicidade em seus olhos. Pude sentir seu amor quando ela me beijou.

— É a nossa criança... — sussurrou ela, emocionada. — O nosso bebê, Miguel...

Sim, agora era mais real para nós. Existia mesmo um coraçãozinho batendo dentro da sua barriga... E as nossas vidas nunca mais seriam as mesmas.

— Vocês vão querer saber o sexo? — perguntou a médica, confiante.

— Já consegue ver mesmo? — quis saber Amora.

— Sim. Não tenho dúvidas.

— É uma menina — falei, recebendo os olhares intrigados das duas.

Estranhamente, eu tive certeza. Era como se o meu coração falasse junto ao som daqueles batimentos.

— Sim. É uma menina — confirmou a médica.

E nós rimos e desabamos a chorar de emoção. Nossa menininha estava a caminho e eu já sentia tanto orgulho dela! Estava forte, saudável, crescendo a todo vapor. Hoje sinto que Amora e eu somos as pessoas mais felizes do mundo! Justo eu, que há pouco tempo não sabia mais o significado dessa palavra, agora sei o que é felicidade absoluta. E eu não via a hora de tê-la em meus braços.

Obrigado, minha filha, por ser luz em minha vida.

19
A união faz o amor

MIGUEL

Éramos emoção pura. Eu ainda não conseguia acreditar no presente que a vida estava me dando.

Estávamos tão empolgados com a chegada da nossa menininha, que resolvemos antecipar o casamento, já que estávamos os dois com licença dos nossos trabalhos. E não haveria tempo melhor para organizar nossa vida juntos.

O apartamento de Amora seria nossa primeira casa, onde começamos imediatamente a arrumar o quartinho da nossa filha. Ainda de muletas, caminhei pelo shopping com meu amor atrás de móveis e itens de decoração. Eu não sentia mais dor e, no dia seguinte, retornaria ao ortopedista para ter alta e me livrar do imobilizador. Não via a hora de pintar o quartinho, montar o berço e prender prateleiras na parede... No dia seguinte, assim que minha perna voltou a ser livre para se movimentar, fomos comprar tinta azul-celeste.

Escolhemos as cores do pôr do sol para compor o espaço da pequena e logo iniciamos o processo de pintura. Foi um dos dias mais especiais da minha vida... Claro que eu fiz questão de jogar tinta na Amora, que caiu na risada e imediatamente partiu para cima de mim com o rolo encharcado.

Sorte a dela que azul era a minha cor preferida... Então a ataquei com um grande, apertado e úmido abraço. E, em meio àquela baderna, nós nos beijamos, rimos, caímos, rimos mais ainda e nos beijamos até cansarmos. Deitados no chão, ficamos imaginando como seria este mundo novo que se abria para a gente... Em pouco tempo, seríamos uma família e eu não poderia pensar em uma melhor para mim.

AMORA

Eu tinha o tempo livre do trabalho, mas não conseguia ficar um segundo sequer sem organizar a minha vida pessoal. Miguel montava o berço de cor rosa queimado, enquanto eu arrumava a decoração do quartinho da nossa filha com sóis alaranjados, estrelas e luas amarelas. Tudo colorido, suave e lúdico, do jeitinho que queríamos. Depois, o papai colou no teto as estrelas e os planetas fluorescentes, um a um, desenhando uma constelação própria para nossa mascote. E meu coração transbordava amor ao ver o olhar encantado do Miguel com o espaço que estávamos construindo juntos.

— Ainda falta tanto tempo para ela chegar... — suspirou, ansioso.

— Pois é... Até lá, vamos ter que manter esse quarto bem limpo e protegido da poeira. Só vamos colocar a roupa de cama do berço quando ela chegar. Quero esterilizar tudo antes da pequena entrar aqui!

— Você e sua preocupação com os ácaros — brincou ele.

Eu realmente estava focada na praticidade para cuidar de uma bebezinha e, como médica, muito obcecada por sua saúde e bem-estar. Enquanto Miguel se encarregava de manter os móveis protegidos das quinas e possíveis machucados quando ela começasse a engatinhar. Ele realmente estava com o pensamento lá na frente... Já até montava uma minibiblioteca para ler historinhas desde o seu primeiro dia de vida! A parte lúdica estava sendo toda dele... E era lindo ver sua dedicação em fazê-la feliz!

Foi incrível o que fizemos dentro de um mês... Miguel levava os últimos pertences de sua mudança para o apartamento — que agora não era mais meu, era nosso! —, enquanto eu chegava à costureira para experimentar o vestido de noiva que fora da minha mãe. Estava perfeito e devidamente ajustado ao meu corpo, valorizando a barriguinha levemente protuberante, da qual eu tinha muito orgulho. No dia seguinte, já seria o nosso tão aguardado casamento e eu não poderia estar mais feliz e ansiosa.

— Você é a noiva mais bela que já vi, meu amor — disse minha mãe, emocionada, ao me ver em seu vestido.

Era exatamente assim que estava me sentindo... A mulher mais linda do mundo! Vestia em meu corpo o simbolismo de um dia especial, a roupa mais estonteante que já pus. Romântica, delicada... Tão cheia de significados. Tão nossa. Minha, de minha mãe e de minha filha. Éramos três gerações naquele vestido e me alegrava saber quão maravilhosa era a família que tinha, a família que estava construindo.

Mal dormi aquela noite, tamanha era a minha ansiedade. Ao nascer do sol, me levantei da cama, agitada. Não conseguia acreditar que o grande dia havia chegado tão rápido. Parecia que estava vivendo um sonho, era como se tudo à minha volta parecesse mágico.

O sol brilhava mais, os pássaros cantavam inspiradas melodias, as frutas pareciam mais saborosas. Eu me olhava no espelho e via a mulher que sempre quis ser: com o projeto da minha vida em andamento, tendo um companheiro incrível ao meu lado e, principalmente, com o amor da minha vida em meu ventre... Meu maior sonho sempre foi ser mãe, sentir o milagre da vida acontecendo dentro de mim. E graças à minha filhota, eu já experimentava essa maravilhosa sensação...

MIGUEL

Aquele era o nosso dia, que nasceu repleto de luz, brisa e calor... Perfeito. A noiva, que para mim seria a mais linda do mundo, escolheu se arrumar longe dos meus olhares, lá mesmo na casa dos pais, onde seria feita a cerimônia. Queria fazer surpresa, o que me deixava ainda mais nervoso. Não nos vimos por todo o dia e ela nem suspeitava que eu estava ali no quintal desde cedo, ajudando na decoração do jardim. Queria que tudo estivesse do jeito que imaginamos. Então, organizei a chegada do buffet e das flores, ajudei na montagem de um pequeno altar, testei o funcionamento do som... Era meio da tarde quando corri em casa para me arrumar e me deparei com a minha mãe, perdida em seus pensamentos, com um porta-retratos de nossa família em suas mãos.

— Eu queria que ele estivesse aqui — lamentei, notando que ela alisava o rosto de Tomás na foto.

— Seu irmão estaria orgulhoso do homem em que se tornou. Eu estou muito orgulhosa — emocionou-se, dando-me um beijo no rosto.

— Sentirei falta das nossas conversas no café da manhã, minha mãe.

— Estarei sempre aqui, meu filho. Seu quarto ficará do mesmo jeito, como o do seu irmão. Pode usá-lo quando quiser. Só vou pôr um berço, caso minha netinha precise dormir aqui algum dia.

— Sei bem que não é sobre o quarto... Sei que sempre terei o seu colo. E quero que saiba que também sempre terá o meu. Eu te amo, minha mãe.

— Eu que te amo, meu filho.

Nos emocionamos num abraço apertado. Eu queria começar minha vida com Amora, mas sabia que sentiria muita falta daquela que sempre cuidou de mim com tanto amor. E agora era eu quem teria alguém para cuidar... Mas jamais deixaria o meu porto-seguro abandonado. Minha mãe era tão forte, que tudo o que ela mais desejava era que eu vivesse. E fosse livre para ir e sempre retornar ao amoroso ninho em que cresci. Mal sabia eu que, com a chegada da minha filha, precisaria ainda muito mais da sua presença em minha vida.

AMORA

— O sol já está caindo — anunciou minha mãe, olhando ansiosa por entre as cortinas. — Está chegando a hora.

Sem qualquer nuvem no céu, o lindo dia cumpria a promessa de nos presentear com uma cerimônia ao pôr do sol. Do meu antigo quarto, eu podia ouvir um intenso falatório lá fora e minhas músicas favoritas sendo tocadas pela DJ.

— Tenho um presente do meu filho para você — disse Stella, ao chegar, me entregando um buquê de lírios brancos. — Ele mesmo quem fez!

Parecia que o meu futuro marido só estava começando com suas surpresas... Eu tinha em mãos o buquê mais lindo do mundo, feito pelo homem da minha vida! Precisei respirar fundo algumas vezes para que as lágrimas não afetassem a maquiagem. Mal sabia que as emoções seriam muito mais fortes do que pensava...

Me preparava para descer ao quintal quando ouvi os violinistas tocarem lá fora uma de nossas canções... Era o anúncio da entrada de Miguel, que caminhava com sua mãe até o altar. Fiquei imaginando como estaria nervoso e o quão lindo estaria num terno. Depois deles, minha mãe entraria acompanhada por meu irmão de palhaçadas... Ele mesmo, o Paçoca, vestido como Fernando, que, para minha alegria, mesmo de terno, não deixou de pôr o nosso representante nariz vermelho, descontraindo a todos com sua entrada. Ao contrário da minha mãe que, com certeza muito nervosa, disfarçava as lágrimas de emoção, sorrindo para cada um dos convidados. Assim que começasse a próxima música, já seria a minha vez.

Desci as escadas cuidadosamente e lá embaixo estava alguém que eu amava muito. O olhar vibrante de meu pai ao me ver vestida de noiva me tocou no fundo da alma. Seu sorriso iluminou o seu rosto de tal forma que me dei conta de que nunca o havia visto em tamanha plenitude. Aquele cansaço de preocupação constante por conta do trabalho enfim abria espaço para a leveza de uma juventude esquecida. Eu estava vivenciando muito mais do que o meu sonho... Era a realização de um pai em ver sua filha feliz. Me sentia abençoada... Aquela celebração era muito mais do que um ato religioso, um papel assinado ou uma festa. Era a conexão entre almas, a união de um amor enorme que se chamava: família.

MIGUEL

Eu mal podia acreditar que tínhamos conseguido fazer esse dia tão especial acontecer! Amora era a mulher mais linda do mundo e eu era o grande sortudo que ela havia escolhido para estar ao seu lado em todas as alegrias e percalços. Às vezes, me pergunto como ela pôde olhar para mim. Estava tão desnorteado quando nos conhecemos, mas ela enxergou o Miguel que estava perdido dentro de mim, ela me ajudou a lembrar de quem eu realmente era. Amora fez meu coração voltar a bater.

Antes que ela viesse ao altar, as recordações mais marcantes da minha vida passaram diante dos meus olhos. Era como se eu estivesse vendo o sorrisão do Tomás, que, ao me encontrar, correria em minha direção para um abraço apertado. Eu queria muito que ele estivesse comigo aqui agora, de pé ao meu lado como padrinho, usando um terno com lapela. Com certeza a gravata estaria incomodando seu pescoço, mas ele não deixaria de estar cheio de conselhos para me dar e também de zombar de algumas situações. Ele criaria um ambiente descontraído para que meu nervosismo não ficasse tão aparente, como deveria estar agora. Eu sinto muito a sua falta, mas hoje percebo a herança de amor que ele me deixou... E que me trouxe a Mariah, a menina que tanto me ensinou sobre empatia, força e esperança.

Era só uma criança, tão pequena, mas tão cheia de garra e de vida. Hoje, ela entraria no meio da cerimônia trazendo as alianças em suas pequenas mãos, carregando consigo o símbolo que nos uniria para sempre.

Até Nicole, que, ao contrário do meu irmão, estaria fazendo de tudo para me desestabilizar nesse dia, me deixou uma lição amorosa. Ela me ensinou sobre sobre perdão e compaixão, mesmo diante de seu próprio infortúnio... Será que se aquele acidente aéreo não tivesse acontecido, eu estaria me sentindo tão realizado? Admito que, mesmo diante de tamanha tragédia, sou uma pessoa melhor depois de tudo o que ocorreu. Afinal, agora sei a importância da vida, dos momentos, dos sonhos. Por mais que, instintivamente, queira controlar os acontecimentos, cada dia é uma surpresa. E esse casamento é uma das melhores que já pude experimentar.

Todos os amores e dessabores que vivi para sempre serão uma parte de mim.

AMORA

Os violinistas começaram então a tocar a minha melodia preferida: *La vie en rose*. Meu coração acelerou ainda mais e cheguei a pensar que passaria mal de tanta emoção! Comovida, peguei a mão do meu paizinho e seguimos juntos, de braços dados, em direção à entrada do jardim. E, quando a porta se abriu, eu quase não pude acreditar no que meus olhos viam... Miguel havia trazido Paris a mim! Por trás do altar estava uma réplica da Torre Eiffel, de uns três metros, coberta por velas já acesas... O pôr do sol pincelava o céu em lindos tons rosados, as flores coloridas perfumavam o caminho... Avistei mais convidados do que, de fato, haviam fisicamente no local. Envoltos por uma já conhecida aura de luz, certamente nossos ancestrais estavam ali para abençoar nossa união. Para celebrar a continuação de um legado de amor. Não via exatamente as suas feições, não era possível reconhecê-los, mas o afeto que me transmitiam era, mesmo, algo sobrenatural. E no meio de todos aqueles seres de luz, seres humanos de ternos, vestidos elegantes e sorrisos emocionados, meu olhar encontrou o dele. O homem que mudou completamente a minha vida estava à espera de se tornar meu marido. E eu dei graças a Deus que conheci o seu amor.

— Vocês estão muito lindas — disse, emocionado, pondo a mão em minha barriga e me dando um beijo no rosto.

Então, demos início à cerimônia e eu pude pronunciar o "sim" mais importante da minha vida. Era muito mais do que um sim para o casamento. Era um sim para tudo o que estava por vir. O nosso beijo ao som de aplausos selava a feliz união... Naquele mágico instante, nossa família se iniciava e eu a amaria por toda a eternidade.

MIGUEL

A cerimônia acabava com a vibração animada de todos... E havia algo que eu ansiava muito por fazer: levar Amora para dançar. Família e convidados à nossa volta para nos parabenizar, mas eu só tinha olhos para ela. Minha esposa estava radiante! Então procurei sentir cada toque de seus dedos, de seu abraço... Seu sorriso preenchia minha alma.

— Agora nós somos um — disse ela, como se ouvisse meus pensamentos. — Nada vai nos separar.

Puxei-a para um abraço mais forte e demos um de nossos melhores beijos, daqueles longos, que não se quer que acabe... E depois dançamos a festa inteira. E mesmo depois de todos terem ido embora, nós dois ficamos deitados na grama do quintal para assistir o maior dos espetáculos da natureza: o nascer do sol.

— Esse foi o dia mais lindo da minha vida... Obrigada, meu amor — revelou Amora, emocionada, me dando um beijo. — Hoje eu vi o sol se pôr e nascer, dancei como se não houvesse o amanhã e senti tanto amor à minha volta... Não poderia estar mais feliz!

— Vocês são a luz da minha vida...

Nos beijamos mais uma vez, até que um raio de sol nos iluminou. Me lembrando do raio que me fez despertar, após o acidente aéreo. Me lembrando também da luz que entrou no quarto do hospital quando ia fazer a doação de medula. E me fazendo perceber que tudo na vida deveria ser sobre a importância da luz. Da busca por sua presença, da fuga da escuridão, da elucidação. E, nesse momento, ninguém é mais importante na minha vida do que a minha pequena... A nossa Luz.

— Luz... Gosta desse nome? — perguntei à Amora, que me olhou espantada.

— É o mais lindo que já ouvi.

Então, emocionada, ela entrelaçou seus dedos nos meus e me puxou para um beijo carinhoso. O sol começava a nos aquecer, quando decidimos nos levantar para o café da manhã que nos aguardava ali mesmo na sala. Eu o fiz primeiro, oferecendo a mão para minha esposa. Ao me oferecer a sua, eu vi seu sorriso se desfazer e seu olhar se ausentar. Por um segundo, era como se a Amora não estivesse mais ali... Então seus olhos se reviraram e seu corpo tremeu descontroladamente, caindo sobre o chão.

20
O inimigo habita nas brechas

MIGUEL

O medo nos paralisa, nos consome, tira o nosso sono e nos cega para a realidade... Só o que vemos são imagens de terror e assombro. É preciso driblar as negativas e ilusórias premonições que criamos em nossas mentes. São apenas pensamentos destrutivos que afetam o presente e abafam as vozes da intuição. A voz do amor.

Afinal, no amor encontramos a paz e o discernimento para caminhar assertivamente. Ao mesmo tempo, o medo nos ensina. Mostra que sempre pode haver um lado pior da situação, que para tudo temos forças para lidar e solucionar, que a dificuldade que nos é apresentada nada mais é do que ensinamento. E, quando compreendemos a lição, nos libertamos do medo e saímos fortalecidos. Como se um banho de cachoeira caísse sobre o nosso corpo e a força da água levasse toda a sujeira embora. Como se fôssemos uma fênix que renasce das cinzas e se reconstrói, acreditando em si mesmo e no seu poder de voo.

Tantos medos foram vividos por mim nos últimos tempos que ainda tentava compreender este que sentia agora. O que teria o meu amor? Seu corpo reagia a algo que não funcionava bem e isso me assustava. Era algo completamente fora do meu controle e do meu conhecimento... Tomava um banho de ducha forte enquanto me cobrava força e calma para lidar com o que pudesse vir.

Agora era seu marido, pai de sua filha, e seu mais novo e sincero protetor. Ainda na casa dos pais, Amora dormia profundamente em seu antigo quarto. Desde que teve a convulsão, não voltou mais à consciência. Descansava, tranquila, certamente exausta por conta do casamento, mas sem ter a noção do que havia ocorrido. Seu pai, que horas antes estava leve e feliz como nunca, agora carregava o semblante sisudo, me lembrando de quando teve que cuidar do delicado estado de saúde do Tomás. Talvez fosse o medo mentindo para mim, mas a minha intuição estava em alerta. Eu podia sentir que algo muito grave estava acontecendo... Ao sair do banheiro, ouvi Elena e o marido conversarem, próximos ao quarto da Amora.

— Você precisa controlar seu nervosismo. Quer um calmante? — perguntou o médico.

— Estou com medo de que ela possa ter perdido a bebê — declarou ela, para o meu espanto.

E então o horror se fortaleceu. Eu, que antes apenas temia pela saúde de minha recém-esposa, agora estava apavorado com a possibilidade de não ter mais minha filha. Não... Eu me recusava a passar por isso. Não aceitaria esse pensamento sem antes ter o laudo de um especialista.

— Precisamos examiná-la — propus ao médico, que obviamente sabia muito mais do assunto do que eu.

Assim que notaram minha presença, ambos me encararam desconcertados.

— Vamos levá-la ainda hoje ao COEG para fazer uns exames e investigar o que causou a convulsão — disse o doutor. — Vou entrar em contato com a Lavínia para checarmos também a saúde da bebê, não se preocupem.

Segui para o quarto e me deitei ao lado de minha amada. Abracei-a com carinho e dormi ao seu lado, cansado de tantas emoções. Daria tudo certo, eu precisava me convencer. A exaustão era tanta que acordamos apenas no amanhecer do dia seguinte.

— Bom dia, marido — disse ela, leve, me dando um beijo. — Não acredito que acabamos dormindo aqui...

Eu precisava contar a ela que dali nós não iríamos para nosso fim de semana de lua de mel. E me doía desfazer o sorriso lindo que ela carregava em seu rosto.

— Por que está me olhando assim, preocupado? Aconteceu alguma coisa?

Eu tive que contar sobre a convulsão. E agora eram os medos dela que nos faziam levantar da cama para ir logo ao hospital. Amora pôs a roupa com que havia ido para a casa dos pais, antes de se vestir de noiva, e eu fui com minha calça, camisa e sapatos sociais que usei para o casório. Acompanhados de seus pais, conseguimos um encaixe na clínica de ultrassonografia, pois este era o exame que a Amora insistia em fazer primeiro. Estávamos todos tentando disfarçar nosso nervosismo quando o som mais lindo do mundo ecoou na sala.

TUM TUM TUM TUM TUM TUM TUM TUM TUM TUM TUM TUM TUM

O som do coração da nossa bebezinha. Lá estava ela. Firme e forte. Nossa pequena em nada se abalou com o estado daquela que a carregava no ventre. Aliviados, seguimos direto para o COEG, onde meu sogro, ou melhor, o doutor Carlos Eduardo fazia questão que ela fosse examinada por alguns especialistas. Eu via ali o amor de um pai preocupado e sua incansável vontade de proteger a sua cria. Amora, mesmo sabendo que ela mesma podia ter tomado todas as providências, se permitiu ser cuidada por seu pai. Se permitiu ser paciente daquele que daria a vida para salvar a sua.

AMORA

Era para ser nossa lua de mel. Era para estarmos na estrada, rumo a um hotel no meio da mata, rodeado por cachoeiras. Era para estarmos relaxando, nos amando, nos preparando para a rotina em casal que começaria apenas na segunda-feira. Mas o destino resolveu me trazer essa surpresa ou me alertar para algo que eu deixava passar. Talvez eu estivesse zelando muito pelos outros e olhando pouco para mim mesma. Talvez eu precisasse respirar fundo e deixar que os outros cuidassem de mim...

Meu pai, sempre tão zeloso e cauteloso com a saúde da nossa família, prontamente quis tomar as decisões sobre os exames que eu iria fazer. Eu já não era mais a menininha que vivia sob sua proteção, mas, como mãe, compreendi sua angústia e deixei que ele assumisse o comando. Afinal, existem momentos em que devemos abandonar o controle e ouvir aqueles que nos querem bem, mais que a si mesmos.

— Quero que toda a equipe esteja preparada — ordenou meu pai à secretária, assim que entramos no COEG. — Vou fazer exame de sangue, eletroencefalograma, ressonância magnética...

Concordei, em silêncio, lembrando de que meu pai sempre foi cuidadoso. Até demais... Quando criança, ele me levava uma vez ao ano ao hospital para fazer todo tipo de exame e confirmar que estava com a saúde perfeita. Estranhei que, depois da minha primeira convulsão, ele já não tivesse pedido para investigar meu estado. Mas, como eu estava emocionalmente abalada com a queda do avião, talvez ele tivesse relevado o sintoma... E agora sofria de culpa, um diagnóstico comum no coração de quem ama seu filho. Pais não são perfeitos, apenas são seres humanos tentando acertar todos os dias. Quando não conseguem, são tomados por uma tristeza... E o amor é o único caminho que sabem trilhar.

— E ligue para o doutor José Ramos, por favor — pediu ele, discretamente, à secretária. — Gostaria que ele acompanhasse tudo de perto.

Procurei disfarçar minha tensão. O doutor Ramos era o chefe da área de neurologia, médico de renome do hospital. Meu pai estava pensando no pior e eu respirava fundo, desejando que ele estivesse completamente errado.

— Eu tenho muita sorte — disse, para espanto dos homens da minha vida. — Tenho um pai que pode cuidar da minha saúde a hora que precisar, posso fazer exames caros e também um tratamento adequado, caso necessite... Isso é privilégio.

Ele sorriu e me deu um beijo carinhoso na testa, antes de se afastar para preparar o início dos exames. Ao meu lado, meu recém-marido também não desistia de me oferecer um sorriso, mesmo eu sabendo que estava terrivelmente angustiado... Ele, que exalava esperança e alegria no último mês, agora carregava no rosto olheiras profundas, acompanhadas de olhares perdidos. O terno do casamento ainda pendurado no braço me remetia aos doces momentos que tínhamos acabado de viver... E era a essas lembranças que eu gostaria que nos apegássemos.

— E também sou sortuda — disse a ele — por ter um marido tão dedicado... e que se revelou um baita dançarino naquela pista de dança! Preciso aprender seus passinhos!

Rimos e nos beijamos, felizes de termos um ao outro em qualquer momento da vida. Logo no primeiro dia, já começávamos a construir um casamento cheio de companheirismo e afeto... E nada tiraria essa felicidade de mim.

MIGUEL

Amora era o amor da minha vida e eu jamais abriria mão de estar ao seu lado nos períodos difíceis. Esse era mais um motivo para pensar melhor se deveria voltar a voar... se valeria a pena perder momentos juntos. Queria estar ao lado dela para sempre... e nada tiraria essa felicidade de mim.

— Vamos começar — anunciou uma enfermeira, já nos indicando uma determinada sala.

A força de Amora sempre me deixou admirado e, dessa vez, não seria diferente. Ela passou por uma bateria de exames e permaneceu bem-disposta, pronta para continuar. Algumas horas depois, seguimos para sala de ressonância magnética, onde o neurologista, o tal doutor Ramos, nos aguardava. O pai de Amora também estava presente e insisti para ficar com eles, já que ela ficaria sozinha numa outra sala, estática dentro daquele tubo sufocante. Imagens do seu cérebro surgiram na tela do computador e, em questão de segundos, o neurologista apontou para uma esfera, que eu tentava entender o que significava... Num impulso, doutor Carlos Eduardo saiu da sala e me deixou ali, ao lado do médico que ainda mexia na máquina.

— Algum problema, doutor? — arrisquei uma pergunta.

— Já terminamos — disse ele, apagando a tela do monitor e se preparando para sair dali. — Podem esperar na minha sala, por favor. Eu vou falar com o Carlos.

Infelizmente, aquelas palavras diziam muito... Porque quando a notícia é boa, ela é passada de imediato. E a saída repentina do pai da Amora... Não, aquilo não estava nada bom. Lembrei exatamente do dia em que descobri a doença do Tomás. Do dia em que nossa vida mudou por completo. Mas eu precisava afastar esses pensamentos. Talvez o ocorrido com meu irmão estivesse me influenciando, talvez a minha interpretação das atitudes dos médicos estivesse totalmente comprometida por um passado tão sofrido. Procurei disfarçar minha preocupação quando ela chegou e já nos dirigimos para a sala do médico, onde deveríamos aguardar por ele.

— Meu pai não veio com você? — quis saber Amora, assim que o doutor Ramos entrou.

— Acho que ele teve que atender uma ligação, mas... podemos começar a conversar sobre o exame — disse ele, antes de sentar diante de nós, adotando um tom bem didático. — Bom, Amora, como médica, você sabe que o cérebro é composto por diversos tipos de tecidos e células. E...

— E o que há de errado com o meu, doutor? — interrompeu ela, da forma mais direta possível.

O médico respirou fundo. Seu olhar pareceu perder o brilho. Meu coração acelerou. E Amora apertou minha mão com força, na expectativa pela resposta.

— Existe uma massa de quase três centímetros no seu lobo frontal.

Cautelosamente, o Doutor Ramos explicou sobre o tamanho, a forma e a posição da esfera dentro do seu cérebro, mencionou cada detalhe de sua anatomia e seu possível comportamento evolutivo. Por um momento, eu o comparei ao crescimento da nossa filha. O que antes era motivo de ansiedade, em saber como estava o desenvolvimento da nossa pequena, agora teríamos que nos preocupar com o de um outro ser, que também tinha vida própria, que também se nutria da saúde da minha Amora. Poderia ser benigno ou maligno, não teríamos certeza absoluta enquanto não fosse retirado e analisado por um patologista. O médico já sugeria uma cirurgia para a retirada da massa e Amora, que já não apertava mais a minha mão, mas voltava a acariciar a própria barriga, certamente pesava em todos os prós e contras dessa invasão em sua cabeça.

— E também necessitamos ver as outras partes do seu corpo — continuou ele. — Vou te passar outros exames, com certeza o Carlos vai querer te investigar minuciosamente.

— O meu pai chegou a ver a massa? — perguntou Amora, recebendo a resposta positiva do médico.

Ela levantou rapidamente da cadeira e saiu da sala. Fui logo atrás dela, que andava a passos firmes pelos corredores do hospital. Até que, de repente, ela parou e se virou para a porta da escada de incêndio. Amora a abriu com cuidado e fez sinal para que eu não fizesse barulho. Logo ouvimos um murmúrio e o encontramos sentado no degrau do andar de baixo... Doutor Carlos Eduardo, um homem forte e de segurança até então inabalável, estava encolhido no chão, fragilizado, aos prantos.

Num choro tão doído, que partiria o coração do ser humano mais insensível. Amora desceu os degraus e sentou ao lado dele, abraçando-o.

— Pai, não fica assim, por favor... — pediu ela, docemente.

Surpreso e constrangido com a nossa presença ali, ele procurou enxugar as lágrimas e controlar sua respiração. Era dolorido vê-lo daquela maneira e sua angústia começava a me pôr em desespero... Então me afastei um pouco, tentando me manter calmo e sabendo também da importância daquele momento entre pai e filha. Antes mesmo que ele pudesse se explicar, Amora segurou o seu rosto e olhou profundamente em seus olhos.

— Sei que já viu esse processo muitas vezes, mas cada caso é um caso, você sabe disso — disse ela, confiante. — Vamos dar um passo de cada vez e não sofrer por antecipação. Seja o que for, eu vou lutar! Nós lutaremos juntos!

Ele concordou e abraçou a filha com força. Quando ele nos deixou para providenciar com urgência os novos exames que o doutor Ramos havia solicitado, Amora se aninhou ao meu peito, deixando um pouco de fragilidade escapar. Eu tinha dificuldade para digerir toda aquela informação... O que estaria o destino colocando em nosso caminho?

— Vai dar tudo certo — foi o que consegui dizer, em meio a tantos pensamentos e emoções.

— Eu sei — disse ela, se esforçando para abrir um sorriso. — Sou uma mulher de sorte.

— Você é a mulher da minha vida.

Nos beijamos, emocionados. Vida... Era essa a nossa palavra, era esse o nosso guia desde sempre. Por que uma terrível sombra vinha agora ameaçar nossos dias sempre tão solares? Mesmo que fosse benigno, como torcíamos para ser, por que a Amora precisaria passar por isso? Uma pessoa tão boa, tão pura, tão comprometida em fazer o bem... Não tenho dúvidas de que ela veio ao mundo para distribuir amor, amar e ser amada. Tinha uma mãe e um pai que dariam tudo para estar no lugar dela. E eu não imagino mais viver sem sua presença. Eu era um homem de sorte por ter Amora em minha história. Mas dizem que quem tem sorte no amor, tem azar no jogo... E meu maior medo agora era que o jogo da vida se virasse contra nós.

21
A verdade está nos olhos de quem vê

AMORA

A vida é um mistério. Nunca se sabe o que vai acontecer daqui a cinco minutos. Sempre convivi naquele hospital, circulando de quarto em quarto, de ala em ala, levando alegria, ajudando quem pudesse... E lá estava eu agora, do outro lado... Sem o nariz vermelho, sem as roupas coloridas. Usava aquela veste fria do hospital e não era o meu jaleco, do qual tinha tanto orgulho.

Eu me preparava para novos exames enquanto a imagem do meu pai chorando na escada não saía da minha cabeça. Se acontecer alguma coisa comigo, o que seria dele e da minha mãe? O que seria da minha filha se essa massa se confirmar maligna? Eu queria fugir e esquecer que tinha algo na minha cabeça.

A palavra não dita... *Tumor*.

Ninguém quer pronunciá-la, mas a verdade é que posso estar com um tumor maligno no cérebro. E pensar assim tão friamente faz bater um desespero. Não é em um paciente. É em mim. E dentro de mim existe um bebê, existe *vida*.

Eu não quero morrer. Quero ver minha filha nascer, quero curtir meu casamento, quero viajar... Ir a Paris! Realizar os meus sonhos, ver a fundação ficar pronta, educar minha pequena, ajudar outras famílias... Quero dançar mais. Quero viver mais. Se for para ir ao céu, que seja voando com meus amores... Nem que seja apenas em nossa imaginação! Acabei de encontrar o amor da minha vida... De construir a minha família... Ouviu, Deus? Tenho muito a fazer por aqui! Não posso ir... Não quero ir!!!

— Procure se acalmar, Amora — pediu o neurologista, percebendo que as lágrimas deslizavam pelo meu rosto. — Tudo vai dar certo.

Quantas vezes eu havia repetido aquela frase sabendo que o paciente não tinha mais chances? E nunca me senti enganando ninguém, porque desde sempre acreditei no poder dos pensamentos positivos... No poder do sorriso... No milagre da vida. Eu precisava me ajudar. Não podia ser derrotista, medrosa. Eu precisava da Moranguinho. Precisava que ela viesse me inspirar... E quando o procedimento se iniciou, meu pensamento entoou uma conhecida melodia...

Alecrim... Alecrim dourado que nasceu no campo sem ser semeado...
Diante das características conhecidas, eu fui diagnosticada com um provável tumor maligno. Assim, como uma bomba de efeito devastador. Foi como se cada pedaço de mim tivesse se quebrado.

O ar me faltava cada vez que o neurologista, que também era cirurgião e oncologista, falava dos procedimentos que eu enfrentaria adiante. Meu pai tentava se manter frio e racional, buscando em sua experiência o melhor caminho para salvar minha vida. E Miguel... como ele encararia que eu sofria do mesmo mal que levou seu irmão? O que aconteceria com a minha gravidez nessas condições? Como eu poderia aceitar que aquilo estava acontecendo comigo?

A luta contra o tempo estava prestes a começar e eu ainda estava atordoada. Infelizmente, o mal estava presente e iria comigo por onde eu fosse. Precisava ao menos expulsar o medo, a tristeza, a sensação de ser injustiçada de alguma forma... Precisava expurgar os maus pensamentos. E minha enfermeira, nesses casos, não possuía medicamentos, agulhas, muito menos paredes frias... Eu precisava da natureza.

Sentada na areia diante do mar, eu já me sentia mais calma. O quebrar das ondas, o voo dos pássaros, os desenhos que ficam na areia quando a água recua... Era um privilégio presenciar tanta beleza. A mãe natureza nos honra a cada dia, mas nem sempre conseguimos enxergar isso. E naquele momento, além da paisagem, pude ver também imagens da minha vida, como se assistisse a um filme a céu aberto. Lembrei das crianças do hospital que mais me marcaram, das brincadeiras de infância, do carinho dos meus pais, das primeiras experiências exercendo a medicina, da primeira vez que pus o nariz de palhaça, do Tomás.

Da pancada com a porta que dei em Miguel em nosso primeiro encontro; da viagem inesquecível à praia deserta; do pânico que tive com a queda do avião e do alívio que senti quando nos reencontramos; da descoberta da gravidez; do batimento do coração da nossa Luz; do nosso casamento.

Lembrei das intensas dores de cabeça que tanto me atormentavam e agora insistiam em retornar. Me senti enjoada, perdida, sem entender qual era o propósito de tudo aquilo.

Chorei. E chorei tanto, como se permitisse ao corpo que liberasse todas as lágrimas possíveis naquele momento, pois seria a última vez. Eu precisava enfrentar. Tinha que me fortalecer. Eu não iria valorizar a morte. Eu iria lutar pela vida.

Enxuguei minhas últimas lágrimas e me joguei no mar, deixando a água salgada lavar minha alma e renovar minhas energias. Eu sabia que, dali por diante, enfrentaria uma sucessão de batalhas. E, pela a minha família, eu seria capaz de tudo.

MIGUEL

Meu amor se afastava em direção ao mar e, a seu pedido, esperei-a na areia. Esperei-a por toda minha vida e jamais desistiria dela.

Mesmo assim, não conseguia evitar os pensamentos nocivos que rondavam minha mente. Tentava compreender o que a vida nos reservava e em conclusão alguma conseguia chegar. Quando soube do diagnóstico, eu quis me jogar ao desespero. Não era justo com ela, não era justo com a nossa filha.

Em meio a tantos receios e tristeza, me impressionou a postura de Amora, que não se permitiu esmorecer. Que força era essa que minha esposa carregava em si? Eu via a escuridão e ela via a luz. Eu via a perda e ela a chance de vitória. Eu, um sobrevivente, ela, uma vencedora.

Ainda não conseguia acreditar que o meu grande amor pudesse estar com a vida comprometida... E o que seria da Luz? Como se desencadearia o nosso dia a dia de combate à doença? Onde ficariam os nossos sonhos em família? Agora tudo mudava, o foco era outro e eu, sinceramente, não sabia o que fazer. Palavras de otimismo saíam da minha boca, mas meu coração estava ausente de fé. Os piores pensamentos passavam pela cabeça, como num pesadelo que não terminava com o despertar. Amora queria estruturar sua fundação, viajar, montar o enxoval, dar à luz... Me revoltava saber que tudo podia ser diferente do que ela sonhou. Eu prometi cuidar dela, fazê-la feliz... E nada sou diante da magnitude da situação. Nada posso fazer para tirar esse tumor de sua cabeça, nada posso fazer para arrancar a tristeza do seu coração.

Em pensar que minha filha tudo sentia... o meu interior se destruía. Uma ausência de esperança de que nossos dias seriam para sempre solares, de sorrisos e amor sem fim. Amor... Fugi tanto dele e agora ele que fugia de mim...

AMORA

Eu mergulhava na água salgada e me permitia ficar alguns segundos submersa, como quem busca a paz do fundo do mar. Mas os meus pensamentos falavam alto e, cada vez que eu fechava os olhos, me lembrava das recomendações dos médicos. Estava ciente de que sugeriram os procedimentos mais adequados, mas era como se ferissem meu coração.

— Precisaremos retirar a massa o quanto antes — declarou o neurocirurgião oncologista, o doutor Ramos. — Se o diagnóstico de malignidade se confirmar, vamos investigar se ele se espalhou para outras partes do corpo e...

— Cirurgia — interrompi, como quem tenta assimilar a informação. — Minha gestação ainda está muito no início... Podemos esperar até o terceiro trimestre, quando ela estará mais preparada para sair, caso precise?

— É arriscado esperarmos — disse meu pai.

— O Carlos tem razão — concordou o doutor Ramos, dando um suspiro sentido e me jogando uma bomba maior ainda. — Diante da complexidade da situação... Sinto muito, Amora... Mas eu sugiro o aborto terapêutico. Assim poderemos operar e fazer o tratamento adequadamente. Depois você pode tentar engravidar novamente e...

Ele falava como se a minha filha fosse uma outra massa a ser retirada, como se fosse uma outra malignidade que ameaçava a minha vida. Teria ele amor naquele coração? Eu sei que estava sendo prático, realista e querendo diminuir os riscos desse tumor me vencer. Mas só de ele ter cogitado a possibilidade... Tive que controlar um acesso de raiva.

— Interromper a minha gravidez não é uma opção — declarei, decidida.

— Mas é a sua vida, Amora... — continuou ele. — Se o tumor avançar, provavelmente você não vai conseguir levar a gestação até o fim e aí... se demorarmos a tratar, pode ser tarde demais para combatermos a doença.

Respirei fundo, tentando conter minhas lágrimas. Eu precisava da minha filha e ela precisava de mim. Mas sem a minha saúde, nós duas não existiríamos. Então olhei para o meu pai. Havia dor em seu olhar... Ninguém no mundo me conhecia melhor do que ele, nós sempre fomos muito apegados. Ele nunca desistiria de mim e, por me conhecer tão bem, sabia a decisão que eu tomaria.

Ficamos um tempo nos olhando, cúmplices da batalha que viríamos a travar.

Somos fortes, tentava dizê-lo com meu olhar.

Lá atrás, ao duvidar de mim quando fui chamada para ser palhaça, eu aprendi uma lição que jamais esqueceria: nada é impossível para quem acredita. E eu tinha certeza de que traria a minha filha ao mundo.

— Faremos o seguinte: — anunciei — vou manter a minha gestação até o terceiro trimestre, assim que minha bebê estiver fortalecida para sair do meu ventre. Usaremos tratamento alternativo durante a gestação, não quero medicamentos que possam comprometer o seu desenvolvimento. Depois que ela já estiver sã e salva aqui fora, eu faço a cirurgia na cabeça e começo o tratamento químico ou radiológico... o que o oncologista sugerir. Eu não vou viver esses meses, que deveriam ser de pura alegria, em meio a medos e tristeza. Não vou passar esses sentimentos para aquela que ainda está se formando dentro de mim. Eu quero dar à luz e que ela venha saudável e protegida. Esse será o foco. Quanto à minha recuperação, eu lido depois.

Então, sentindo uma incrível força ressurgindo em mim, me despertei da lembrança e voltei à superfície da água. Eu não tive medo, sempre acreditei no milagre da vida e estaria aqui pronta para provar que nós duas importávamos. E que, juntas, venceríamos todo e qualquer obstáculo.

MIGUEL

Sentado, eu mexia com os pés na areia molhada, como quem cavava um buraco buscando uma saída.

Antes de Amora receber o diagnóstico, eu quis saber o que ela mais temia. Ela me encarou com pesar e me alertou que, se suspeitassem de malignidade, iriam sugerir o aborto terapêutico. Recebi a informação como um soco no estômago. Nós lutaríamos contra a expansão desse tumor de todas as maneiras, eu confiava que o seu pai, que tanto entende do assunto, dessa vez não iria desapontar. Ela era tudo para ele... Assim como a minha filha, que em tão pouco tempo se tornou meu maior sonho.

De nada adiantaria que eu tivesse liberdade para viajar, que me tornasse piloto internacional ou qualquer outro desejo que pudesse ter nessa vida se não a tivesse aqui comigo. Ela me trouxe a luz, ela é o maior presente que a vida me deu. Perder minha filha mesmo antes de conhecê-la? Era inimaginável conceber essa ideia, mas não era a minha vida que estava em jogo. Essa era uma decisão exclusiva da Amora. Eu não tinha voz para defender a minha menina... Para lutar por ela.

Eu poderia usar todos os argumentos do mundo, mas nunca colocaria a saúde do meu amor em risco. Temi que Amora pedisse a minha opinião. Lutaria pelas duas! Sempre! E pensar que li tanto sobre pais que não se envolviam com a gestação, que não se apegavam à criança enquanto ela não estivesse em seus braços... A Luz já era o meu mundo, o meu céu, o meu horizonte. E, em meio a pensamentos tão angustiantes, Amora me deu uma das notícias mais difíceis que já ouvi: caso essa fosse a orientação do oncologista, ela abriria mão do seu tratamento em prol do nascimento da nossa filha. Ela apostaria na força da vida.

Me sentia ainda angustiado de vê-la submersa no mar. Ou melhor: de não poder vê-la. Ao me levantar para tentar encontrá-la, Amora retornou à superfície da água e, para minha surpresa, sorriu. E então eu soube que ela era a pessoa mais resiliente que já encontrei na vida.

Devolvi o sorriso e logo senti a água gelada tocar os meus pés. A onda trazia consigo a areia que cobriria o buraco que ali criei e, ao se distanciar novamente, deixaria um desenho em forma de coração. Aquele gesto da natureza me revelava que não havia saída, fuga ou esconderijo para a vida; que aquele era um caminho a ser percorrido e que a vitória, sim, estava no percurso, bem dentro desse amor imenso que morava em mim.

22
Grandes sonhos enfraquecem pesadelos

MIGUEL

Às vezes o destino nos propõe uma nova rota... Incerta, desconhecida. E o que está fora do nosso planejamento e do nosso controle gera medo e angústia. Mas é exatamente nessa hora que a coragem deve prevalecer e a ousadia assumir a direção. Afinal de contas, mesmo se a visibilidade do voo estiver ruim, acreditar em si mesmo poderá levar a um pouso seguro, lição que aprendi nas aulas para piloto e levei para a vida. E eu sentia que precisava tomar uma nova direção na minha vida... Precisava trazer estabilidade para passarmos pelas turbulências que nos atingiam.

Eu andava preocupado com o dinheiro que estava sendo gasto nos últimos tempos, os custos haviam aumentado consideravelmente da noite para o dia. A verdade era que eu seria pai e precisava me manter empregado, mas com tudo o que vinha acontecendo, o meu sonho em trabalhar como piloto já não parecia mais fazer sentido. O acidente mexera muito comigo. Viver nas alturas, pelo menos naquele momento, deixara de ser uma necessidade vital... Mas eu precisava trabalhar e sabia disso. Não podia abrir mão do salário e, ao mesmo tempo, temia que me chamassem novamente para voar... Ficar longe da Amora nesse momento tão delicado se transformaria em um terrível pesadelo.

Via a manhã clarear pela janela enquanto minhas angústias me mantinham fora da cama. Aquele seria um dia decisivo para mim. Tinha marcado uma reunião com meu chefe para falar dos meus anseios e compartilhar o que estava vivendo. Torcia para que a sua compreensão fosse magnânima e encontrássemos juntos uma solução para que eu não deixasse a companhia, mas também não voltasse a voar tão cedo... Se não houvesse oportunidade, a chance de eu ficar desempregado era enorme.

Aproveitei que Amora havia combinado de passar o dia com sua mãe para ir visitar a minha, antes da reunião. Eu estava nervoso e não queria preocupar minha esposa, mas precisava botar os pensamentos em ordem antes ir encontrar o meu chefe. Chegando na casa da minha mãe, abri a porta me permitindo a intimidade que me foi concedida àquele lugar por toda minha vida. Aquele não era mais o lugar onde eu morava, mas sempre seria um lar para mim. Assim que entrei, espantei-me ao ouvir um barulho vindo do quarto do Tomás. Seria ele tentando se fazer presente, como um consolo nesse momento angustiante? Abri a porta receoso e encontrei minha mãe rodeada por caixas de papelão e muitos objetos do meu irmão espalhados pelos cantos. Eu não era o único a passar a noite em claro planejando drásticas mudanças.

— Oi, meu filho. Nem ouvi você entrar — disse, dando-me um beijo e voltando a pôr brinquedos numa caixa. — Não lembrava que seu irmão tinha tanta coisa...

Estranhei aquele comportamento. Não sei se era o cansaço, mas ela parecia estar em modo automático, totalmente envolvida com aquela tarefa.

— Passou a noite arrumando isso tudo?

— Decidi começar de uma vez por todas. Quando você menos esperar, sua filha vai estar aí. Vou manter seu quarto como está, talvez troque a cama por uma de casal. Quero deixar o quarto do Tomás pronto para nossa Luz, caso vocês necessitem que eu cuide dela. De qualquer forma, terão espaço aqui quando precisar — disse, fechando mais uma caixa e abrindo uma gaveta de perguntas. — Vocês já compraram as roupas da maternidade? Precisam ser quentinhas porque recém-nascido sente frio... Já encomendei um berço para colocar aqui. Podemos usar essa cômoda para colocar o trocador de fraldas. Pensei também em restaurar aquela cadeira de balanço que foi da sua avó. O que acha? Podíamos colocá-la nesse canto...

Ela não parava de falar nem de agir. Eram muitas ideias, um sonho novo que a enchia de esperança. Como era bom saber que minha filha trouxe minha mãe de volta à vida! Claro que a emoção nos tocou durante toda aquela manhã, mas ao rever as coisas do Tomás, tivemos tantas lembranças boas que mais rimos do que choramos. Encontrei um gravador de brinquedo com um microfone e lembramos o quanto Tomás também gostava de cantar! Tinha esquecido completamente disso... E, para nossa surpresa, foi colocar pilha e apertar o play que lá estava a voz dele, ainda criança, cantando as músicas que mais achava engraçadas. Ele não queria ser cantor como nossa mãe, era debochado mesmo, desde pequeno. Gostava de fazer interpretações e coreografias com as piores canções. Foi aí que me dei conta de que já estava esquecendo sua voz... E como foi bom ouvi-la novamente! Tive a impressão de que ele estava bem ali ao nosso lado. Sentado num canto, rindo com a gente... E satisfeito por estarmos abrindo espaço para uma vidinha nova que estava para chegar. Não importava mais se os seus objetos estavam sendo empacotados, Tomás estaria para sempre numa risada, numa canção da banda Led Zeppelin, num bolo de chocolate com recheio de doce de leite... Sua presença era eterna dentro de nós.

Naquela manhã, compreendi que o amor não está nos objetos, não pode ser encaixotado e esquecido dentro de um armário. Ele não nos abandona, não desaparece. Apenas, em sua enorme generosidade, permite que outro amor viva junto. Tomás concedia lugar à sobrinha, que já nos ensinava tanto antes mesmo de nascer.

Entendi também que o meu amor por voar nunca mais sairia de mim. Eu sabia que a hora que quisesse poderia matar a saudade do céu com um monomotor e vislumbrar de novo a natureza esplêndida do meu Brasil. Esse pensamento me trouxe tamanha tranquilidade, que cheguei à reunião pronto para enfrentar o que o destino me apresentasse e, com muita franqueza, contei ao meu chefe tudo o que estava passando. Em alguns momentos, notei que ele espiava a minha avaliação psicológica, feita pelo terapeuta da companhia com quem fazia o acompanhamento pós-trauma. Temi que pudesse estar relatada alguma instabilidade emocional, já que minha vida andava tão turbulenta.

— Miguel, parece que tem alguém lá em cima olhando por você — disse ele, sereno, contrariando meus receios. — Decidimos ontem mesmo criar um novo cargo na empresa e acho que você se encaixa perfeitamente nele.

— Novo cargo? — estranhei, temendo algum rebaixamento disfarçado de oportunidade.

— É administrativo, não sei se vai te interessar tanto quanto pilotar — explicou. — Mas é necessário ter todo o conhecimento de aviação que você tem e vai ser fundamental para o treinamento de novos pilotos. Sua experiência tem tudo para garantir o sucesso do nosso projeto.

Aquele era um território desconhecido, mas cheio de possibilidades. Uma estabilidade financeira necessária para aquele conturbado momento, exatamente a segurança e a paz de que eu estava precisando. Trabalharia em local fixo, no escritório do Rio de Janeiro, bem perto da minha Amora. E ainda teria um aumento! É... Realmente havia alguém lá em cima me amparando... Talvez eu já soubesse quem andava dando uma forcinha! Era como se a vida quisesse nos mostrar seu poder, sua soberania sobre a morte, sobre os pensamentos ruins.

Quando saí de lá, mais uma vez, eu senti vontade de compartilhar esse momento com a minha mãe. Voltei para a casa dela para contar a novidade e a encontrei terminando de arrumar o quarto do meu irmão, já praticamente descaracterizado. Em cima da cama, dois brinquedos pareciam especialmente separados por ela: um avião de plástico e um palhacinho de pelúcia. Minha mãe notou minha presença e já foi explicando:

— Separei esses dois brinquedos do Tomás, achei que você poderia gostar.

Dei um beijo carinhoso nela, que sorriu.

— Ficarão em local de destaque — avisei. — Foram presentes de um tio muito especial.

Imaginei o Tomás me entregando aqueles brinquedos, feliz da vida por ter uma sobrinha chegando. Ele seria um tio incrível! Daqueles que brincam e ensinam todas as travessuras que os pais tentam esconder. Sorri ao visualizar os dois juntos, causando risadas e me pegando de surpresa com um ataque de cócegas pela casa.

— Pela sua tranquilidade, deu tudo certo na reunião...

Expliquei que sim e contei o que tinha acontecido. Minha mãe se emocionou e disse que o mesmo aconteceria em todos os próximos desafios. Que mesmo em meio a tantas turbulências, chegaríamos ilesos em nosso destino, que havia de ser um lindo final feliz. Excesso de otimismo, romantismo ou amor de mãe? Talvez as três alternativas anteriores! Mas eu que não iria discordar... Nossa história merecia e teria um final feliz. Eu estava pronto para lutar por ele.

AMORA

Essa não é uma história sobre o câncer. A *minha* história não vai ser sobre o câncer. Não vou permitir isso. O meu amor por essa bebê preencherá todos os dias da minha vida. O pensamento de que minha filha podia sofrer ao crescer sem uma mãe se esvaía cada vez que olhava para Miguel. Ele cresceu sem um pai e, mesmo assim, tinha muito amor ao seu redor. Não vou permitir que, em toda sua vida uterina, minha filha sentisse tristeza vindo de sua mãe. Dentro de mim, esse sentimento não teria espaço. *Um passo de cada vez*, já dizia a voz de Tomás em minha cabeça.

A verdade é que não conseguia me concentrar em mais nada. Só pensava na Luz. Era passar por uma loja de bebê que eu pegava uma roupinha para sentir aquele cheirinho gostoso... E como era bom imaginá-la em meus braços! E parecia que o mesmo acontecia com Miguel. No fim da tarde, cheguei em casa e o encontrei dormindo no chão do quartinho dela, agarrado a um carrossel de brinquedo. Por mais que, a todo custo, o meu marido tentasse não transparecer, eu sabia que a minha condição não estava sendo fácil para ele. Mesmo assim, foi ele quem trouxe o espírito da Moranguinho de volta para dentro da nossa casa. Miguel recheava nossos momentos de alegria e risadas, se arriscava na cozinha para fazer tudo o que eu mais gostava e sempre colocava uma música para tocar na vitrola *vintage* que comprou para o irmão e que agora decorava a nossa sala. Por causa dele, meu coração estava em paz e cheio de esperança. Só não sabia que meu marido pudesse ultrapassar as minhas expectativas...

— Arrumei um emprego! — anunciou, para meu espanto.

— Eu nem sabia que estava procurando outro... Vai largar a companhia?!

— Negociei um ano de afastamento como piloto. Enquanto isso, vou trabalhar na base administrativa, aqui no Rio mesmo. Vou manter o vínculo com a empresa e ficar perto de você.

Beijei meu amor, agradecida. Sabia que estava sendo um sacrifício para ele ter que deixar de voar, mas sabia também que ele não ficaria tranquilo a milhas distantes de nós. E eu fico aliviada de tê-lo ao meu lado, me apoiando e me dando carinho nessa fase. Somos uma família unida e isso me fazia muito feliz.

— Mas não era desse emprego que eu estava falando...

— Vai trabalhar em dois lugares? Não tem necessidade disso, amor. Nós vamos conseguir pagar as contas, eu posso...

— Amora, — me interrompeu ele, sereno — eu preciso te contar um segredo que venho guardando desde que decidimos nos casar.

Antes que eu pudesse me sentir angustiada, ele já foi logo revelando.

— Estou trabalhando na instituição.

A verdade é que, desde que recebi meu diagnóstico, o projeto da instituição desandou. Eu estava tão preocupada com a saúde da minha filha que estava demorando para tomar as decisões que o espaço necessitava. As obras estavam paradas e precisavam da minha atenção, eu sabia disso. Quando Miguel contou que estava trabalhando lá, senti um alívio no meu coração.

— Você retornou com as obras? — quis saber, ansiosa.

— Já estão terminando, meu amor.

— Comprou o material que estava faltando?

— Tudo do jeito que você queria. Ao contrário do que pensa, as obras nunca pararam. Minha mãe também está trabalhando como voluntária lá. Ela decidiu se aposentar e vai ajudar na administração. Se você quiser e aprovar, é claro.

Eu estava feliz, mas ainda havia uma questão que me preocupava, que também me fez repensar se continuaria com o projeto. Quando fechei o contrato de aluguel da casa, eu tinha calculado usar uma parte do meu salário para manter o espaço. Mas agora, eu estava afastada do hospital. A minha situação era de muito risco e também necessitaria de um apoio financeiro. O sonho da instituição veio antes da minha vida virar de cabeça para baixo e agora eu tinha medo de usar o dinheiro para o projeto, pelo menos até o final do meu tratamento.

Não era o que o meu coração queria, mas achava que essa ideia devia ser adiada.

— Você não parece animada — estranhou ele. — Está preocupada com o quê?

— Eu não estou trabalhando no momento, amor, e estou guardando o dinheiro que tenho para o tratamento, caso precisemos. Fico com receio de gastar para outro propósito... Podemos adiar o projeto para depois da minha cura.

— Amor, — Miguel pegou minhas mãos e me encarou com brilho nos olhos — lembra daquela viagem que eu ia fazer pelo mundo, mas que precisei cancelar por causa da doação de medula?

— Lembro... — respondi, tentando entender aonde ele queria chegar com aquela mudança de assunto.

— Eu tenho esse dinheiro guardado e vou usar na instituição. Nenhum gasto será da nossa renda fixa, fique tranquila.

Eu mal podia acreditar. Meu marido estava abrindo mão de realizar o sonho dele para que eu realizasse o meu... Eu conhecia bem o ser humano maravilhoso com quem eu havia casado, mas realmente não esperava tamanha grandiosidade. Estava precisando tanto de uma notícia boa, de algo que acalentasse o meu coração e agora, saber que vou poder ter a minha fundação antes do que imaginava, me transbordava de emoção.

O trabalho também pode ser uma grande válvula de escape para momentos difíceis como esse que estou passando. Planejar algo que quer ver realizado, como era o caso da instituição, motiva, revitaliza, mantém os pensamentos em ordem e bem longe da doença. Eu não podia desistir de mim, mas também não me sentia bem desistindo dos outros. E quando meu marido me deu essa notícia, percebi que ele não cuidava apenas do meu bem-estar. Cuidava também dos meus sonhos.

— E mais: a partir de agora — continuou ele — se você permitir, claro... eu vou ficar à frente da administração. E minha mãe me ajuda, nas horas em que eu estiver na companhia. Assim, você não tem que lidar com as questões burocráticas, que possam te chatear. Você fica só com a parte boa do projeto. O que acha?

Eu não tinha palavras para descrever o que sentia. Era um misto de paz com euforia, uma gratidão imensa por tudo de bom que se apresentava em minha vida no momento em que podia me sentir completamente derrotada. Pelo contrário, a cada dia vivido, surgia um novo aprendizado. A cada preocupação criada, o amor trazia a solução. Era assim que Miguel me fazia sentir... abençoada. E viva.

— O que seria de mim sem você? — perguntei, sem me importar com a resposta.

Beijei meu marido, abracei, me aninhei em seu corpo. E com meu coração explodindo de amor, senti o primeiro movimento da Luz dentro de mim.

— Ela mexeu!!! — gritei, eufórica.

Miguel se abaixou e pôs a orelha na minha barriga, pontuda, mas ainda pequena.

— Não sei se vai dar para ouvir algo, amor, mas eu senti uma cócega, uma coisinha lá dentro. É ela, eu tenho certeza!

E nós gargalhamos de alegria! Como era maravilhosa essa energia que nos rodeava... De nada adiantaria ficar lamentando ou pensando no pior. Eu não queria mais viver no futuro, preocupada com o que pudesse vir. Não queria e nem conseguiria ter controle sobre o que o destino reservava para mim. Então agora tudo que me bastava era o presente... Me bastava viver.

23
Sementes bem cuidadas tornam-se flores

AMORA

Os mais lindos meses se passaram e eu já me sentia curada... pelo menos na alma. Me tratava com terapias alternativas e alimentação específica para minha condição, tomava remédios feitos com ervas medicinais, fazia equilíbrios energéticos, meditações, entrava em contato com a natureza. Eu ainda não tinha alcançado a cura física, mas, sem dúvida, esses recursos tornaram os meus dias mais leves, solares e de paz. Eu, que antes vivia tantas horas por dia dentro do hospital, agora respeitava minha rotina de pôr o pé na terra e de deixar o sol da manhã aquecer meu corpo.

Me sentia ótima e, pelos exames, minha saúde estava estável. Só que hoje, como era um dia especial, eu precisei ir cedo à praia, sentir a brisa em meu rosto e dar um mergulho no mar. Numa tentativa de combater a ansiedade, meditei na areia e rezei para que tudo desse certo dali por diante. O grande dia havia chegado e o meu sorriso fugia do meu controle... A instituição estava finalmente pronta e, ainda naquela manhã, nos encontraríamos em frente à porta de entrada para inaugurá-la. Havia um detalhe em especial que eu estava muito ansiosa para ver quando chegasse lá: o nome da ONG. Meu pai e Miguel fizeram questão de escolher como ia se chamar e de também não me contar! Os homens da minha vida estavam com essa mania boa de me fazer surpresas...

    Voltei para casa para tomar um banho e me arrumar, mas mal conseguia colocar os meus próprios sapatos por causa do tamanho da barriga. Apesar da leve dificuldade que me causava no momento, Luz estava com dois quilos e eu me orgulhava muito da minha gorducha! Assim que Miguel me ajudou a pôr os sapatos, seguimos para o nosso destino. E eu não fazia ideia de que tanta gente fosse participar da inauguração! Na porta de entrada, encontramos os familiares, amigos, voluntários do projeto, médicos e funcionários do COEG, meus companheiros palhaços, alguns generosos doadores e até mesmo a família do proprietário. Fiz questão de abraçar um a um!

    — Queridos amigos presentes, — começou meu pai com seu discurso — estamos juntos aqui hoje para darmos início a esse projeto, idealizado por minha linda filha Amora. Um sonho que conquistou o coração de cada um de nós, que doou o tempo, trabalho e recursos para sua concretização. Gostaria de agradecer a todos, em nome da minha família e de todos os pacientes que um dia precisaram desse apoio. A instituição começa a funcionar a partir de agora graças a vocês!

    Sob aplausos efusivos, meu pai agradeceu e me deu um abraço, seguido de um beijo na testa. Eu, que já queria cortar a fita vermelha e puxar o pano que cobria o nome da instituição, fui interrompida por mais algumas palavras cheias de emoção:

    — O mais importante de tudo — continuou ele, com a voz um pouco embargada — é poder ver minha filha aqui hoje, gerando minha neta, resistindo a todas as probabilidades. Sua força e coragem, Amora, é de surpreender qualquer médico, por mais credenciado que este seja. Seu sonho de ajudar as famílias de crianças com câncer está realizado, meu anjo! Aqui, elas terão todo apoio emocional e um lugar para se estabelecer, se alimentar, descansar, enquanto cuidam de seus filhos internados. Com essas necessidades eles não precisarão se preocupar e poderão encontrar mais disposição para lutar pela vida daqueles que tanto amam. Obrigado por ser essa filha maravilhosa, desde pequena tão dedicada ao próximo! Você me ensinou muito ao longo desses anos... Sou muito grato por ser seu pai e tenho certeza que a Luz também será muito orgulhosa da mãe que tem!

Sob assovios e mais aplausos, abracei meu pai com todo amor que tinha em meu coração. Minha mãe registrava tudo com o celular, enquanto Miguel me encarava com olhar emocionado. Era difícil acreditar que meu sonho havia se tornado real... E foi o meu amor o grande responsável por esse dia ter chegado.

— Você conseguiu — disse ele, me entregando a tesoura. — Comece a viver o seu sonho, meu amor.

— Tudo o que eu desejo, você torna realidade... Miguel, você mudou a minha vida, para muito melhor. E eu sou muito grata por ter te dado aquela portada na cara!

Então ele soltou a risada mais linda do mundo.

— Sabe que eu quero te agarrar aqui mesmo? — cochichei em seu ouvido.

— Não acho muito apropriado... — pediu ele, debochado, olhando para as diversas pessoas que nos rodeavam.

E nesse clima de amor e descontração, peguei a mão do meu marido e, juntos, cortamos a fita que inaugurava a instituição. Juntos, abrimos as portas. Juntos, realizamos um grande sonho... Em seguida, com toda pompa, meu pai puxou o tecido do letreiro, revelando, enfim, o nome da fundação: *Instituto Nossa Luz*.

Eu estava tão emocionada, que cheguei a sentir falta de ar. Aos poucos, fomos apresentando o espaço aos convidados, explicando a função de cada ambiente. Era tudo muito aconchegante, de modo que passasse paz, mas também era colorido, para que trouxesse um pouco de alegria.

Decidimos iniciar a apresentação pelo lindo jardim que ficava na parte de trás do terreno. Passamos pelo corredor lateral da casa, onde revestimos a parede clara com uma película transparente, tornando-a ideal para quem quisesse desenhar ou pintar um pouco, especialmente as crianças! No quintal, mantivemos os três frondosos ipês de flores rosas que ali cresceram por tantos anos e amarramos entre eles duas redes beges para descanso, à prova de chuva. Pelo gramado, plantamos gerânios, buganvília, verbena e outras flores para que ficassem por entre bancos de madeira e pontos com iluminação, tornando, também, um local agradável para descansar sob as estrelas.

No fundo do terreno havia um pequeno cômodo, onde o antigo morador guardava pertences de toda uma vida. Uma vez esvaziado, vi ali uma oportunidade de quietude e oração. Então, montamos um altar com imagens de diversas religiões, uma luminária que sempre ficaria acesa e bancos compridos para sentar e rezar pelos nossos entes queridos. Também espalhamos pelo jardim cristais e pedras naturais que possuem vibrações energéticas elevadas, como a ametista, o quartzo rosa e o cristal transparente — todos capazes de emanar amor e expandir nossa conexão com a espiritualidade, auxiliando no fortalecimento da fé. Na outra lateral da casa, organizamos o corredor para a plantação de legumes e verduras, além de algumas plantas medicinais, como camomila, hortelã, aloe vera e erva doce, ótimas para o reequilíbrio emocional.

Dentro da casa de três andares, mantivemos a cozinha básica e funcional, mas que tivesse sempre um quitute ao fogo. No corredor interno, em frente à escada, aproveitamos o elevador que havia sido instalado pelo antigo morador. Subi por ele, para não me cansar, enquanto a maioria usava os degraus. No segundo andar, havia cinco suítes, onde mobiliamos de modo que acomodasse o máximo de pessoas possível. Já no sótão, pusemos sofás, TV e uma pequena brinquedoteca, fazendo do espaço puro lazer. Mas o meu lugar preferido estava lá embaixo, no primeiro andar. Na sala de jantar, organizamos mesas pequenas e pusemos um buffet onde dispúnhamos sempre um lanche ou refeição. Logo ao lado, estava minha estimada sala de leitura, onde havia uma estante com livros que angariamos, mais sofás, pufes e um piano antigo, doado por minha querida mãe. Era um ambiente perfeito para espairecer a mente... E acho que isso era exatamente o que eu estava precisando naquele momento tão emotivo: descansar um pouco.

Assim que notou meu cansaço, minha mãe me acomodou em uma poltrona e sentou ao piano para tocar o mais famoso Noturno, de Chopin. E bastou que Miguel me abraçasse, para que eu sentisse uma vontade enorme de dormir. Ali mesmo, ao som daquela música tão linda, meus olhos foram pesando, pesando... até que se fecharam.

Me vi pequena, correndo de meu pai num gramado vistoso e extenso. Sentia o cheiro da terra molhada e alcançava as gotas que caíam de um chafariz. Meu pai me pegava em seu colo e me rodopiava até que ambos ficássemos tontos e, às gargalhadas, caíssemos juntos ao chão. Mas logo me levantei e corri mais um pouco, até que avistei Miguel ao longe. Já não era mais criança, e sim uma mulher. Assim que o alcancei, ele me levou para dentro de um circo, onde fui chamada ao palco pelo palhaço e incentivada a fazer o público rir usando seu nariz vermelho. Como era boa a alegria que sentia ao ver toda aquela gente rindo comigo! Eu estava leve, plena. E, pela mão de meu amor, fui levada novamente para o gramado, que agora possuía árvores frondosas e coloridas. Embaixo da mais encantadora, um raio de sol iluminava uma menina em seu balanço preso ao galho forte.

Quando me aproximei, ela me olhou e abriu seu largo sorriso de dentes de leite. Era a minha Luz, que saltava imediatamente do balanço e corria em minha direção para um abraço bem forte, de mãe e filha. Como se há muito tempo esperássemos por isso... E foi sentindo o cheiro de flor em seus cabelos ruivos e seu coração batendo colado ao meu que despertei vagamente, sem querer que meu sonho mais lindo terminasse. Sem querer que a minha própria vida nunca terminasse.

MIGUEL

Eu estava realizado. O sorriso da Amora, o brilho em seus olhos ao ver a instituição aberta era impagável. Eu, que tanto vivi pensando só em mim, em me esconder pelo mundo afora, agora havia me encontrado na mesma cidade em que nasci, no mesmo hospital em que sofri, na exata situação que sempre evitei. Com Amora, compreendi que a felicidade não está no desconhecido, no terreno ainda não desbravado. Mas, sim, dentro de mim. Nesse lugar que conheço tão bem e que desviei o olhar por tanto tempo, com medo de encarar minhas incertezas, minhas dores e os aprendizados que elas me trariam. Hoje compreendo que a felicidade está no agora, no que estou fazendo hoje e não no que um dia possa vir a ter. Posso ter sonhos, mas aprendi que são os plantios que fazem deles uma completude. No fim das contas, é a caminhada que importa e não a chegada.

Eu acariciava os cabelos da minha esposa amada, que dormia profundamente no sofá que tanto sonhou em acolher e que, de primeira, acolheu aquela que mais precisava de um cantinho. Meu trabalho na instituição foi para além das famílias que abrigaríamos, além da realização da minha Amora; foi principalmente para poder acolhê-la. Para que ela tivesse um lugar de aconchego que fosse todo dela.

A verdade é que eu nunca me doei tanto na vida. Foram muitos dias e noites de dedicação que em nada tinha a minha pessoa como foco. Pensava nos outros, pensava em Amora, pensava na nossa Luz... E eu buscava, todos os dias, me fortalecer na fé de que tudo acabaria bem. De que passávamos por uma fase de aprendizados, de retorno à simplicidade e da verdadeira importância da vida. Agora estávamos os três ali, aconchegados, mais unidos do que nunca. E eu estava realizado. Estava tudo dando tão certo que eu acreditava já sermos vencedores. Acreditava que tudo tinha um propósito e que, às vezes, um caminho torto podia levar a um destino muito melhor.

24
O milagre da vida está no acreditar

AMORA

Naquela manhã, acordei com saudade de quem já fui um dia. Há tempos não me vestia de palhaça e ainda não conhecia as crianças que estavam internadas no COEG. As famílias já se abrigavam na instituição, mas eu precisava conhecer seus filhos, me inteirar de suas histórias. Era como se eu estivesse fora da minha própria história... Vivi tanto em torno da minha filha e da ONG que já estava esquecendo de quem eu era, daquilo que amava fazer. Então, resolvi me dar ao direito de reviver aqueles momentos tão encantadores como palhaça. Eu não era mais aquela mulher bem-disposta, cheia de energia para doar ao outro, mas podia ao menos brincar com eles. E logo que comecei a me pintar, uma onda de alegria invadiu minha alma. Como era bom me transformar na Moranguinho! Como era bom... me reconhecer.

— Quem é vivo sempre aparece — brincou Miguel, ao me ver de palhaça, agora com um barrigão. — Por onde você andou?

— A Moranguinho estava mesmo esquecida... — lamentei. — Vou ao COEG encontrar o Paçoca e ver as crianças.

Miguel respirou fundo, claramente discordando da minha ousadia, mas ele jamais me impediria de vivê-la. Com um sorriso no rosto, meu marido me deu um beijo e me ofereceu sua mão.

— Vou com você. Só não abuse, por favor — pediu, carinhoso.

— Eu não posso conter essa saudade... A Moranguinho está viva hoje em mim e eu devo tanto a ela! Sinto que preciso viver esse momento.

Miguel tinha razão em se preocupar, afinal de contas meu corpo andava muito fraco nos últimos dias. Mas naquela manhã eu estava tão bem-disposta, que conseguia esquecer todas as limitações que vivia. E foi chegar ao COEG, que entendi a demanda da minha alma.

Estava na reta final da gravidez, faltavam apenas alguns dias para a data marcada do parto e em breve começaria minha batalha contra a doença. Já tinha vencido até aqui, mas não sabia quando seria possível dar vida à Moranguinho novamente. Então permiti que ela renascesse e fosse feliz, ao menos por um único dia. Mas o grande sucesso com as crianças não foi a minha palhaçada, mas a barriga enorme que se mexia a todo momento. A Luz realmente se divertia e se movimentava quando cantávamos Arlequim Danado! Obviamente, a minha energia não durou muito tempo... Contudo, consegui visitar três crianças e me sentia realizada. Foi um dia realmente inesquecível!

Um pouco mais tarde, caminhava com meu marido em direção à saída quando fomos parados por uma menininha linda, que me entregou um lírio branco. Ela era encantadora, assim como imaginava que minha Luz seria... Então ganhei um beijo na bochecha e observei a menina se afastar, rapidamente entrando num dos quartos. E por um instante, me coloquei no lugar da mãe dela... Pensei na possibilidade de ser a minha filha internada ali. Pelas ultrassonografias e demais exames, ela estava saudável no meu útero e protegida. Mas e se mais tarde ela viesse a ficar doente também? Uma angústia tomou conta de mim... Meu coração acelerou, minha respiração ficou ofegante e uma tontura tirou levemente o meu equilíbrio. E então... um precioso líquido escorreu por minhas pernas.

— A bolsa estourou! — disse a Miguel, que me amparava da vertigem.

Ali começava uma jornada extraordinária. Eu não imaginava que seria tão dolorosa e prazerosa ao mesmo tempo... Fui rapidamente internada e acompanhada pela minha enorme equipe médica. O hospital inteiro queria me ajudar, me paparicar, me dar apoio nesse dia mais do que especial. Minha menina estava a caminho, antes do tempo que imaginávamos, mas certamente cheia de alegria. Eu podia sentir! Ela escolheu o seu dia e o seu jeito de vir... Eu precisava de toda força que meu corpo pudesse me dar naquele momento. Me concentrei na respiração e pedi a Deus e ao meu próprio espírito que me trouxessem essa energia necessária. Que o parto fosse rápido, para que eu pudesse aguentar até o final.

Estava planejado que fôssemos para a cesariana, o parto cirúrgico, devido à fragilidade da minha saúde. Mas o meu mais profundo desejo era de que o parto fosse natural. Não queria ser anestesiada; eu queria sentir. Queria viver essa experiência. E assim que expressei esse desejo em meus pensamentos, fui rapidamente atendida por Deus. Uma terrível dor da contração me acometeu, me fazendo urrar com força, deixando todos ao meu redor em estado de urgência. O anestesista entrou na sala para aplicar a peridural na minha coluna, o anestésico que bloqueia a dor da cintura para baixo, com a intenção de me aliviar e me preparar para a cirurgia. Antes de realizar esse procedimento, a doutora Lavínia decidiu monitorar a frequência cardíaca da Luz, para verificar se havia sofrimento fetal. Assim que a dor do ciclo de contrações diminuiu e antes que a próxima começasse, a obstetra quis conferir a dilatação do colo do meu útero. Para meu espanto, ela me encarou com uma expressão preocupada.

— Ela já está coroando — anunciou a doutora. — A Luz já vai nascer!

— Não vai dar tempo de fazer a cirurgia — constatou o anestesista.

— Você aguenta fazer mais duas forças? — perguntou a doutora Lavínia, confiante.

Concordei feliz, por ter sido atendida em meu pedido. O parto seria mais rápido do que pensei e, a cada inspirada profunda, eu me lembrava de que era o meu maior sonho se concretizando. Era a minha filha vindo ao mundo, vindo para os braços. Então eu retomei minhas forças e continuei o trabalho de parto. Minhas energias andavam tão baixas ultimamente que não imaginei que pudesse ser tão forte nesse momento... Talvez meu corpo as estivesse poupando justamente para que as usasse agora, com todo o poder que me fora concedido como mulher, como gestora de um bebê. E a gratidão me reabastecia na fé de que tudo terminaria bem.

MIGUEL

Frágil na aparência, mas uma fortaleza interior... Ver Amora se esvaziando de energias para trazer nossa filha ao mundo me tirou o chão. Ela estava tão focada no nascimento de nossa Luz... e eu só conseguia pensar que seu corpo poderia não aguentar. Poderia ser a última vez que estivesse vendo a mulher da minha vida e também a última vez que estivesse sentindo nossa filha chutar em sua barriga. Poderia perder uma delas ou as duas ao mesmo tempo... *Um raio não cai duas vezes num mesmo lugar*, já dizia o ditado. Mas aqui estava eu enfrentando a possibilidade de receber essa trovoada da vida. Fui salvo de uma queda de avião, mas poderia perder tudo o que mais amava. Nunca acontecia comigo diretamente, mas sempre destruía parte de mim. Como eu deveria estar me sentindo nesse parto? Ansioso? Esperançoso? Feliz? A verdade é que eu nunca tive tanto medo em minha vida. Estava totalmente apavorado.

AMORA

Acho que esse foi o dia mais esperado da minha vida... A ansiedade de tê-la em meus braços se misturava ao alívio da gestação ter chegado ao fim. Foi um longo caminho... Até aqui, nós chegamos juntas. Agora iríamos nos separar, para novamente nos tornarmos uma só. Mas com muitas outras sensações... Em meu colo, ela estaria mais perto ainda do meu coração.

O milagre da vida... Deus iria permitir que eu realizasse o maior sonho de todos: trazer ao mundo alguém que pudesse ser doce ou ter gênio forte, que pudesse ter os cabelos lisos do Miguel ou os meus ondulados, e que até mesmo pudesse parecer com minha mãe ou ser a cópia do Tomás. Não importava a sua aparência... A sua personalidade, seu jeito de ver a vida é que a faria tão especial. Seria a nossa bebezinha, nossas vidas juntas numa pessoa só. Eu estava tão agradecida por concretizar esse sonho... Poderia ter vivido sem experimentar ser mãe, mas eu estava aqui, contra todas as probabilidades e superando todos os obstáculos. Não substituiria o dia de hoje por nada, nem por mais dias.

Você é muito bonita para ficar com essa cara fechada...

Lembrei do Tomás quando me dei conta de minha testa franzida por causa da dor. Mas ele dizia aquilo porque estava duvidando da minha capacidade em ser palhaça. E eu mal sabia o quanto aquele nariz vermelho mudaria minha vida...

Você tem que conhecer o Miguel, Moranguinho. É o melhor cara que já conheci na vida.

Meu amigo trazia para a minha vida muito mais do que amizade ou conselhos. Tomás foi um anjo que me aproximou do meu amor.

— Amor, — chamou Miguel, me despertando de minha lembrança — você está bem?

— Eu vou aguentar — disse, decidida.

Meu marido me deu um beijo e eu fiz um carinho em seu rosto. Tomás tinha razão. Como seu irmão era "pintoso"! Torcia para que a nossa filha se parecesse com ele.

Desculpa, desculpa, desculpa!!!

Recordei do meu breve desespero quando dei uma pancada no rosto do Miguel... Estava com pressa naquele dia. Não tinha como ver se havia alguém atrás da porta, mas, mesmo assim, me senti culpada por ter machucado aquele homem lindo... e desolado. Só faltava um sorriso naquele rosto tão bonito!

Agora vai ficar com o nariz vermelho igual ao nosso!

Brinquei, para ver se ele achava alguma graça. Recebi apenas um sorriso bem discreto, mas para mim foi suficiente. Só não imaginava que havia tocado o coração daquele homem muito mais do que pensava...

A contração estava voltando, e aquele era o momento de fazer força. Urrei novamente de tanta dor, e, pelo clima dos cochichos dentro daquele quarto de hospital, pude sentir que havia um temor em relação ao resultado do parto. Ouvi alguém sussurrar sobre o possível avanço da doença, mas eu não queria prestar atenção. Queria apenas me concentrar na parte boa daquele dia... a minha filha.

— Podemos usar as células-tronco do sangue do cordão umbilical para tentar uma cura? — sussurrou Miguel ao doutor Ramos, em um breve momento de calmaria.

As células-tronco são muito especiais e, cada vez mais, as pesquisas encontram formas de usá-las para curar inúmeras doenças. Quando um bebê nasce, os pais podem optar por congelar esse sangue do cordão umbilical e, futuramente, se esse serzinho precisar, podem utilizá-lo para a cura de uma doença. E se os pais não quiserem esse congelamento, também têm a opção de doá-lo, para que outra pessoa compatível possa se curar através dele. Essas células-tronco são tão importantes, que não tive dúvidas:

— Não! — gritei, para susto dos que estavam à minha volta. — Não vou usar o que pertence à minha filha. Esse sangue é dela, é para ela que será armazenado. E vocês não têm certeza se vai funcionar. Não para esse estágio em que pode estar o meu câncer. Não quero que ela perca a sua maior chance de uma cura futura. Esse sangue é dela e eu não quero nem ao menos tentar usá-lo ao meu favor.

Estava decidida e não havia quem tirasse essa ideia da minha cabeça. E se Luz viesse a ter o mesmo que eu? Descobrindo cedo e tendo essas células em mãos, suas chances seriam imensas! Vi tantas crianças sofrendo nesse hospital... Não posso correr esse risco.

Tenho ótimas notícias, Mariah. Você pode voltar para sua casa!

Lembrei do meu pai anunciando a remissão daquela menininha linda... A doação da medula do Miguel havia salvado sua vida. As células-tronco da medula do Miguel eram cem por cento compatíveis com as da Mariah. Mas ela teve muita sorte de encontrar um doador. Se tivesse as suas próprias células-tronco guardadas, provavelmente, não precisaria procurar alguém. O seu próprio material seria coletado do cordão umbilical armazenado e seria usado no tratamento.

Quero andar na chuva!

Dizia ela, quando meu pai perguntou qual seria a primeira coisa que faria ao sair do hospital. A felicidade da Mariah ao sentir as gotas da chuva em suas mãozinhas foi tão contagiante que eu nunca mais esqueceria a importância do milagre da vida. Vim ao mundo para espalhar alegria, oferecer o amor, ajudar quem precisa e, principalmente, dar à luz a minha filha. Ela é o maior bem que posso ter e deixar por aqui... Esse câncer nunca tiraria a minha alegria e a ansiedade por tê-la em meus braços pela primeira vez.

— Assim que possível, a gente começa com a quimioterapia e depois...

Falava meu pai, baixinho, mas eu não dava importância. Só pensaria em mim depois que a Luz estivesse aqui, sã e salva, pronta para seguir com sua vidinha. O momento mais importante da minha vida estava chegando e eu não podia mensurar o amor que estava sentindo. Apesar de exausta, um turbilhão de pensamentos me mantinha desperta, contando os minutos para vê-la aqui.

Eu nunca vou esquecer do momento em que a Lavínia me disse que a cabeça da minha Luz já estava para fora e que bastava apenas uma grande força para que ela estivesse em meus braços. E assim eu fiz. Esmagando a mão do Miguel, que me motivava e me amparava a todo instante, eu gritei de dor e forcei sua saída. E, de repente, lá estava ela. A nossa pequena, direto para o meu colo. Ela chorava, eu chorava, Miguel chorava. Era um chororô só, tamanha a felicidade que sentíamos de estarmos finalmente juntos. Nossa Luz tinha os cabelos avermelhados como os de seu tio Tomás e uma marca na bochecha que muito me intrigou e me fez feliz: uma manchinha em forma de coração, exatamente como desenhava em meu rosto ao me transformar em Moranguinho e exatamente como Miguel descreveu na menininha que apareceu para ele no dia do acidente de avião. E assim eu soube, do fundo do meu coração, que ela esteve sempre presente em nossas vidas. E para acalmá-la, cantei Arlequim Danado e, imediatamente, ela parou de chorar. Como se me reconhecesse e entendesse que havia chegado ao seu lugar, no aconchego da sua mãe que a amava mais do que a si mesma.

Que loucura era esse amor de mãe que brotava em mim... Se eu achava antes que era forte, agora estava incontrolável em meu peito. Expandia-se por todo meu corpo, completava minha alma que tanto ansiou por esse encontro. Eu a amava com todo meu ser... Ali, entendi que minha missão estava cumprida. Apesar de prematura, havia trazido a Luz ao mundo, sã e salva... Que jornada! Fui capaz de abafar medos, vencer as preocupações e me dedicar inteiramente à chegada dela.

O sonho da instituição era para que a Luz conhecesse o amor ao próximo e a compaixão desde muito cedo e soubesse transformar tristeza em paz. Tudo o que imaginava para minha filha era uma vida simples, com valores realmente importantes e sempre cheios de amor.

E, então, dei sua primeira morada: o meu colo. Ficamos na sala de parto por um tempo que não posso medir. Para mim, pareceu uma eternidade... O milagre da vida estava em meus braços e eu mal podia acreditar. Nunca me senti tão realizada. Era como se estivesse vivenciando o meu propósito, o motivo pelo qual nasci e até aqui resisti. Era como se colhesse todo o amor que plantei. Como se, finalmente, compreendesse a minha missão: trazer ao mundo essa grande luz.

25
A força do amor pres(s)ente

MIGUEL

Desde que peguei a minha pequena nos braços, soube que eu nunca mais seria o mesmo. Seu nome deveria ser Felicidade porque aquela bebê fez brotar em mim um amor inexplicável, um sorriso incontrolável e uma sensação de plenitude sem fim.

    Amora descansava ainda na sala de parto, amparada pela médica e pelo pai, que não saiu um segundo do lado da filha. Emocionado, o novo avô do pedaço beijava a testa da Amora e sorria ao olhar para Luz, claramente feliz por tudo ter corrido bem. E assim, junto ao pediatra, eu segui com a minha filha para o berçário, onde seria limpa e apresentada às avós através da imensa parede de vidro. Meu coração batia forte, orgulhoso da minha esposa, honrado com todo o nosso amor. Nunca me senti tão completo, tão certo de que estava vivendo o que me fora predestinado.

    Ao abrirmos a porta do berçário, me surpreendi com o tanto de gente que aguardava lá fora para conhecer a Luz. Parecia que a equipe do hospital inteiro estava ali. Eram diversos os olhares de expectativa, mãos grudadas no vidro e sorrisos acolhedores, todos ansiosos para que eu revelasse o seu rostinho. Assim que o fiz, a emoção tomou conta daquela gente, que se abraçava e sorria, feliz. Eu me emocionei ainda mais ao encontrar o olhar esperançoso da minha mãe. Logo que ela pôs os olhos em Luz, me dei conta de que voltei a ver vida naquela que me gerou e tanto cuidou de mim. Tinha me esquecido de como era o seu sorriso alegre e seu olhar iluminado. Ela chorava de felicidade do lado de lá e eu do lado de cá. Minha linda filha era realmente uma benção em nossas vidas...

Um pouco relutante por ter que deixá-la seguir para outro colo, entreguei minha pequena à enfermeira, para que fizesse sua primeira higiene e depois seguisse para a incubadora, onde descansaria devidamente aquecida. Enquanto o pediatra a examinava, fui lá fora receber os tantos abraços que me aguardavam. Eu nunca me senti tão feliz naquele lugar. Era como se meu irmão me abraçasse também, como se retomasse o prumo da minha trajetória, como se recebesse o maior prêmio da minha vida.

Comemorávamos essa enorme vitória da nossa Amora, da nossa Moranguinho... quando, de repente, senti um inexplicável aperto no peito. Alguma coisa não estava certa, eu podia pressentir... Meu maior medo passou diante dos meus olhos e eu vi tudo mudar. Meus maus pensamentos tomaram conta da minha realidade e me fizeram abandonar a todos e sair desesperado corredor adentro. Eu abria as portas duplas com a mesma intensidade de quem gostaria de atravessá-las. Precisava, o quanto antes, encontrar o meu amor e afastar esse mau presságio de mim. Nunca quis tanto duvidar da minha intuição.

AMORA

— Você se sente bem, meu anjo? — perguntou meu pai, despertando-me de meu breve descanso.

Eu estava tão exausta que mal conseguia respondê-lo. Talvez precisasse de alguns dias de sono profundo para recuperar as minhas forças... Então apenas sorri, tentando acalmar aquele que tanto me amava. Ele me deu mais um beijo na testa e saiu da sala, me deixando ali com a enfermeira. Eu só queria dormir... Minha Luz estava com o pai e, pelo o que já soube, estava ótima. Saudável, dentro do esperado. Eu queria sentir o seu cheirinho e pegá-la mais um pouco no colo. Mas mal tinha energia para manter os olhos abertos... E então, enquanto descansava, senti uma mão encostar na minha.

Miguel?

Com a visão ainda embaçada do sono, abri os olhos e vi um menino de cabelos ruivos. Alguém que conhecia muito bem, mas que há tempos não encontrava. Era como se o reconhecesse, mas não entendesse o porquê de estar ali comigo. Ele abriu um sorrisão e eu o identifiquei, não querendo acreditar.

— Tomás? Veio conhecer sua sobrinha linda? — perguntei com a maior naturalidade de quem tem o costume de conversar com espíritos.

— Na verdade, vim te ver. Não posso?

— Claro! Finalmente, né? Depois desse tempo todo...

Ele sorriu, charmoso, diante da minha cobrança.

— Vamos dar uma volta? Sair um pouco desse quarto pavoroso? Pode levantar.

De repente, percebi que não me sentia mais tão cansada assim. Realmente estava precisando sair um pouco daquele lugar... Estava me sentindo enclausurada e, sem a Luz comigo, queria correr dali. Queria ir lá fora receber o abraço dos amigos, ver a minha filha, dar um beijo no Miguel. Levantei da maca e, aos poucos, a imagem do Tomás começou a ficar ainda mais nítida. Estranhei que um cordão luminoso saía de seu coração e seguia porta afora, mas, mesmo intrigada, não perguntei. A angústia que brotou em mim, de repente, me chamou mais a atenção. Ao sairmos pelo corredor do hospital, logo avistei Miguel correndo em direção ao meu pai. O que teria acontecido para ele estar tão abalado?

— Aconteceu alguma coisa com a minha filha? — perguntei a Tomás, preocupada.

— A Luz está ótima, protegida — me respondeu, sereno.

Então por que Miguel estava daquele jeito?

— Onde ela está? — quis saber meu marido, assim que chegou ao meu pai.

— Na mesma sala. Por que? O que houve?

Sem dar maiores explicações, Miguel voltou a sair desabalado, passando direto por mim e Tomás.

— Amor! — chamei, em vão.

Quando tentei ir atrás dele, Tomás me deteve.

— Minha sobrinha é a criatura mais linda que já vi na vida — disse ele. — Você foi uma guerreira e tanto, minha cunhada.

Então, ouvi os urros do meu amor...

MIGUEL

Não. Não! Não!!! Eu não vou aceitar! Não é verdade... Acorda, Amora. Acorda, meu amor, por favor... Não faz isso comigo... Não me deixa, Amora! Por favor, não me deixa!!!

— Calma, Miguel — pediu meu sogro, indo em seguida checar o batimento da filha. — Ela ainda está aqui. A pulsação está fraca, mas ela ainda está aqui!

Então foi ele quem gritou no corredor e mobilizou todos os que por ali passavam. Logo me afastaram dela e realizaram diversos procedimentos. Empurraram a maca e a levaram para longe de mim. Eu não sabia o que estavam fazendo, mas eles tinham que fazer tudo! Tudo! Eles precisavam salvar a minha Amora!

Sentei no chão, aos prantos, desesperado. Deus não podia fazer isso com a gente, não agora. Eu preciso da minha Amora, eu não vivo sem a minha Moranguinho!!!

— Ouviu, Deus?! — gritei, do fundo da minha alma. — Eu não vou viver sem o meu amor!!!

AMORA

De repente, pude entender o que estava acontecendo. Havia um cordão luminoso também saindo de mim e agora começava a se apagar. Era uma despedida... Eu não sentiria mais o cheiro da minha filha, não beijaria mais o meu marido, não receberia mais o abraço apertado do meu pai...

— É isso mesmo o que estou entendendo, Tomás? Você veio me buscar?

— Vim te fazer companhia.

— Não há nada que eu possa fazer para reverter isso? Alguma promessa? Deus não negocia? — perguntei, sendo invadida por um repentino desespero. — É injusto! Você sabe que é! Eu lutei! Fui forte!

Tomás já não me respondia, apenas me olhava com serenidade. Seu silêncio dizia tudo. Respirei fundo, olhei para Miguel desconsolado no chão e meu mundo foi abaixo. O que mais temia estava acontecendo e eu não sabia o que fazer para que esse pesadelo acabasse.

É mentira, Amora. Isso é um pesadelo! Acorda!, dizia para mim mesma, em vão.

Todo fim dói. Não adianta. Eu neguei que fosse verdade, implorei por mais uma chance, mas nada adiantava. Tantos meses sabendo dessa possibilidade... Achei que fosse estar preparada quando o dia chegasse, mas quem se conforma em saber que não vai estar presente para acalentar um choro do seu bebê? Em abraçá-lo apertado, ninar, cantar, brincar, ler um livrinho, pôr para dormir, ganhar um beijinho... Sorrir. Ouvir sua gargalhada e gargalhar junto. Oferecer as mãos para que se apoie ao dar os primeiros passos. Defender quando alguém fizer algo que o machuque. Ensinar a não pôr o dedo na tomada, a dividir o brinquedo com o amigo... Dar um irmão. E fazer isso tudo de novo. Como partir com tanto amor dentro de mim?

— Vem comigo, Amora. A gente precisa ir agora — insistiu Tomás.

Mas eu não quis. Não ia me separar da minha filha. E acabei presenciando o momento mais chocante da minha vida... Abriu-se a porta e meu pai saiu, tirando sua touca de médico, caindo no chão em prantos. Era verdade. Os dois homens da minha vida, desolados, sofrendo porque eu não mais estaria ali para acalentá-los. Para amá-los. Mal sabem eles que eu estou aqui, que sempre estarei. O meu amor nunca vai morrer.

— Foi o câncer? — perguntei a Tomás.

— Não.

— Então eu devo ter tido alguma complicação pós-parto... Será que eu teria conseguido segurar o parto normal e fazer a cesariana?

— Não mudaria em nada.

— Eu não entendo... Se não foi o câncer, então por que o tive?

— O mistério da vida continua, minha amiga.

Tomás apenas sorriu e uma chuva de lembranças me vieram à mente. Foram tantos momentos lindos desde que soube da doença... Tantas conquistas, tantas risadas, tanto amor... Eu aproveitei todos os meus dias como se fossem o último. Meu tempo foi vivido intensamente. Pratiquei a gratidão e dei força à minha fé. E deu certo. Posso dizer que deu certo. Eu venci ao pôr minha filha no mundo. Eu cumpri o meu propósito nessa vida. E, estranhamente, era assim que agora me sentia: realizada.

O que me despedaçava era ver Miguel entregue ao desespero. Mas eu sei que vai passar, que ele ama a nossa filha mais do que tudo e que logo se poria de pé, enxugaria as lágrimas e daria seu colo à nossa Luz. Também sei que nunca serei esquecida e que a nossa filha saberá do meu amor por ela.

— Ele vai se casar de novo? — perguntei a Tomás.

— Não sei...

— Quero que ele encontre o amor novamente. E que a Luz, mesmo sabendo de mim, tenha a presença de uma mãe. Talvez alguma mulher que não pudesse ter filhos e encontrasse o amor materno na minha pequena... Mas se isso não acontecer e ela tiver apenas o pai, sei que serão inseparáveis.

— O que posso te adiantar é: sua filha será muito amada e muito feliz.

O que o Tomás disse fez toda a diferença. Ele conseguiu que eu encontrasse a paz naquele momento tão turbulento.

Está tudo bem, Amora — dizia para minha mesma. — *Vai ficar tudo bem.*

Foi então que percebi novamente o cordão que saía do meu amigo, brilhando intensamente, se conectando ao coração da minha Luz. E eu entendi tudo. O cordão de prata é o elo que une o espírito ao corpo físico, funcionando como um fio energético que permite a interação entre ambos ao longo da vida. Acredito que ele estivesse vivenciando uma projeção astral, assim como experimentei no sonho em que nos reencontramos, e que estivesse se apresentando na forma como Tomás, para que eu o reconhecesse. Mas agora entendia que eles eram um só. Tomás havia reencarnado na nossa bebezinha e cumpriria a missão de ser filha do Miguel. Pude sentir, profundamente, que o nosso amor transcendia o tempo e vinha de muitas vidas.

— Nós três sempre estaremos juntos, sempre seremos uma família — confirmou ele, parecendo ler meus pensamentos. — Obrigado por mais essa chance, minha amiga... Minha mãe.

Abracei Tomás fortemente, emocionada por vê-lo retornar aos braços do nosso Miguel. Que lindos são os ciclos da vida... O meu dia ia chegar, eu sempre soube. Agora posso ir um pouco mais tranquila por saber que meu amor foi dado, que eles receberam e vão lembrar de mim todos os dias.

Non. Je ne regrette rien... lembrei da música de Édith Piaf.

E fez todo sentido para mim. *Não. Eu não me arrependo de nada.* Essa é a minha história e estou orgulhosa dela. Então, uma intensa luminosidade começou a emanar por trás da porta do berçário, e percebi que o momento havia chegado. Virei-me para Tomás, mas ele já não estava mais ali. Com imensa paz no coração, fui em direção à minha filha, que pareceu me dar um leve sorriso. O milagre da vida, que eu sempre amei, se fez em mim. A Luz é a prova de que vale a pena viver e deixar que o bem vença em nós. Por melhor que fossem as minhas intenções em vida, nunca pensei que pudesse ser merecedora de uma benção tão maravilhosa. Só tenho a agradecer por tudo. E deixo aqui o melhor legado que poderia: uma linda e encantadora criança, que terá toda uma vida pela frente. E, sem dúvida, será uma luz nesse mundo.

26
Saber partir é saber deixar uma parte de si

MIGUEL

Eu estava anestesiado, como quem não consegue lidar com tanta dor no coração. Não queria acreditar que aquilo era verdade, mas a realidade se impõe quando chega a hora de dizer adeus. Comprei flores para a minha amada. Um buquê de suas flores preferidas, que ela costumava receber como se fosse o presente mais valioso do mundo. Elogiava as cores, o perfume, tudo. Geralmente pegava uma e colocava atrás da orelha, presa nos cabelos, já posando para uma foto feliz...

Como fui feliz ao seu lado, meu amor. Como é difícil aceitar que agora o silêncio seria a única resposta aos meus sentimentos. E que apenas as lembranças seriam capazes de aquecer um pouco o meu coração.

O enterro da Amora foi envolto por uma tristeza insuportável, apesar das palavras bonitas, de tantas manifestações de carinho e da tentativa dos palhaços em nos lembrar da alegria que ela sempre emanava. Um desespero crescente me invadiu enquanto eu observava a terra cobrir o caixão, que me separava definitivamente de quem eu mais amava. Lembrava a todo momento da minha filha internada na UTI do hospital, lamentando que ela não teria o mesmo privilégio que o nosso, de ter convivido com a melhor pessoa do mundo.

De repente, alguém tocou em meu ombro. Era meu sogro, enfrentando toda sua dor para tentar amenizar a minha. Nesse momento, eu desmoronei e o abracei forte. As lágrimas escorriam pelo meu rosto; eu queria gritar, implorar a Deus que me acordasse daquele pesadelo. Mas, no fundo, eu sabia que nada iria mudar, que nada preencheria o vazio deixado pela ausência da minha mulher, da minha Amora, da minha Moranguinho.

Sentindo um misto de raiva e impotência, eu entrei em desespero e fugi. Deixei para trás a vida que construímos juntos, incapaz de suportar a tristeza que me afogava. Não voltei mais ao hospital; a nossa filha seria muito bem cuidada pelas avós que, na ausência de seus filhos, se apegariam à Luz. Sabia que a pequena faria bem aos avós naquele momento, mas *eu* não faria bem a ela. Não do jeito que eu estava, indignado, revoltado, destruído. Toda aquela felicidade que há algumas horas sentia, toda aquela plenitude com o nascimento da nossa família se dissipou como poeira no vento. E eu não consegui mais recuperá-la, não consegui mais me recompor. Eu estava vazio, estava ausente dentro de mim mesmo.

Antes de conhecer a Amora, eu era um homem perdido, sem rumo. Tentava compreender a existência da vida nas emoções de um voo, nos lugares desconhecidos, na liberdade de fazer o que minhas ideias mandassem. Acreditava ser livre, mas estava preso à minha ignorância, à minha solidão. A vida estava seguindo seu curso e eu não a enxergava de fato. Estava tão preocupado em me satisfazer com supérfluos que não percebia a origem de tudo, o motivo de estar vivo. Eu era egoísta e não via o tanto que o mundo me oferecia.

Amora me fez enxergar o céu como eu nunca havia visto antes. Com ela, as estrelas tinham mais brilho, as pinceladas do pôr do sol eram mais vivas. A brisa me acalmava o coração, o mergulho no mar me trazia paz. A fruta era mais doce e a risada... Ah, a risada do meu amor... Era a música mais linda que ouvia! Com ela, eu parei de olhar só para mim e me conectei com o que me rodeava. Amora me libertou do homem mesquinho que havia me tornado com a partida do meu irmão. E a nossa filha era a nossa joia mais preciosa, nossa maior conquista.

Mas sem a Amora aqui... tudo voltou a perder a cor. Não sentia mais os aromas, não tinha mais paladar. Não existia vida dentro de mim.

Peguei algumas coisas que estavam na casa da minha mãe e, depois de quase três horas de viagem, pedi que o motorista do Uber me deixasse na beira da estrada da Costa Verde. Eu conhecia bem aquele lugar e logo encontrei a entrada que buscava. Segui por uma trilha no meio da mata e, após uma breve caminhada, cheguei à nossa praia deserta. A mesma que levei Amora de avião, mas que agora era apenas minha de novo. Não havia mais ninguém ali, somente eu e o vazio em meu peito.

Embaixo da amendoeira, abri uma cabana de camping e tornei daquele exílio a minha morada. Eu não voltaria mais, não conseguiria encarar a minha filha, não conseguiria mais entrar naquele hospital nem no Instituto Nossa Luz. Preferia viver com a lembrança dos nossos beijos naquela praia.

Eu queria encontrar uma explicação para tudo o que aconteceu na minha vida. Por que tantas perdas? Por que a alegria fugia por entre meus dedos? Como viver sem as pessoas que eu mais amava? Eu não queria. Nada mais fazia sentido para mim.

Alguns dias depois, entregue às gotas de chuva que caíam sobre o meu corpo jogado na areia, eu decidi que bastava. Sem o amor da Amora, eu não queria mais estar ali. Eu não queria mais viver.

Então, levantei e me joguei no mar. Deixei que a correnteza me levasse para onde quisesse. Eu não me importava mais. Fiquei submerso algumas vezes, lembrando-me do sorriso da minha esposa. Queria reencontrá-la, ver que tudo não passou de uma grande mentira. Que ela sempre esteve ali, só me esperando. Cansado, boiei com a chuva fraca ainda batendo em meu rosto. Eu estava jogado à imensidão do mar, aguardando o fim. Para o recomeço de uma vida com a minha Amora, onde quer que ela estivesse. Eu só queria reencontrá-la.

Até que a chuva foi cessando e, lentamente, um raio de sol tocou meu rosto.

Luz...

O rostinho da minha pequena veio em meus pensamentos. Seus cabelos ruivos, seu cheirinho de recém-nascida, sua manchinha no rosto em forma de coração... Estaria ela sofrendo muito com a nossa ausência? Ou o colo dos avós estava suficiente? Bem acolhida eu sabia que estava. Será que alguém estava cantando Arlequim Danado para minha filhinha? Será que ela havia tido alguma complicação por ser prematura? Eu não sabia... Estava todos esses dias com o celular desligado. Ausente. Completamente ausente da vida. O que eu estava fazendo de mim? De nós?

A luz do sol insistia em bater sobre mim e eu me dei conta de que somente na minha pequena eu reencontraria a minha Amora... Somente na Luz eu reencontraria o amor.

Fui tomado por uma vontade enorme de ter notícias da minha filha. Olhei para a minha cabana na areia, tão distante de mim, e nadei. Nadaria o quanto precisasse para chegar até ela. Saí do mar e fui logo à barraca buscar o meu celular. Procurei na mochila, mas não o encontrava, causando uma certa angústia. Percebi que quase não havia mais comida e que minhas roupas já estavam um tanto encardidas.

Ao buscar o celular no bolso da calça que usava no dia do nascimento da Luz, encontrei um papel. Era uma carta que eu havia escrito para minha filha e que levava comigo todos os dias desde que a escrevi. Como se fosse um lembrete, pronto para ser entregue, na hora em que ela chegasse. Eu o usei como um amuleto e, nele, continha o poema que escrevi para ela depois de sobreviver à queda do avião.

Luz de todas as minhas vidas
Se algum dia por aqui já habitei
O fiz para te ver crescer, para ver seu amor florescer
Se algum dia por aqui já te deixei
Jamais pude te esquecer
E sei que não houve ao menos um segundo
Em que não me martirizei
Se algum dia por aqui já nos pertencemos
Sei que hoje honrarei
Cada passo teu

Cada beijo teu
Cada riso teu
Farei de nosso futuro um céu de estrelas
E voaremos para todo sempre juntos
Colhendo luzes
Brilhando junto a elas
Agora sei que por você eu vivo
Por você eu renasço
Para você eu sempre regressarei

Ela era a luz da minha vida. O meu propósito aqui. Como pude pensar em abandoná-lo? A Amora nunca me perdoaria... Eu nunca me perdoaria se perdesse um minuto a mais longe de sua companhia.

Junto à carta, encontrei o celular e, ao ligá-lo, li mensagens da minha mãe, que me contava tudo o que se passava com minha filha, na esperança de que eu retornasse. Li todas e me emocionou ainda mais saber que, naquele mesmo dia, minha pequena teria alta do hospital e poderia ir para casa.

Casa... A nossa casa.

O nosso lar estava esquecido e despreparado para a sua chegada. Minha mãe dizia que a levaria para a sua casa, caso eu não aparecesse. Mas, agora, voltar era tudo o que eu mais queria. Prometi que sempre retornaria para ela e assim o fiz.

Catei minhas coisas e desmontei a barraca rapidamente, seguindo depois pela trilha na mata até a estrada. Pedi um Uber, que prontamente aceitou a longa corrida de volta para o Rio. Sentado à janela, vi minhas lembranças passarem pela vegetação que crescia livre à beira daquela rodovia. Tudo o que sonhei e projetei para minha pequena apenas aguardava o meu retorno. Eu voltava a sentir a esperança e a paz que havia desaparecido com a partida da Amora. Era o amor que voltava a nascer em mim...

Ao abrir a porta de casa, pude sentir o perfume cítrico da minha esposa no ar. O seu sorriso nas fotografias me arrancava lágrimas de saudade.

Será que a Luz vai sorrir assim como você, meu amor?

Então, ouvi o carrossel tocar. A música começou repentinamente e vinha do quarto da bebê. Cheguei lá e o vi girar sozinho. Como a vida. Que gira em torno do amor. Eu voltava a estar no lugar certo.

Lembrei da Amora falando da limpeza que precisaria dar no quarto antes da chegada da bebê e decidi não mais perder tempo. Abri as cortinas para que o sol entrasse e passei o aspirador de pó pela casa, tirei a poeira e esterilizei com álcool tudo o que pude do quarto da Luz. Por fim, coloquei a roupa de cama no berço dela, exatamente como meu amor queria. Em seguida, fui tomar um longo banho, deixando a temperatura aquecida da água relaxar meu corpo. Fiz minha barba, pus uma roupa confortável e peguei o celular para avisar à minha mãe que estava indo buscar a minha filha. Mas ao fazê-lo, vi uma nova mensagem, dessa vez perturbadora. Nela, minha mãe dizia que a Luz não pôde ter alta porque não queria mamar e chorava sem parar. Já estava há horas sem tomar seu leite e nada a acalmava. Minha mãe implorava o meu retorno. A Luz precisava de mim.

Saí correndo para o hospital. Entrar lá novamente foi como trazer uma avalanche de lembranças, mas tentei calá-las e segui rapidamente para o berçário. Por entre olhares surpresos, eu encontrei minha mãe, cantando para a bebê que chorava.

Reencontrar minha filha aqueceu o meu coração. Só de vê-la, eu voltei a viver.

Ela chorava tanto e eu corri para pô-la em meu peito. Entregaram minha menina, embrulhada em uma manta... tão parecida com a mãe! Eu podia ver nela as cores do Tomás e as fisionomias da Amora. Era a mistura genética mais linda que já tinha visto!

A peguei com todo meu amor e colei seu peito no meu. Deixei que ela escutasse a batida acelerada do meu coração e sentisse um pouco do meu calor.

— Me perdoe, meu amor. Papai está aqui.

Luz rapidamente parou de chorar e me olhou. Fez uma expressão curiosa, como se reconhecesse quem a acolhia. Pode parecer mentira, mas... Já havia afeto naqueles olhinhos. Foi a minha vez de chorar. Cantei pra ela.

Arlequim, Arlequim danado...

Ela soltou um lindo sonzinho, como quem estivesse aprendendo a rir. E eu voltei a sentir a felicidade... Minhas lágrimas caíam sobre ela, que balançava os braços, feliz.

— Meu filho, ela está há horas sem mamar — disse minha mãe, preocupada. — Tenta dar a mamadeira para ela.

Antes que o fizesse, meu sogro chegou afobado, como se tivesse sido avisado do meu retorno. Emocionado, ele nos abraçou e disse que tinha uma ideia melhor do que a mamadeira. E me propôs o método da *relactação*.

Ele colocou um bico de silicone no bico do meu peito e o conectou a uma sonda pequena, que ia direto para o potinho com o leite. E então, a enfermeira encaixou a boquinha da minha filha no bico de silicone e ela sugou o leite vindo do potinho. Eu estava amamentando! Eu mal podia acreditar que um dia passaria por isso... E foi um dos momentos mais marcantes que já vivi. Eu era tudo para a minha filha e ela era tudo para mim.

Senti o perfume de Amora e tive a nítida sensação de que ela estava ali, conosco, observando a cena e sorrindo, tão emocionada quanto eu. E ela realmente estava. Ela sempre estaria. Juntos, nós seríamos muito felizes.

Aprendi que o milagre da vida nós fazemos todos os dias. A cada pensamento amoroso, a cada sorriso doado, a cada obstáculo vencido. A jornada não é marcada pelo tempo do relógio, mas por todo instante em que se doa inteiramente ao amor. Incondicional. E o que fazer com um amor que já não é mais palpável, que aparentemente não é mais vivenciado? Nada. Ele existe por si só. Porque já foi plantado e fica lá, quietinho. Germinando. Todo amor é uma semente. E estava ali nos meus braços a semente germinada por Amora. A vida é feita de constantes recomeços e estávamos nós dois ali, pai e filha, multiplicando o amor... infinito e libertador. E cada instante vivido com amor em minha trajetória seria para sempre uma parte de mim.

Esta obra foi composta por Maquinaria Editorial nas famílias tipográficas FreightText Pro, Ofelia Text e Mina. Impresso pela gráfica Viena em janeiro de 2025.